麦红吸浆虫的研究与防治

武予清 等 编著

国家现代农业产业技术体系(CARS—03)资助
农业部华北南部作物有害生物综合治理重点实验室支持
河南省农作物病虫害防治重点实验室支持

科学出版社

北京

内 容 简 介

麦红吸浆虫是我国北方麦区的主要害虫,自 2002 年以来在我国常年发生面积为 200 万 hm^2 以上,严重威胁我国小麦生产。自 2008 年以来,本书作者在国家现代农业产业技术体系(CARS—03)资助下,开展了麦红吸浆虫的寄主植物、区域分布、种群随气流的扩散、种群的空间动态、生产品种对麦红吸浆虫的抗性、黄色黏板监测成虫和穗期保护的防控技术体系新模式的研究与示范工作,在吸取前人研究经验的基础上编写而成此书。

全书分为 9 章,介绍了麦红吸浆虫的发生分布和形态特征、生活史和生物学特性、寄主植物和为害特征、发生的环境和天敌因素、空间分布格局和扩散、小麦对麦红吸浆虫的抗性、化学生态学研究进展、分子生物学研究进展、预测预报和防控技术等内容和图片,是反映麦红吸浆虫研究和防治重要进展的专著。

本书可供从事植物保护及昆虫学研究、教学和技术推广的工作者参考使用。

图书在版编目(CIP)数据

麦红吸浆虫的研究与防治/武予清等编著. —北京:科学出版社,2011

ISBN 978-7-03-032197-8

Ⅰ.①麦⋯ Ⅱ.①武⋯ Ⅲ.①麦红吸浆虫-防治 Ⅳ.①S435.122

中国版本图书馆 CIP 数据核字(2011)第 174707 号

责任编辑:李 悦/责任校对:郑金红
责任印制:钱玉芬/封面设计:耕者设计工作室

科学出版社 出版
北京东黄城根北街 16 号
邮政编码:100717
http://www.sciencep.com

骏杰印刷厂 印刷
科学出版社发行 各地新华书店经销

*

2011 年 9 月第 一 版 开本:787×1092 1/16
2011 年 9 月第一次印刷 印张:10 1/4 插页:4
印数:1—1 300 字数:231 000

定价:56.00 元
(如有印装质量问题,我社负责调换)

编著者介绍

武予清

1965 年出生于河南新乡,河南省农业科学院植物保护研究所研究员,国家小麦产业技术体系岗位专家。1984 年毕业于河南农学院植保系,1995 年获得华中农业大学硕士学位,1998 年获得中国农业科学院博士学位,2002～2004 年在日本名古屋大学从事博士后研究,专长农业害虫防控技术和昆虫生态学。

主要编写第一章、第二章、第六章和第三章、第九章的部分内容。

苗 进

1977 年出生于河北迁安,2008 年获得中国农业科学院博士学位,2009 年进入河南省农业科学院植物保护研究所从事农业害虫防控技术研究工作,专长昆虫生态学。

主要编写第五章和第四章部分内容。

段 云

1981 年出生于安徽涡阳,2005 年获得华南农业大学硕士学位,2006 年进入河南省农业科学院植物保护研究所从事农业害虫防治研究,专长昆虫分子生物学。2010 年起于中国农业科学院攻读在职博士学位。

主要编写第八章和第三章部分内容。

蒋月丽

1982 年出生于河南杞县,2007 年获西北农林科技大学硕士学位,同年进入河南省农业科学院植物保护研究所从事农业害虫防治研究,专长昆虫生态学。2010 年起于西北农林科技大学攻读在职博士学位。

主要编写第七章和第九章部分内容。

巩中军

1978 年出生于河南范县,2009 年获得浙江大学博士学位,同年在浙江大学从事博士后研究,2010 年进入河南省农业科学院植物保护研究所从事农业害虫防治研究。

主要负责编写第四章的吸浆虫天敌内容和稿件校对工作。

前　言

　　麦红吸浆虫是我国冬麦区的主要害虫,自 2002 年以来在我国黄淮海平原麦区大面积发生,每年发生面积在 200 万 hm² 以上。由于黄淮海平原麦区冬小麦播种面积占全国的 2/3 左右,该区域的小麦生产在我国夏粮生产中占有举足轻重的地位,因此麦红吸浆虫的防控已成为我国粮食安全生产的重要工作。为此,2007 年由财政部和农业部启动的国家现代农业产业技术体系,设立了小麦吸浆虫防控岗位。

　　麦红吸浆虫在我国 20 世纪 50 年代是小麦产区的主要害虫,在新中国成立初期曾动用大量人力、物力对小麦吸浆虫进行全面的防控和研究工作,并取得一系列成就,在 60 年代到 80 年代中期基本上控制了吸浆虫的为害。在研究方面,以中国科学院的杨平澜先生、西北农学院的周尧先生和朱象三教授、中国农业科学院的曾省先生、中南农业科学研究所刘家仁先生等为代表的老一代科学家作出了重大贡献,其中曾省先生于 1965 年由农业出版社出版的《小麦吸浆虫》一书,是对新中国成立以来小麦吸浆虫研究的全面总结。

　　20 世纪 80 年代中期,麦红吸浆虫在我国黄淮平原和西北麦区再次大面积发生,国家组织的小麦吸浆虫防治科技攻关队伍在中国农业科学院郭予元院士和倪汉祥研究员的带领下,对小麦吸浆虫开展了全面的防控攻关研究,并创造性地提出以小麦穗期保护为核心的小麦吸浆虫防控技术体系,该成果获得 1998 年国家科学技术进步三等奖。西北农林科技大学袁锋教授团队在陕西关中地区小麦吸浆虫成灾规律与控制、滞育生理、地理种群分化研究等方面也颇有成就,提出了陕西关中可能存在的 30 年为周期的小麦吸浆虫成灾规律,并于 2004 年由科学出版社出版了《小麦吸浆虫成灾规律与控制》一书。

　　进入 21 世纪以来,小麦吸浆虫的防控面临着新的挑战,该虫害在黄淮海平原大面积发生,毁产现象连年出现,对小麦生产全局造成重要的影响。用以往的研究结论来面对我国小麦主产区,特别是黄淮海地区小麦吸浆虫的发生和防控有许多不适应的地方,如水流、跨区作业不能解释小麦吸浆虫"东扩北移"的现象,淘土监测及土壤毒土处理费工费时,不适应大面积"统防统治"的需要等。针对这些问题,国家小麦产业技术体系自建立以来开展了麦红吸浆虫发生和防控技术方面的研究,应用吸浆虫发生的地理和环境数据分析了小麦吸浆虫的适生区,测定不同地区种群的过冷却点来勾画麦红吸浆虫的分布北界,通过高空系留气球捕获获得小麦吸浆虫的气流传播证据并模拟了气流传播的途径,利用 GIS 和地学统计学技术进行了麦红吸浆虫"岛屿状"分布特征的分析,在麦红吸浆虫的常发区发现了多种禾本科寄主,对全国主要小麦生产品种进行抗吸浆虫的鉴定以期找出吸浆虫发生和品种布局的关系,在河南省麦红吸浆虫重发区开展"黏板成虫监测和穗期保护"的轻简化防控技术示范,效果十分显著,深受农民群众的欢迎。

本书试图总结国内外近 30 年来麦红吸浆虫研究的重点进展,特别是我国"七五"以来开展的小麦吸浆虫防治攻关研究和国家小麦产业技术体系成立以来的进展。本书出版得到国家小麦产业技术体系首席科学家肖世和博士、病虫害防控研究室主任康振生教授,以及岗位专家陈万权研究员、程登发研究员、陈剑平研究员、喻大昭研究员、马忠华教授、陈怀谷研究员、许为钢研究员、沈阿林研究员等专家的支持和帮助。河南省洛阳市农业科学研究院刘顺通研究团队、河南省植保植检站赵文新研究员、天津市植物保护研究所谷希树研究员、河北农业大学何运转教授、西北农林科技大学作均祥教授、河南农业大学汤清波博士、河南辉县市植保站李迎刚研究员、河南省新乡市农业科学院赵宗武研究员对本团队的研究示范做了大量的工作,在本实验室进行课题研究的西北农林科技大学 2007 级研究生夏鹏亮、华中农业大学 2008 级研究生陈华爽、河南农业大学 2008 级研究生郁振兴均是研究成果的重要提供者。

本书由武予清组织编写,并负责编写第一章、第二章、第六章和第三章、第九章部分内容;苗进负责编写第五章和第四章部分内容;段云负责编写第八章和第三章部分内容;蒋月丽负责编写第七章和第九章部分内容;巩中军负责编写第四章麦红吸浆虫天敌方面的内容。

本书起草初期征求了中国农业科学院倪汉祥研究员和河南省农业科学院植物保护研究所鲁传涛研究员的许多建议,中国工程院院士、中国农业科学院植保所研究员郭予元先生对本书进行了全面审校,并提出了许多宝贵建议,在此一并致谢。

由于作者水平有限,本书失误与缺陷在所难免,希望读者批评指正。

武予清
2011 年 4 月 5 日

目　录

第一章 麦红吸浆虫的发生分布和形态特征

第一节 麦红吸浆虫的发生概况

一、国内发生概况

小麦吸浆虫是以幼虫潜伏在颖壳内来吸食麦粒正在灌浆的汁液，因此造成麦穗秕瘪、空壳或霉烂而减产，具有很大的危害性。一般减产 10%~20%，重者减产 30%~50%，严重的乃至颗粒无收。

小麦吸浆虫有两种，即红吸浆虫（*Sitodiplosis mosellana* Gehin）和黄吸浆虫（*Contarinia tritici* Kirby），属双翅目瘿蚊科。

我国小麦吸浆虫主要分布在北纬 43°以南及 27°以北，由东经 100°至东海沿岸范围的渭河、淮河、黄河、海河、卫河、白河、伊洛沁河、沙河、汉水、长江流域。麦红吸浆虫主要发生在北方麦区（图 1.1）。

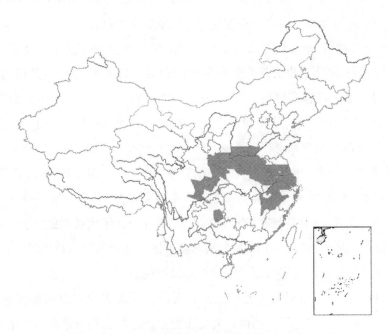

图 1.1　20 世纪 50 年代我国小麦红吸浆虫实际发生区（仿杨平澜，1959）

在我国发生小麦吸浆虫危害已有悠久的历史,早在 1314 年鲁明善著的《农桑衣食撮要》中就曾记载 14 世纪 10 年代曾一度发生小麦吸浆虫的严重危害;清代张宗法撰《三农记》(公元 1760)载:"凡麦吐穗收浆时,劈开麦实,有红虫如蚁者在稃嘬间,过三日不见矣。"又清道光十五年(公元 1835 年)《吴县志》,第 55 卷祥异考载:"四月初二日下午大雨雹……越三日复降红沙,着麦变小红虫,垂成葰麦,几至颗粒无收。"清代河南省《内乡县志》载:"清光绪九年(公元 1884 年),麦收小红虫,歉收甚。"1936年蔡邦、华曾做较详细的科学记载小麦吸浆虫在江苏扬州大暴发。1950 年在河南、陕西、安徽、江苏、湖北等省共 80 余县发生小麦吸浆虫害,1951 年危害地区发展到 11省、139 县(市)。根据 1954 年的调查则有 18 个省、260 余县(曾省,1965)发生小麦吸浆虫害。1955 年河南省普查,有 88 个县发生吸浆虫危害小麦,面积 2700 多万亩[①],当年吸浆虫危害损失小麦 14.2 亿 kg,占全省小麦总产 42.4 亿 kg 的 33.5%。经过近10 年的连续防治后,到 60 年代中期已基本控制了危害,全省小麦吸浆虫害发生区缩小到 13 个县 310 多万亩(孙天文,1994)。

1980 年,麦红吸浆虫发生区在我国大面积回升并扩大蔓延,至 1985 年暴发成灾。据 1982 年调查,河南省有 5 个地(市)、30 余县发现吸浆虫危害,发生面积 420 多万亩。1985 年在陕西、安徽、河南、甘肃、宁夏、青海、河北、山西等省(自治区)发生面积达 120 余万公顷,损失粮食 1～2 成。1986 年扩展到 245 万 hm²,到 1988 年全国发生面积达 300 余万公顷,再度对小麦生产造成威胁(丁红建和郭予元,1992)。

20 世纪 80 年代同 50 年代相比,麦红吸浆虫华北平原发生区域向北扩展了 3 个纬度。例如,河北省 50 年代虫害仅发生在邯郸的磁县,1995 年已扩展到河北省 12 个地(市)、68 个县,北限已移到廊坊、唐山一带。山东省过去一直未见吸浆虫危害的记录和报道,而 1990 年在鲁西南的鱼台、金乡等地暴发,至 1993 年春调查,全省 5 个地(市)、33 个县(市)发现有麦红吸浆虫(陈巨莲和倪汉祥,1998)。1993 年河南全省已发展到 97 个县 2640 多万亩,90 年代小麦损失在 1000 万～1500 万 kg 的县有 16 个,小麦损失 500 万 kg 的县 20 多个,漯河市 190 万亩小麦损失 5000 万 kg,全省小麦共损失8 亿 kg。安阳、商丘、鹤壁等地(市)的 20 余县,在 50 年代吸浆虫发生高峰期均未发现吸浆虫对这些地区的危害,而 80 年代后这些地区已成重发区(吕印谱等,2006)。90年代在湖北孝感地区也出现吸浆虫导致的小麦毁产现象。

进入 21 世纪以来,沿燕山山脉的北京、天津、河北唐山,山东鲁南地区的临沂、新泰成为小麦吸浆虫新发生区,河南、河北小麦主产区均遭到吸浆虫的严重危害,常年

---

① 1 亩≈666.67m²

发生面积在 200 万 hm² 以上（图 1.2 和图 1.3）。

图 1.2 1985 年以后我国麦红吸浆虫实际发生区域

（其中深色代表 2000 年以后新增加的发生区域）

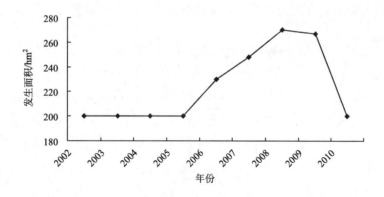

图 1.3 2002 年以来我国北方麦区小麦吸浆虫发生面积

二、国外发生和分布

1741 年在英格兰第一次提及小麦吸浆虫幼虫（Webster，1891），虽然吸浆虫的种类还没被详细说明（可能是麦红吸浆虫，或是麦黄吸浆虫）。在北美部分地区（Olfert et al.，1985；Lamb et al.，1999）、欧洲（Oakley et al.，1998），麦红吸浆虫是重要的小麦害虫。在北美地区，小麦吸浆虫主要寄生在春小麦上（春天播种，夏末收获），但是在欧洲和中国部分地区，冬小麦（夏末播种，第二年夏天收获）是它的主要寄主。魁北克省是北美地区最早发现麦红吸浆虫的，时间是 1828 年。目前麦红吸浆虫在北美很多地方都是严重的小麦害虫，尤其是在加拿大西部（Olfert et al.，1985；Lamb et al.，1999，2000）。1983 年在加拿大萨斯卡切温省东北为害春小麦导致平均减产 30%，损失 3000 万加元。进入 20 世纪 90 年代，曼尼托巴省也开始严重发生此虫害，导致杀虫剂的广泛应用（Elliott，1988a，1988b）。

　　到 1997 年，麦红吸浆虫在加拿大的阿尔波特、不列颠哥伦比亚、曼尼托巴、诺瓦斯蒂亚、安大略、爱德华王子岛、萨斯卡切温，美国印第安纳、密歇根、明尼苏达、纽约、北达科他、俄亥俄等地区均有发生。

　　麦红吸浆虫可能是由欧洲被带到北美，它们通过种子被带到新的小麦产区。幼虫可能随着储备的种子移动，因为它们不可能在收获之前从穗上掉下来。发育成熟的幼虫有时候会在通过联合收割机收割的种子褶皱处出现，因此，早采种技术也可能导致储藏种子污染。麦红吸浆虫在欧洲殖民者于北美定居不久后在北美发生（Barnes，1956），早期报道此害虫出现在东海岸（Felt，1920）和西海岸（Reehar，1945）。在 19 世纪和 20 世纪之交，小麦吸浆虫随着小麦种植很快也开始在北美大陆中部普遍发生（Fletcher，1902）。1925 年以后，在北美东部小麦吸浆虫不再是毁灭性的害虫，但其原因不明。同

图 1.4　麦红吸浆虫在北美地区的分布

[Distribution Maps of Plant Pests（3rd revision）. 1997. Map 183]

样地，麦红吸浆虫种群在北美大平原北部上升的原因也是个谜。从1993年开始，麦红吸浆虫发生遍及曼尼托巴省、萨斯卡切温省大部分地区，北达科他州北部和明尼苏达州西部，一直持续到现在（图1.4）。麦红吸浆虫在春小麦上的暴发期和盛夏降水期相一致，这个降水时期可能是麦红吸浆虫发生的重要条件（Berzonsky et al.，2003）。

欧洲是麦红吸浆虫和麦黄吸浆虫的混发区。其中麦红吸浆虫主要发生在奥地利、比利时、保加利亚、捷克、丹麦、芬兰、法国、德国、爱尔兰、意大利、卢森堡、荷兰、挪威、波兰、罗马尼亚、俄罗斯中部和西西伯利亚、瑞典、英国的英格兰和威尔士。亚洲除中国外，麦红吸浆虫主要分布在以色列、日本的九州岛和本州岛。在非洲阿尔及利亚有麦红吸浆虫的发生。在南半球还没有麦红吸浆虫发生的报道。虽然在新西兰、澳大利亚部分地区及南美洲的小麦生产区有麦红吸浆虫存在的适宜条件，但还没有出现此害虫危害的报道。

第二节　我国麦红吸浆虫生态地理分布的评价

麦红吸浆虫不断北扩东移，给我国小麦生产带来严重威胁。如何评估我国适宜发生小麦红吸浆虫的地区，特别是目前麦红吸浆虫尚未发生的小麦产区是否会成为新的发生区，是当前我国麦红吸浆虫治理的重要课题。

根据前人研究，寄主植物、温度、降雨（土壤湿度）是影响麦红吸浆虫分布的主要因素（曾省，1965）。其中，温度决定该虫在纬度（海拔）上的分布，麦红吸浆虫圆茧在冬季需要感受10℃以下120天才能打破滞育开始发育（仵均祥等，2004），低于麦黄吸浆虫可以忍受的极端温度则不能存活（曾省，1962；刘家仁，1964）。在降雨方面，圆茧越冬后，随温度升高幼虫感受相应的土壤湿度上升，于是到土壤表层化蛹，土壤含水量低于17%则不能化蛹（刘家仁，1958），且在土壤含水量为20%～25%的化蛹率最高（尹楚道等，1989），因此我国冬小麦产区特别是雨养区，3～4月的降雨量成为麦红吸浆虫化蛹出土的关键因素，也是限制雨养区冬小麦麦红吸浆虫发生的主要因素。在小麦吸浆虫的耐寒性方面，麦黄吸浆虫结茧幼虫在－26℃下经过6天后开始死亡（刘家仁，1964），耐寒性指标作为麦红吸浆虫分布的主要因素还未见报道。

近年来，随着3S技术［遥感技术（RS）、地理信息系统（GIS）和全球定位系统（GPS）的统称］的发展，从大尺度开展生物入侵和物种生境研究成为新的热点，并在物种生境评价、生境保护等方面的研究取得了一定进展。MAXENT模型是一种基于生态位原理的生境适宜性模型，应用物种出现点数据（以经纬度的形式）和目标地区环境变量数据（气候数据、植被覆盖和地形地貌等）对物种生境适宜性进行评价，具有较高的精度（孙文涛和刘雅婷，2010；徐卫华和罗翀，2010；曾辉等，2008）。本节应用 MAX-ENT 模型和生态学数据结合麦红吸浆虫的耐寒性，对我国麦红吸浆虫的生境适宜性进行评价，明确其生境分布及主要影响因子，以期为我国麦红吸浆虫的治理提供科学依据。

一、分析工具及数据

本研究主要应用的软件工具及数据分别如下：MaxEnt 软件，从 www. cs. princeton. edu/～schapire/maxent 免费下载，版本 3.0；DIVA-GIS 软件，从 http：//www. diva-gis. org/免费下载，版本 5.4。

我国麦红吸浆虫的地理分布数据，主要来自杨平澜（1959）、曾省（1965）报道的我国 20 世纪 50 年代麦红吸浆虫分布的县市地理信息。根据 MaxEnt 软件要求，将麦红吸浆虫实际分布点按物种名、分布点经度和分布纬度顺序储存成后缀名为 .csv 格式的文件。

环境变量数据是采用几个主要影响麦红吸浆虫分布的气候因子作为环境变量，分别为 11 月、12 月、1 月和 2 月的平均温度、最低温度和最高温度，3 月和 4 月降雨总量（曾省，1965；尹楚道等，1989；张爱民，1996）。本次研究采集的是 1950～2000 年的气候数据，从 http：www. diva-gis. org/climate. htm 免费下载，并转成 MaxEnt 软件所要求的后缀名为 .asc 格式的文件。

将分布数据和环境数据导入 MaxEnt，根据实际分布点数量进行调试，将 80％的分布数据用于建立预测模型，20％用于验证模型，其余参数全部设定为软件默认，运行得出我国及全球气候条件适宜麦红吸浆虫的存活区。利用 DIVA-GIS 显示结果图，最后结合小麦生产情况预测该虫的分布。利用 ROC 曲线（受试者工作特征曲线）对模型预测结果进行评价，其曲线下面积（AUC）的大小作为模型预测效果的衡量指标，取值范围为 0～1，值越大表示模型预测效果越好（王运生等，2007）。

二、结 果 分 析

（一）ROC 曲线的验证结果

ROC 曲线的验证结果表明，训练集和验证集的 AUC 值分别为 0.991 和 0.992，表明模型预测结果好。环境因素重要性分析结果显示，11 月、12 月、1 月和 2 月的最高温度和最低温度对模型的贡献率超过 0.90，3 月和 4 月的降雨量贡献率分别为 0.82 和 0.67。

本研究选择的主要自然环境因子反映了麦红吸浆虫生境对自然环境的需求。11～2

月整个冬季和初春的温度影响麦红吸浆虫的生存，首先幼虫需要感受 10℃ 以下的低温并持续一定的天数，而极端低温又不能低于麦红吸浆虫的耐寒极限。3～4 月的降雨量影响着土壤湿度，而土壤湿度直接影响麦红吸浆虫的化蛹羽化。

（二）MAXENT 评价麦红吸浆虫分布的结果

MAXENT 预测我国气候条件适宜麦红吸浆虫存活区域与程度如图 1.5 所示，适宜值为 0～100，值越高代表气候条件越适宜此虫存活。该虫在目前分布地的适宜值都在 20 以上，且麦红吸浆虫高发地的适宜值在 20 以上。所以将适宜值划分为三个等级：适宜值<20，适宜度为低，不适宜该虫存活；20≤适宜值<40，适宜度为中，比较适宜该虫存活；适宜值≥40，适宜度为高，非常适宜该虫存活。仅考虑气候因素和当前分布情况，适宜值≥20 的区域可以认为是该虫适宜的地理分布区。

1）黄淮海冬麦区。这一地区是我国冬小麦的主产区，常年播种面积占全国播种面积的 60% 以上。以 20 世纪 50 年代的地理数据预测结果显示，北起燕山山麓，南抵大别山、桐柏山和江淮分水岭，东起太行山东麓，直至东海、黄海广大地区均适合麦红吸浆虫的生存，适宜值为 20～100。在 1950 年河北仅磁县发现麦红吸浆虫，到 1990 年前后河北中部、山东西部大面积发生此虫害，2000 年以后北京、天津、河北廊坊地区麦红吸浆虫毁产地块不断出现，MAXENT 均做出了较为准确的预测（图 1.5 和图 1.6）。

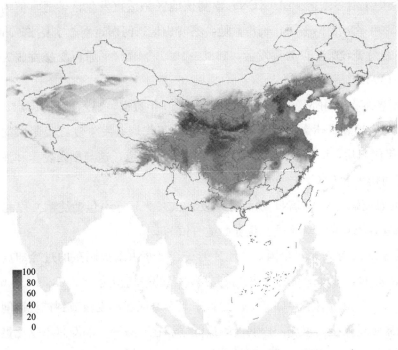

图 1.5　MAXENT 模型预测我国麦红吸浆虫的分布

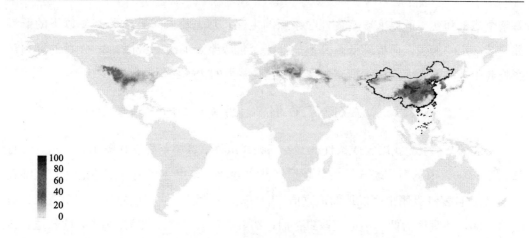

图 1.6　MAXENT 模型预测世界麦红吸浆虫的适生区域

2）长江中下游冬麦区。MAXENT 预测该地区是适宜麦红吸浆虫发生区，适宜值为 20～80。该地区在 20 世纪 50 年代发生麦红吸浆虫以南阳盆地、长江三角洲为主，钱塘江和赣江流域在新中国成立前后亦有麦红吸浆虫零星分布，特别是南阳盆地和苏南地区历史上多次发生此虫灾。但是自 1985 年以来，除南阳盆地持续发生以外，其他地区很少发生此虫害，这与这一区域作物种植方式有关。水稻种植以及稻麦轮作使麦红吸浆虫在秋季失去生存环境，同时以水稻生产为主，使它的发生失去了经济意义。

3）黄河中上游冬麦区。MAXENT 预测该地区是适宜发生区，适宜值为 80 左右。在 20 世纪 50 年代，渭河平原、临汾盆地、秦岭山地、河西走廊、宁夏平原和青海东部川水地区一直是麦红吸浆虫的重发区，1985～1987 年渭河平原再次暴发成灾（陈巨莲和倪汉祥，1998）。

4）西南冬麦区。用 MAXENT 评价我国 1950 年数据，显示适宜值为 60 左右。四川盆地、巴山山地和贵州铜仁地区在 20 世纪 50 年代均有发生麦红吸浆虫的虫害。自 20 世纪 60 年代以后，该地区鲜有麦红吸浆虫成灾的报道，这与稻麦轮作和油菜等非寄主作物种植面积扩大有关。

5）东北春麦区。MAXENT 预测麦红吸浆虫在沈阳（不包括沈阳）以北的黑龙江和松花江流域春小麦主产区不适宜生存，适宜值为 0。

陈华爽等 2010 年对来自全国 5 个地区的麦红吸浆虫幼虫圆茧的过冷却点测定表明（见第二章表 2.4），纬度最高的天津武清过冷却点的平均值为 －（25.34±2.65）℃，最低值为 －28.50℃，最高值 －16.80℃。尽管东北春麦区在小麦拔节到抽穗期间的降雨量适合小麦吸浆虫的发生，但沈阳以北极端最低气温在 －47～－33℃，不仅比世界各个小麦吸浆虫分布区的冬季温度都要低（刘家仁，1964），而且远远低于麦红吸浆虫圆茧的过冷却点，因此东北春麦区沈阳以北麦红吸浆虫很难越冬和生存。

6）北美、欧洲、亚洲小麦产区。用 1950 年我国麦红吸浆虫地理数据，MAXENT 预测在北美中西部、欧洲、俄罗斯南部、日本、朝鲜半岛都为麦红吸浆虫适宜发生区，适宜值大于 20，与 1997 年报道已有的麦红吸浆虫分布一致（朝鲜半岛除外）。特别是在 1983 年北美中西部加拿大的萨斯卡切温省东北部麦红吸浆虫发生成灾，小麦减产 30%，损失 3000 万加元（Olfert et al.，1985）；在 20 世纪 90 年代中期曼尼托巴省小麦也遭受到麦红吸浆虫的严重侵害（Lamb et al.，1999），适宜发生区预测是准确的，表明这一模型应用的可行性。

三、结　　论

东北春麦区包括黑龙江省、吉林省，辽宁省地区，以及内蒙古自治区东北部，该区是否存在麦红吸浆虫分布存在争议。汤博文在 1954 年第一次报道了麦红和麦黄吸浆虫在黑龙江和松花江的分布，并指出麦红吸浆虫占绝对优势，近期的一些报道也引用了类似的结论。杨平澜（1959）在研究我国小麦吸浆虫分布时，出于对生产、调查质量问题和经济重要性诸多原因的考虑，没有将东北分布区列入；曾省在 1962～1963 年检查沈阳等地当年留下的样本，以及对当年采样地区调查，不能确定吸浆虫存在。从 MAXENT 模型预测适生区、吸浆虫圆茧的耐寒性方面测定的结果表明，麦红吸浆虫在辽西辽南春麦区可以生存，热河省、辽西省也报道过吸浆虫的发生（周尧，1956），而东北黑龙江和松江平原春麦区由于极端低温，麦红吸浆虫（圆茧过冷却点在−30℃以上）很难在冬季生存，该麦区麦红吸浆虫将不应该再作为一个生产问题（陈华爽，2011）。

20 世纪 50 年代河北省仅仅在靠近河南省的磁县有麦红吸浆虫的发生，1985 年以来成为重发区（高军等，2009），用 MAXENT 模型预测我国 1950 年地理数据显示这个地区适生指数很高。新中国成立以来河北省小麦面积发展迅速，1952 年仅 $1.5864 \times 10^6 hm^2$，1960 年增至 $2.5483 \times 10^6 hm^2$，至 1980 年以来一直保持在 $2.4 \times 10^6 hm^2$ 以上，单产大幅度增加（吴凯等，2003），为小麦吸浆虫发生发展提供了充足的寄主承载体。同时，虽然 3～4 月降雨量和黄淮流域相比较低，但河北省灌溉面积从新中国成立初期的 1154 万亩增加到 1975～1986 年的 5400 万亩（吴凯等，2006），特别是小麦春灌有效地保证了吸浆虫化蛹羽化所需要的土壤水分。山东省作为麦红吸浆虫新发区是基于同样的原因。

20 世纪 50 年代，杨平澜将我国小麦吸浆虫发生区分为以下三个：①麦红吸浆虫主发区，集中在北纬 32°～36°平原地区；②红黄吸浆虫并发区，包括川贵青甘宁山区河谷地带；③麦黄吸浆虫发生区，为甘青宁高山多湿地带。贺春贵根据麦红吸浆虫种群遗传多样性将其划分为冬麦发生区、冬春麦混种发生区和春麦发生区（贺春贵，2004）。无论是哪种发生分区的方法，都应该对小麦吸浆虫发生的环境因素做出适当的评估，把握麦红吸浆虫发生危害的关键因素，对发生区进行适合的预测。特别是由于该虫的隐蔽性，不仅要做好发生量和发生期的预测（武予清等，2009），更要做好发生区的适时预测，才能改变目前只有发生毁产才能发现吸浆虫为害而导致防治工作被动的局面，这也将是下一步研究的重要课题。

第三节　麦红吸浆虫的形态特征

麦红吸浆虫是 1856 年 J. B. Gehin 根据在法国 Moselle 地方采集的标本命名为 *Cecidomyia mosellana* Gehin 的新种。1866 年 B. Wagner 记述为 *Diplosis aurantiaca* Wagner，为同物异名。J. J. Kieffer 1888 年将该种移入 *Diolosis* 属，1898 年又移入 *Clinodiplosis* 属，后又归入 *Thecodiplosis* 属。1913 年 J. J. Kieffer 以 *Cecidomyia mosellana* Gehin 为模式种，建立 *Sitodiplosis* 属，学名为 *Sitodiplosis mosellana* Gehin，此后一直沿用至今。

麦黄吸浆虫最初是于 1798 年由 W. Kirby 定名为 *Tipula tritici* Kirby，此后该种先后曾被移到 *Cecidomyia* 属，又移到 *Diplosis* 属，最后确定放到 *Contarinia* 属，其学名为 *Contarinia tritici*（Kirby, 1798）。

由于麦红吸浆虫和麦黄吸浆虫分类地位及学名的更迭，造成我国长期以来在文献记载中对这两种小麦吸浆虫的混淆。至 1950 年朱弘复根据新中国成立初期所采集的材料，才把两种吸浆虫学名弄清楚，红的鉴定为 *S. mosellana* Gehin，黄的为 *Contarinia tritic* Kirby。

麦红吸浆虫属全变态昆虫，国内外许多学者对成虫、卵、幼虫、蛹以及休眠体等的形态特征都有详细描述（西北农学院昆虫教研组，1956；曾省，1965；杨平澜，1959）。

一、成　虫

雌成虫［图 1.7（a），彩图 1.1］：体微小纤细，似蚊子，体色橙黄，全身被有细毛，体长 2~2.5mm，翅展约 5mm。

头部很小，下口式，折转覆在前胸下面，颜面橙黄色；复眼黑色，合眼式，左右两眼完全愈合，没有界线，镜面圆形，没有单眼。触角细长，念珠状，14 节（2+12）；两基节橙黄色，短圆柱形，长度与宽度相仿，其余 12 节，各节细长，形状相似，通称鞭节，颜色一致，全为灰色；第1鞭节由两节愈合而成，各鞭节基部膨大呈球形，端部缩小呈颈状，膨大部分有两圈刚毛和很多极细的毛状突起；第1鞭节的膨大部分较第2鞭节的膨大部分略长，第3鞭节的膨大部分为其颈长的两倍，第10鞭节［图1.7（e）］的膨大部亦为其颈长的两倍；末节端部的小筒略较末前节的颈为短。口器［图1.7

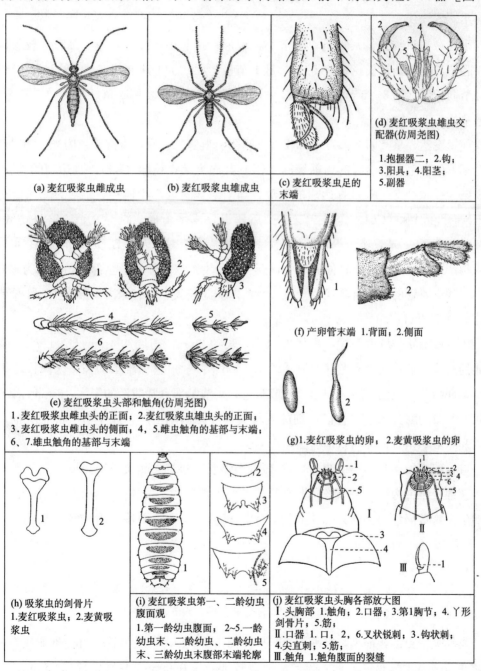

图 1.7　麦红吸浆虫成虫、卵、及幼虫（仿曾省等，1965）

(e)、1、2〕呈吻状，退化，各部不易认辨，须4节，生有长毛，第1、2节略呈圆球形，第2节较第1节大，第3、4节圆筒形，第3节较第2节长，第4节最长。

胸部很发达，橙黄色。前胸很狭，不易看见；中胸很大，背板发达，盾片大，颜色较深，小盾片圆球形，隆起，侧板发达，侧板缝呈直线，连接翅基部和中足基节间；后胸很小，不发达。

足三对都很细长，灰黄色；基节小，锥形；转节小，圆形；腿节细长，较腹部略短；胫节与腿节几同长；跗节5节，第1节极短，约为胫节的1/16，第2跗节特长，和胫节同长度，第3~5节长度递减，第2跗节以后部分极易脱落。爪简单，稍弯曲，和悬垫的长度一样。

前翅发达，呈阔卵圆形，基部收缩，膜质、很薄、透明，带有紫色闪光，翅膜和豚纹上都着生有毛。沿前缘的为前缘脉（C）；其次为第1径脉（R1），直达翅的1/3处；第3条为径脉总支（Rs）直达翅的端部，与前缘脉的端部相连接；第4条为中脉的后支（M4）和肘脉（Cu1）合并为叉状。后翅退化成平衡棍。腹部9节，略呈纺锤形，橙黄色；第1、2节较小，第3节最大，以后各节逐渐减小；第8、9两节之间有可以套缩的伪产卵管是由第9节延伸而成的，其中等长度，略能伸缩，全部伸出时约为腹长的一半。伪产卵管的末端有瓣状片3枚，背面两侧瓣较大，内有深沟，腹面生一小平锥形瓣片〔图1.7（f）〕。

雄成虫形状与雌虫一样，唯体形稍小，长约2mm，翅展约4mm（图1.7）。头部较雌的略狭，从正面看来尤其明显〔图1.7（b）〕。触角远较雌虫的长，念珠状，共26节。基部两节橙黄色，短圆柱形。鞭节灰色，每节基部有圆球形的膨大，端部呈细长的颈状，每节的膨大部分除有很多细的毛状突起和两圈刚毛外，还生有一圈很大的环状线，和雌虫触角有显著的差别〔图1.7（e）、6、7〕。

口器狭，须4节；第1节短，第2、3节略长，端节尖而长，生有长毛。

腹部较雌虫为细，末端略向上弯曲，具外生殖器或交配器，其两侧有抱握器一对，末端生尖锐黄褐色的钩，器面生长毛，中间有阳具，中藏阳茎，阳具基部两侧生副器〔图1.7（d）〕。

二、卵

麦红吸浆虫的卵很小，肉眼不易辨见〔图1.7（g），彩图1.2〕，几个卵聚集在一起时，亦需细心才能看到。卵长圆形，一端较钝，长0.09mm左右，宽0.35mm，淡红色，透明，表面光滑。卵初产出时为淡红色，快孵化时变为红色，前端较透明，幼虫活动可从壳外看见。

三、幼　　虫

对于小麦吸浆虫幼虫的龄期经过，国内外记载很少，杨平澜等在上海观察麦红吸浆虫幼虫的龄期经过和形态变化颇详，根据他的记载特把第一龄、第二龄幼虫的形态转述于此，至于第三龄是常见的幼虫，形态早有描述。

第一龄幼虫是从卵里孵化出来的幼虫，在身体背面无显著的瘤点，在腹面则有极小的棘，集合成群，按体节分列。气管系属于后气孔式，仅在第9腹节上有一对大而突出的气孔。腹部末端呈二叉状，在每个叉的顶端各有一根小的角刺；在每个叉的内缘各有一根小刚毛，在外侧各有一根粗刚毛［图 1.7 (i)，1］。到第一龄幼虫将近蜕皮时，腹部末端呈半圆形，原有的分叉状态全然消失，但在其上的角刺与刚毛则仍然可辨［图 1.7 (i)，2］，这是第一龄幼虫的期末。第一龄幼虫在身体的颜色上也易于识别，它的皮层全透明，从外面可以透见体内的几处颜色，在身体两侧各有一纵列橙黄色的脂肪体小块，最初在一节上有几小块，以后逐渐增长并合为每侧各一块，但节与节的脂肪体还不连接；又在第 1、2 胸节间最初有一小块棕色斑点，以后就显出为黑色锚状的眼点；在腹部的中部常有一块橘红色的斑点。

气管系属于侧气孔式，有气孔 9 对，一对在前胸背面，其余在 1～8 腹节两侧，最后一对气孔最大。腹部末端主要分为二叉［图 1.7 (i)，3～4］。每一叉的内缘又各有一个小分枝，叉枝的顶端各有一根刚毛，刚毛着生在腹面，小突起在背面［图 1.7 (i)，3］。将近蜕皮时（第二龄期末）腹末逐渐接近截状，但从角刺的大小还可以辨识它的龄期，因为角刺在大小及排列上是不改变的［图 1.7 (i)，4］。

第二龄幼虫的颜色主要是橙黄色，脂肪体从身体两侧的中央逐渐扩展，最后几乎全身都是脂肪体的橙黄色。

第三龄幼虫（彩图 1.3）是在麦穗常见到的老熟幼虫，体长 2.5～3mm，椭圆形，前端稍尖，腹部粗大，后端较钝，橙黄色。全身 13 节（头 1 节，胸 3 节，腹 9 节），无足。头小，分为两部分，前部较短小、皮质坚硬，后部较大、透明、柔软、便于伸缩。头顶具触角一对，仅一节，椭圆形，腹面有纵裂口。无单眼和复眼，但在头部的背面与腹面剑状胸骨片相对稍偏前处有黑色眼点（在第一龄时开始形成）感光。在第 1 胸节的腹面到第二龄可见剑骨片［图 1.7 (h)］。剑骨片在第一次蜕皮后才显出来，最初剑骨片的柄是不完全的，到老熟时才长完全。剑骨片为幼虫行动的重要器官。当幼虫老熟时，爬到麦芒顶端，用剑骨片固定住，腹面向外，把身体反卷起来，弯曲成圆球形，然后用头部末端猛力弹落地面。在入土时身体倒竖，头收缩在胸部内，使剑骨片的前端游离突出在外，用作钻掘的工具。口器［图1.7（j）］的周围肌肉发达，着生锐刺5对，第1对叉状，位于口的上方，第2对钩状，第3、4、5对尖直，分列两侧。另有叉状刺3对，位于前口刺外缘的后方，能锉穿或钩破麦粒表皮组织，使麦浆流溢便于吸收。

腹部1～8节腹面两侧各着生气孔一对，向外突出。腹部末节很小，末端有4个突起（角刺），每个突起顶端都各有一个粗角刺，它的数目、形状、位置亦与分类有关，肛门在末节腹面的中央。角刺大小几乎相等，角刺腹面外侧生两根刚毛。末节背面靠两侧处还有一对小型突起，不几丁质化，相对的腹面两侧也有一对小型突起，各着生有一根毛。

幼虫有大小两型，大型体为2.15mm×0.85mm，小型体为1.55mm×1.42mm。根据试验，饲养大型幼虫89头，羽化的45头成虫全是雌性；饲养小型幼虫91头，羽化的48头成虫中，46头是雄性，2头是雌性（曾省，1965）。

四、蛹

蛹有两种，一种是裸体蛹，另一种是带茧的蛹，蛹体构造都是一样的。体赤褐色，长2mm，前端略大，头的后面前胸处有一对长毛呈黑褐色，是呼吸管，此与摇蚊科Chironomidae展跗属 *Tanytarsus* 的蛹相似，可推测吸浆虫原是水生昆虫，有喜水习性（彩图1.4）。另外，头的前面有一对白色毛，必须细致观察才能见到，大概是一种感觉毛，足细长，排列在腹部中央，伸过翅芽，触角和翅芽密贴在体的两侧［图1.8（a）］。

根据1954年洛阳及1956年辉县吸浆虫工作组指出，小麦吸浆虫蛹的发育变化分为4个阶段，其形态上区别如下［图1.8（b）］。

1）前蛹［图1.8（b），1］。幼虫头部缩入前胸，体形变短加粗，不甚活动，前、中、后胸3节分界不明显，连成圆形，其中脂肪体消失，呈白色透明状，剑骨片特别明显，眼点分离，翅芽、足、触角在体中开始形成，透视呈乳白色。

2）初蛹［图1.8（b），2］。前蛹脱掉幼虫的皮（剑骨片随皮脱掉）即化为初蛹。初蛹体呈淡黄色，翅芽、足、触角白色或淡黄色，翅芽短仅及腹部第1节，眼点无变化，前胸背面的一对毛状呼吸管显著伸出，以后翅芽渐次增长，其尖端一般均达第3腹节，虫体颜色亦较前变深，多为橙黄色或橘红色。

3）中蛹［图1.8（b），3］。体色橙黄或橘红，最突出的变化是复眼的渐次形成，左右愈合，复眼颜色变化依次为淡黄色→橙黄色→橘红色→深红色；翅芽、触角有的为

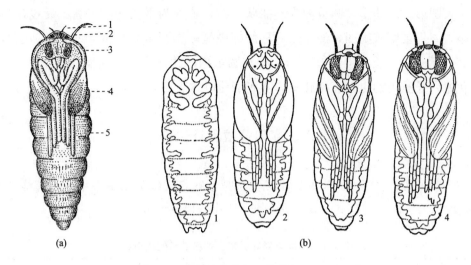

图 1.8　麦红吸浆虫蛹（仿曾省，1965）

（a）麦红吸浆虫蛹腹面：1. 头前毛；2. 呼吸管；3. 复眼；4. 翅芽；5. 足。（b）麦红吸浆虫蛹的发
育 4 个阶段：1. 前蛹；2. 初蛹；3. 中蛹；4. 后蛹

淡黄色，有的为黄白色，变化不一，据观察一般以淡黄色为最多。

4）后蛹〔图 1.8（b），4〕。中蛹至后蛹首先是翅芽颜色的变化，依次为灰色→淡黑色→赭色→黑色；复眼颜色变化依次为红色→深红色→黑红色→黑色；足及触角颜色变化依次为淡黄色→淡灰色→深灰色→黑色；虫体颜色变化不一，多数为橘红色，少数颜色较淡。

五、圆　　茧

小麦吸浆虫在其一生内大部分时间蛰居土中，而且还有多年休眠不出土的现象，所以幼虫入土三天后，身体反卷成茧状"囊包"（cyate）(图 1.9，彩图 1.5)，包于体外，以抵御外界的不良环境。囊包是极细微的丝状组织，在显微镜下检视可见丝状体，囊包极薄并无色透明。囊包遇水浸渍，幼虫会破包而出，爬至适宜地点，重新做包而成新的休眠体。

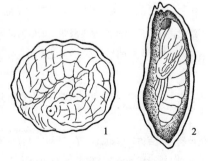

幼虫至化蛹前另外会结成一种长茧（图 1.9），幼虫居其中化蛹，与圆茧性质类似。两者不同之处在于以下几点。①圆茧为近圆球形，长

图 1.9　小麦吸浆虫圆茧（左）和长茧（右）（仿曾省，1965）

茧为扁长圆形；②幼虫在圆茧内为卷曲状，在长茧内为平伏状；③圆茧囊包较坚韧，不易破裂，长茧则较脆弱，经干燥后稍触即破裂；④圆茧直径为 5mm 左右，囊包组织紧密，无开口，长茧尖端有一口；⑤在圆茧内幼虫于化蛹前先破裂囊包，上升至土表化蛹，长茧内幼虫能直接化蛹，直到羽化时才破茧壳而出。

六、麦田瘿蚊科近似种

在开展田间幼虫密度调查时，常见许多拟似物与麦红吸浆虫混淆，应当认真鉴别（贺钟麟等，1989）。现将其区别点列于表 1.1 中，以供参考。

表 1.1　田间与麦红吸浆虫容易混淆的近似种

特征	麦黄吸浆虫	麦红吸浆虫	食锈虫	三叉幼虫
茧形	再生茧，椭圆休眠茧，球形	似球形，茧形幼虫首尾尖削	球形	未见其休眠体
颜色	橙黄色	橘红色	鲜红色	幼虫、白粉红色（内部常有 5～7 条小幼虫）（童体生殖）
茧的大小	1.1mm×1.1mm	0.75mm×0.5mm	0.75mm×0.45mm	
幼虫茧内卷曲状况	腹面向外卷；首尾间相距约为体长 1/5	首尾间距离不一致		
体长	1.5mm	3mm	1.5mm	3.5mm
体色	橙黄色	橙红色	鲜红色	粉红色
脂肪体	每节两侧两支	每节两侧各分 3～4 支	不清晰	在体内呈一圆团状

参 考 文 献

陈华爽. 2011. 麦红吸浆虫成虫对黑光灯的趋性及幼虫不同地理种群耐寒性的研究. 武汉：华中农业大学硕士论文.

陈巨莲，倪汉祥. 1998. 小麦吸浆虫研究进展. 昆虫知识，35（4）：240-243.

丁红建，郭予元. 1992. 小麦吸浆虫的研究动态. 世界农业，(2)：23, 31.

高军，王贺军，王朝华. 2009. 河北省小麦吸浆虫随联合收割机跨区作业传播的调查分析. 中国植保导刊，27（3）：13-14.

贺春贵. 2004. 小麦吸浆虫的地理分布与遗传分化. 见：袁锋. 小麦吸浆虫成灾规律与控制. 北京：科学出版社：26-53.

贺钟麟，顾万钧，章丽君，等. 1989. 主要虫害、鸟兽害及其防治. 见：河南省农业科学院. 河南小麦栽培学. 郑州：河南科学技术出版社：395-398.

刘家仁. 1958. 小麦吸浆虫. 农业科学通讯，(4)：215-217.

刘家仁. 1964. 我国小麦吸浆虫的地理分布. 昆虫知识，(5)：226-229.

吕印谱，吕国强，李建任. 2006. 河南省小麦吸浆虫严重回升状况及其原因分析. 中国植保导刊，26（6）：15-18.

倪汉祥，丁红建，孙景瑞. 1994. 小麦吸浆虫发生动态及综合治理对策. 中国农学通报，10（3）：20-23.

全国农业技术推广服务中心. 2010. 2010年全国农作物重大病虫害发生趋势. 中国植保导刊，30（3）：32-35.

孙天文. 1994. 河南省小麦吸浆虫发生动态与防治对策. 河南农业，（1）：11-13.

孙文涛，刘雅婷. 2010. 生物入侵风险分析的研究进展. 中国农学通报，26（7）：233-236.

汤博文. 1954. 东北首次发现小麦吸浆虫. 农业科技通讯，（4）：214.

王运生，谢丙炎，万方浩，等. 2007. ROC曲线分析在评价入侵物种分布模型中的应用. 生物多样性，15（4）：365-372.

吴凯，卢布，袁璋. 2006. 我国农田灌溉发展近况及其对粮食安全的贡献. 灌溉排水学报，25（4）：7-10.

吴凯，袁璋，许越先. 2003. 河北省粮食生产发展趋势及其地区差异. 地理科学进展，22（5）：499-506.

仵均祥，李长青，李怡萍，等. 2004. 小麦吸浆虫滞育研究进展. 昆虫知识，41（6）：499-503.

武予清，郁振兴，陈华爽，等. 2010. 应用MAXENT模型评价我国麦红吸浆虫分布初报. 见：吴孔明. 公共植保和绿色防控. 北京：中国农业科技出版社：314-319.

武予清，赵文新，蒋月丽，等. 2009. 小麦红吸浆虫成虫的黄色粘板监测. 植物保护学报，38（4）：381-382.

西北农学院昆虫教研组. 1956. 小麦吸浆虫之研究. 西北农学院学报，（1）：29-62.

徐卫华，罗翀. 2010. MAXENT模型在秦岭川金丝猴生境评价中的应用. 森林工程，26（2）：1-3.

杨平澜. 1959. 小麦吸浆虫研究与防治. 见：中国科学院动物研究所. 昆虫学集刊. 北京：科学出版社：193-221.

尹楚道，潘锡康，宋社吾，等. 1989. 小麦吸浆虫种群动态消长因素及危害调查研究. 安徽农学院学报，（3）：43-48.

曾辉，黄冠胜，林伟，等. 2008. 利用MaxEnt预测橡胶南美叶疫病菌在全球的潜在地理分布. 植物保护，34（3）：88-92.

曾省. 1962. 小麦吸浆虫的生态地理、特性及其根治途径的讨论. 中国农业科学，（3）：10-15.

曾省. 1965. 小麦吸浆虫. 北京：农业出版社：1-188.

张爱民. 1996. 小麦吸浆虫发生发展的气象分析及预报. 安徽农业科学，24（2）：151-153.

周尧. 1956. 中国小麦吸浆虫文献评介. 昆虫知识，（1）：42-45.

Barnes H F. 1956. Gall Midges of Economic Importance. Vol. Ⅶ: Gallmidges of Cereal Crops. London: Crosby Lockwood & Sons.

Berzonsky W A, Ding H, Haley S, et al. 2003. Breeding wheat for resistance to insect. In: Plant Breeding Reviews. Volume 22. Janick J ed. New York: John Wiley & Sons, Inc.

Elliott R H. 1988a. Evaluation of insecticides for protection of wheat against damage by the wheat midge, *Sitodiplosis mosellana* (Géhin) (Diptera: Cecidomyiidae). Can Entomol, 120: 615-626.

Elliott R H. 1988b. Factors influencing the efficacy and economic returns of aerial sprays against the wheat rnidge, *Sitodiplosis mosellana* (Géhin) (Diptera: Cecidomyiidae). Can Entomol, 120: 941-954

Fletcher J. 1902. Report of the entomologist and botanist. Expt Farms Ren. For 1901, 16. Gov. Canada. Ottawa. 212.

Felt E P. 1920. 34th report of the state entomo: ogist on injurious and other insects of the state of New York 1918. New York State Mus Bul, 231-233: 3-55.

Lamb R J, Tucker J R, Wise I L, et al. 2000. Trophic interaction between *Sitodiplosis mosellana* (Diptera: Cocidomyiidae) and spring wheat: implications for seed production. Can Entomol, 132: 607-625.

Lamb R J, Wise I L, Olfert O O, et al. 1999. Distribution and seasonal abundance of the wheat midge, *Sitodiplosis mosellana* (Diptera: Cecidomyiidae), in Manitoba. The Canadian Entomologist, 131: 387-398.

Oakley J N, Cumbleten P C, Corbett S J, et al. 1998. Prediction of orange wheat blosson midge activity and risk of damage. Crop Protection, 17: 145-149.

Olfert O, Mukerji M K, Doane J F. 1985. Relationship between infestation levels and yield loss caused by the wheat midge, *Sitodiplosis mosellana* (Géhin) (Diptera: Cecidomyiidae), in spring wheat in Saskatchewan. The Canadian Entomologist, 117: 593-598.

Reehar M M. 1945. The wheat midge in the Pacific Northwest. USDA Circular No. 732. 8p.

Webster F M. 1891. The wheat midge, *Diplosis tritici*. Kirby. Bul Ohio Agr Expt Sta, Ser. 2, 4: 99-114.

第二章　麦红吸浆虫的生活史和生物学特性

第一节　麦红吸浆虫的生活史

麦红吸浆虫一般每年发生一代，以老熟幼虫（三龄虫）结圆茧（称为休眠体）在土中越冬。次春当小麦返青、起身时，幼虫即自茧内爬出并上升到表土层（有些幼虫有多年越冬现象）准备化蛹。至小麦孕穗时则开始结长茧化蛹。如湿度偏低、温度较高时，幼虫多不结茧而直接在土中化成裸蛹。蛹期一般有 8～10 天，至抽穗扬花时［全国由南（河南南阳）到北（天津、唐山）在 4 月中旬～5 月上旬］即羽化为成虫，这一阶段吸浆虫的活动规律与小麦的物候期有紧密的对应关系。具体情况如图 2.1 所示。

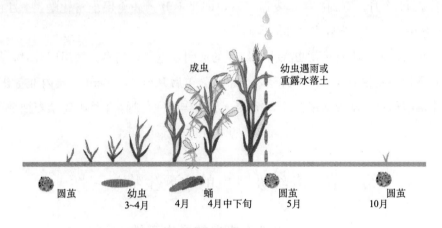

图 2.1　麦红吸浆虫的生活史

麦红吸浆虫的成虫于上午 10：00～11：00 羽化最盛，成虫羽化后即从土中爬出，在地面爬行，最后爬到麦秆、麦叶背面或杂草上栖息，经 30～60min 以后，才能振翅作短距离飞行。一般多在离地面 30cm 左右的麦株或杂草中栖息。成虫活动，除了产卵和迁移，多在草丛中距离地面 30cm 以内活动，清晨太阳未上升前，露水稍重则栖息不动。至 8：00 前太阳上升即开始飞翔，中午时稍停，下午 16：00～17：00 再度活跃。飞行力不强，飞行数分钟或一段距离即停。雌虫行动缓慢，雄虫较活跃。

成虫活动需要一定的光强和温度，以天气晴朗无风之日最活跃。遇大雨或大风则栖息不动。据西北农学院昆虫教研组观察，在无风或微风的天气，通常离麦穗 10cm 高飞翔，一次顺风飞行可远达 40m 以外。1951 年在西北农学院高达十几丈①的大楼顶，曾用胶纱布黏到吸浆虫的雌成虫。据苗进等 2010 年 5 月上旬在河南洛宁的高空系留气球捕捉试验表明，连续 10 个夜晚在 70m 的高空捕捉到了麦红吸浆虫成虫，其中以雌虫居多。

成虫白天不活动，17：00 以后开始在麦行间小麦穗部飞翔、交尾并产卵，以17：00～20：00产卵最为活跃。喜在颖口较松尚未扬花的穗上产卵。卵多产于护颖之间，每头雌虫一生可产卵 50 粒左右，最多可达 90 粒。卵期 5 天左右。成虫寿命可达到7 天。饲养笼中观察，在湿度适当而没有阳光照射到的地方，雄虫寿命为 7 天，雌虫能活到 12 天（曾省，1965）。成虫可见期在河南一般为 20～30 天；在西北地区的宁夏，由于冬春小麦均有种植，成虫在 5～7 月均可见到。

卵经过三天孵化出幼虫。幼虫孵化出后爬到嫩麦粒表皮上，以口器刺吸内部的浆液，使麦粒空秕。幼虫脱两次皮，在麦粒上生活 20 天左右即老熟，遇雨露后即从麦穗内爬出来，并弹落地面随即入土，在 6～10cm 深处经 3～10 天结圆茧越夏、越冬，在土壤中长达 11 个月。直到次年小麦返青后，即又上升到表土层准备化蛹，4 月初大批化蛹，4 月中、下旬变为成虫，如此周而复始。

在加拿大，麦红吸浆虫幼虫在土中结圆的透明茧越冬。当春天气温回升时，越冬幼虫于 3 月下旬小麦拔节期直接上升至表土层。破茧后升至 3～10cm 土层内准备化蛹，4月中旬小麦孕穗期，幼虫陆续在约 3cm 的土层中作土室化蛹，4 月下旬小麦抽穗期成虫盛发。

第二节　麦红吸浆虫的主要生物学习性

一、麦红吸浆虫的成虫习性

雌成虫出土后静止于麦秆上距地面约 20cm 处，雄虫飞来落在雌虫背上，然后身体颤动，雌虫翅向左右略展开，使雄虫腹部与雌虫腹部接触，雄虫头部略上举，腹部向下弯曲，后足固持于麦秆上，此时雄成虫腹末的生殖器不断向雌虫腹部末端试探钩握，为时约30s，待雌、雄生殖器完全接触，即静止不动。此时雌、雄虫仍呈重叠状，历时5～6s，雄虫前足放松，将身体倒转，从雌虫体上跳下，此时两虫相背，呈一字形，唯生殖器密切接触，因有副器钩握不易脱离，同时两虫的翅仍呈半开展状，如此历时

---

① 1 丈＝3.33m

5～10min后分离。雄虫在距雌虫 4～5cm 处，体略颤动数次后静止不动。雌成虫此时亦静伏不动，仅将翅还原平覆于背上，为时 30s 左右，雄成虫飞到另一麦株降落，将腹部略弯曲震动数次，飞往他处。雌虫 0.5h 后开始爬行约 15cm，在一麦叶上静止不动，直至因麦叶震动而飞去。

麦红吸浆虫的交尾系统基于雌虫刚刚羽化后雌成虫在短时间内产生的性信息素。在新羽化后雌成虫先爬行几厘米，然后停下，几秒钟后摆出释放性信息素的姿势。处女蚊性信息素的释放展示出与性信息素合成相关的日节律。小麦红吸浆虫的性信息素是单一的组分，名为 2，7-壬二醇二丁酸（2，7-nonanediyl dibutyrate）。

成虫下午交尾后当日或次日即行产卵，一般以羽化后第二日产卵最多。成虫产卵前，在麦穗上下左右爬行，同时将腹部末端的产卵管伸出，不停地在各小穗的空隙间试探，凡产卵管能插入之处即行产卵。雌虫产卵有趋触性，在产卵时，产卵管总是前后摆动，若能接触物体即将卵产下，否则另觅适合场所。

麦红吸浆虫一般产卵于小麦小穗的各个部位，其中以外颖与护颖之间，即外颖的背上方产卵最多，不孕小穗外颖背面、护颖内侧、小穗轴与穗轴之间稍次，其他则较少，内颖与外颖之间最少。其中以内外颖之间幼虫的发育最好，因幼虫孵化后不需经过颖口，即可潜入与麦粒相接触，便于取食。

成虫将产卵处选定后即将其两翅高举，腹部向下深入后静止不动，开始产卵，每产卵一次需时 4～21s，亦有达 40s 者。每次产卵 1 粒至 4～5 粒，散产。在虫口发生密度较大的地区，亦有连续集中产卵累计至 20～30 粒，或虽将产卵管插入缝隙间数秒而不产卵，又拔出另寻产卵处所者。成虫每次产卵后，在原处停留 3～5s 即另寻产卵地点，产卵时在麦穗上下不停爬行，如找不到适宜产卵处，即飞至其他麦穗。其多选择刚抽穗而未扬花的麦穗，已扬花的麦穗成虫多不喜产卵。

Lamb 等 2004 年详细研究了麦红吸浆虫产卵与小麦生育期的关系。幼虫在冬小麦扬花传粉时对麦粒造成很大的危害。由于扬花以后产卵，幼虫在生长发育的麦粒中发育将受到抑制，麦红吸浆虫可能就会停止危害。通过实验室对植物不同生育期与麦红吸浆虫产卵偏好、幼虫发育和取食偏好的研究，这种假设得到了证实。结果表明，麦红吸浆虫雌虫从小麦抽穗到扬花产卵无偏好，在小麦扬花后 10 天仍产卵但产卵量下降。新孵化的幼虫在小麦扬花后 3～4 天存活率下降，5～6 天后存活率急剧下降。在选择性试验中幼虫从旧麦粒移动到新鲜的麦粒中取食。

产卵时间多在晴朗无风的时刻，17：00～20：00 产卵居多，而以 18：00～19：00 为产卵盛时，日落后则停止产卵。

二、成 虫 性 比

　　孤雌单性生殖、雌雄性比偏向雌性现象在瘿蚊科中很普遍，对于害虫综合治理有很重要的意义。Smith 等（2004）研究发现麦红吸浆虫种群的性比与繁殖方式、成虫羽化情况及分散程度有关。在小麦红吸浆虫整个生命周期中影响性比的因子具体有以下几种。首先，基因机制决定孤雌生殖产生的后代全部或者几乎全部是单性的，但从总体来看，性比稍微偏向雌性，占到 54%～57%；其次，滞育期间死亡率的差异使得雌性上升为占性比的 60%～65%；再次，在羽化位点交尾后，雌性瘿蚊分散在不同的田块产卵，雄性瘿蚊不再飞离羽化位点，导致分散后的性比上升为几乎100% 是雌性；最后，雌性瘿蚊在不同植物间分散产卵，保证了下一代的性比接近当地种群的平均值。

　　瘿蚊科中的麦红吸浆虫的单性生殖或孤雌生殖表现得更突出，黑森瘿蚊的许多后代都含有一些"意外"的、不占优势的性别。麦红吸浆虫产生的后代全部雌性多于全部雄性，因为雌雄后代的个体大小和雌雄幼虫的存活率相差不大，但总体的结果是性比出现偏向，雌性占到 57%。Smith 实验室雌雄混合饲养的大样本的结果也显示相似的偏向，雌性占到 54%。世界各地的调查数据显示了相同的偏向。在欧洲和北美，麦红吸浆虫在小麦田里羽化的时候，性比稍偏向于雌性，但是捕捉到的在田间分散分布的瘿蚊几乎全部是雌性，Lamb 等（1999）在曼尼托巴省田间，用 Talor 吸虫器在 1.4m 高的小麦冠层捕捉到的麦红吸浆虫雌性占 95% 以上。在加拿大西部地区的许多取样点，麦红吸浆虫羽化时的性比偏向比实验室单头饲养或者混合饲养的后代偏向更严重，雌性达到 60%～65%。从田里收集到的幼虫比实验室饲养的个体小，雄性幼虫个体小于雌性幼虫，个体小的幼虫可能没有个体大的幼虫在滞育期容易存活下来。

　　麦红吸浆虫种群中性比的变化在繁殖、成虫羽化和扩散中起到决定作用。性比的形成最初由配子的形成和授精决定。此后，在生理、生态、习性方面也可引起雌雄虫的存活和扩散方面的差异，使得性比发生变化。性比自身影响一次交尾、多次交尾或姊妹种之间的交尾，从而显示出对种群调节的重要性。生活史循环过程中性比的变化也意味着何时何地交尾的发生，以及与交尾繁殖有关的扩散时段的信息。因此，了解性比以及生命循环中性比的变化对于评价麦红吸浆虫治理方案的可行性，如抗性作物的利用和性信息素的利用是很有用的，如同型交配特别是在昆虫间增加交尾的可能性——这涉及昆虫在抗性作物上的存活、作物害虫有毒株系的进化速度

（Onstad and Could，1998），以及用性信息素来监测或干扰交尾习性。

三、幼虫的习性

麦红吸浆虫卵经过 4～7 天孵化为幼虫。孵化时，卵顶端透明，其他部分为赤红色，且可隔卵壳见到幼虫在壳内活动。幼虫由卵的一端破壳而出，在卵壳附近停留一段时间后，便缓缓爬行至小麦外颖基部，由内外颖合缝处转入颖壳，附于子房或刚灌浆的麦粒上进行危害。幼虫以口器刺破麦粒果皮，吸食流出的浆液，但并不钻入麦粒内部。幼虫也取食子房，阻止授粉和结籽。当卵孵化延迟到灌浆时，幼虫取食正在发育的麦粒的表面，只造成轻微的危害（Oakley，1981）。成虫产卵部位对卵的孵化与幼虫入侵颖壳的难易关系甚大。若卵在外颖与护颖之间，则因外有护颖被覆，保温保湿，卵的孵化率高，幼虫易入侵。而产在其他部位的卵，因无覆盖易失水，卵不易孵化，所以孵化的幼虫死亡率也高。只有在阴雨天气，在其他部位孵化的幼虫，才可慢慢入侵到颖壳内。

幼虫从孵化到老熟，脱两次皮，共三龄。第一次脱皮在孵化后 4～5 天，第二龄幼虫期 5～8 天。第二次脱皮在老熟幼虫入土之前。幼虫期 20 天左右。幼虫老熟时，虫体缩短变硬，并躲在第二次所脱的皮壳内蛰伏不动，具有很强的抗旱能力。若遇雨湿，即恢复活动，钻出脱皮并爬出麦颖；或顺雨滴由麦秆下落至地面；或爬到麦芒顶端，用剑骨片固定住虫体，身体反转，弹落到地面，可弹离麦株 30cm 以上。

如果没有一定的水湿（雨露），幼虫不能爬出颖壳落入土内。没有落土而留在麦穗内的幼虫，麦收时被联合收割机带至其他田块，造成吸浆虫的人为传播（高军等，2009）

麦红吸浆虫幼虫离开麦穗落地迅速入土与它具有强烈的背光性是分不开的。白天在实验室内饲养，常见幼虫背光爬行，或聚集在遮光处；夜晚常见幼虫钻出土面活动，日出前后又钻入土内。这些观察都证明吸浆虫幼虫有强烈的背光性。当土中水分过多时，即被迫向土表转移。苗进、巩中军等观察河南辉县南章村 2011 年 3 月 29 日在麦田灌水后，有大量幼虫在地面爬动的现象（彩图 2.1）。

Stanley 等 1981 年在密歇根的研究中发现，麦红吸浆虫在受一种颖枯病菌（*Septoria nodorum* Berk）侵染的麦穗上幼虫数量更多，幼虫在麦穗上干燥的情况下可以存活 10 个月，在水中也可存活 10 个月。他还发现幼虫可以在水下化蛹的习性。

四、蛹的生活习性

越冬后，幼虫就变得活泼，爬到土壤表面 3～6cm 深处化蛹。条件不同，幼虫选择化蛹结茧或不结茧。在我国，成虫4月下旬到5月上旬羽化。在加拿大，成虫6月底或7月初从蛹中羽化。羽化可能持续大约6周。

幼虫化蛹前，常结一长茧，结长茧的习性与湿度有关，长茧幼虫与圆茧幼虫性质不同。长茧与圆茧不但在形状、大小上不同，在结构上也有差异，长茧丝的结构稀薄，在尖端有一个开口；圆茧结构细密，没有开口。除结长茧化蛹方式外，还能直接竖立于土表，半裸露或在土缝间隙内化蛹，也能在土表筑成的土窝内化蛹。

近羽化时，蛹靠背上所生的倒刺蠕动到土表合适的位置羽化。1986年安徽阜阳调查，自化蛹前期至羽化成虫开始，土壤中幼虫及蛹的数量减低35%~64%。有的地方自幼虫上升活动至羽化损失80%，羽化率只有20%。有时土壤中幼虫很多，但羽化的成虫甚少。蛹对环境的抵抗力极弱，温湿度稍有不适即不能羽化，如用人为移动其位置或变换环境，就会中途死亡或延长其羽化期。在化蛹期，一般休眠体、活动幼虫以及长茧并存（彩图2.2）。

第三节　成虫的趋光性

据沈庆型、吴中麟1954年报道，江苏扬州农业试验站发现麦红吸浆虫成虫有微弱的趋光性，红灯在4个晚上诱获成虫22头，黄灯诱获数是红灯的1.9倍，绿灯诱获数是红灯的2.32倍，蓝灯诱获数是红灯的2.68倍。贵州思南农业局观测站报道小麦吸浆虫有较强的趋光性，一般使用螟虫灯可以诱获相当多的小麦吸浆虫，麦红吸浆虫多于麦黄吸浆虫；吸浆虫对红、蓝光线趋光性较强，黄、绿次之，白色较差。2010年，陈华爽等在河南洛宁麦田发现麦红吸浆虫对黑光灯有强烈的趋光性。

一、麦红吸浆虫上灯数与成虫发生动态

2010年陈华爽等在河南省洛宁县小麦田夜间用黑光灯诱集麦红吸浆虫成虫，结果表明麦红吸浆虫成虫对黑光灯有极强的趋光性，4月30日~5月19日之间日累计上灯数量在9~5661头。5月7日是麦红吸浆虫发生的最高峰，当晚从20：00~23：30累计上灯数量多达5661头（图2.2）。

将麦红吸浆虫成虫的上灯数量分别与黄板黏虫数量、网捕数量、目测数量进行相关性分析（表2.1），从分析结果看，上灯数量与目测数量相关性最低，相关系数为0.646，在0.05水平上相关显著。上灯数量与网捕数量存在正向的相关，在0.01水平上相关显著，相关系数为0.828。这是由于网捕时网捕人员行走速度、网捕力度、网捕

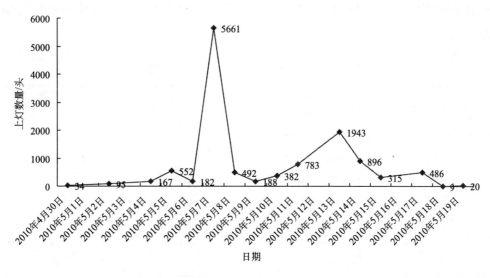

图 2.2　不同日期上灯数量

位置、网捕面积不同，从而捕到的麦红吸浆虫成虫数量也会不同，所以网捕结果受人为因素影响较大；黄板黏虫数量与灯诱数量相关性最高，在 0.01 水平上相关显著，相关系数达到 0.908。黄板黏虫的调查结果比较直观，受外界影响较小，更能反映实际情况，与上灯数量正向相关系数最高，说明上灯数量也最符合田间实际情况。这个结果表明灯诱监测的数据与大田麦红吸浆虫发生动态相符，可以作为麦红吸浆虫田间发生动态的监测方法使用。

表 2.1　灯诱数量与黄板诱集数量、网捕数量、目测数量之间的相关性分析

监测方法	相关关系式	相关系数 r
黄板黏虫数量	$y=-60.889+64.158x$	0.908**
网捕数量	$y=-98.589+12.468x$	0.828**
目测数量	$y=-265.999+110.965x$	0.646*

** 表示在 0.01 水平显著相关；* 表示在 0.05 水平显著相关。

二、麦红吸浆虫的上灯时段

20：00 以前天未完全黑，麦红吸浆虫成虫对黑光灯灯光不太敏感，上灯数量较少；21：01～21：30 时间段是麦红吸浆虫成虫夜间上灯的高峰期，在监测期间该时间段累计上灯 4134 头；22：31 以后吸浆虫活动显著减少（表 2.2）。每晚上灯数量与当日田间

黄色黏板捕捉数量、网捕数量具有显著的相关关系，诱集到的麦红吸浆虫性比偏向雌性。

表 2.2　不同时间段麦红吸浆虫成虫上灯数量

处理	均值±标准差	5%显著水平	1%极显著水平
21：01～21：30	141.0534±11.1867	a	A
21：31～22：00	76.9517±7.1823	b	B
20：31～21：00	65.2894±6.4465	b	BC
22：01～22：30	44.9127±6.0575	bc	BCD
20：01～20：30	44.8211±6.0655	bc	BCD
22：31～23：00	29.2843±4.5126	cd	CDE
23：01～23：30	18.9096±4.1105	d	DE
20：00 以前	12.9569±4.6382	d	E

第四节　麦红吸浆虫的滞育

一、昆虫滞育的一般概念

昆虫是变温动物，昆虫的生长发育和种群动态都随着气候的变化呈现明显的季节性波动。秋末冬初气温下降到一定程度时，大多数昆虫都在其生活史的某个阶段停止发育进入越冬或越夏状态。人们曾经提出过许多不同的名词术语来形容昆虫生长发育的中止现象。

休眠（dormancy）是指任何发育状态的抑制，它是一种适应（具有生态或进化意义，不仅是人工诱导的），常伴随新陈代谢的抑制。

静息/静止（quiescence）是指当任何环境因子低于生理阈值需求时做出的一种直接的反应（无中央调节指令），如果环境因子上升到生理阈值需求以上，发育立刻恢复。

滞育（diapause）是更为深刻的，由内在的、中央调节的发育中断，它是发育程序脱离了直接的形态发生而进入了选择性滞育程序的生理过程；滞育通常出现在不利环境因素来临之前，且不会随着不利因素的消失而结束。

滞育又被分为专性（obligatory）滞育和兼性（facultative）滞育。在为数不多的专性滞育的种类中（与环境因素无关的一化性种类），进入生长停滞不需要外来因素的诱发，因为它代表了个体发育程序的固定组成部分，不受环境因素的影响。兼性滞育常被标志性刺激诱导，动物个体可以有两种个体发育的选择，即直接发育或滞育。吴坤君

（2002）指出，近半个世纪来的大量研究表明，许多过去被认为是专性滞育的一化性种类，在一定条件下都可以表现为多化性，因此绝对与环境因素无关的专性滞育昆虫种类变得越来越少。

把休眠仅分为静止和滞育两大类相对简单且被广泛接受，假如没有办法明确区分两者的话，用休眠作为统称会是更好的选择。

昆虫滞育是由连续的几个阶段组成的动态过程。这些阶段的概念和命名尚未解决，在文献中有时也不明确。捷克科学院昆虫研究所的昆虫学家 Kostal（2006）发表了有关昆虫滞育的生理生态阶段的综述论文，对昆虫滞育的个体发育和最常用术语进行了评价，重点解释和重新定义了具体的生理阶段，目的在于提出相对简单实用的专业术语体系。

滞育的生理生态阶段分为以下几个时期（图 2.3）。

滞育前（pre-diapause）：包括滞育的诱导期（induction）和准备期（preparation）。

滞育（diapause）：包括启动期（initiation）、维持期（maintenance）、解除期（termination）。

滞育后（post diapause）：主要为静止期（quiescence）或称静息期（吴坤君，2002）。

在每一个种类、每一个种群甚至个体间，滞育阶段都是按照特定的生理过程（大部分未知）进行的，其真实的表达明显被不同的环境因子所修改。

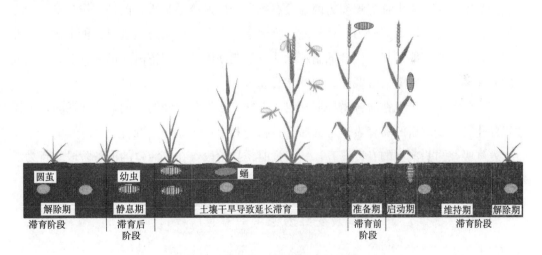

图 2.3 麦红吸浆虫滞育的不同阶段

二、麦红吸浆虫的滞育现象

小麦进入黄熟期，麦红吸浆虫老熟幼虫遇适当降雨或露水，即落入土中并结茧或以裸露状态进入滞育，经过夏、秋、冬，直至翌年春季小麦进入返青拔节期才恢复活动，滞育时间长达 10 个月。滞育使麦红吸浆虫避过了夏天的烈日暴晒和冬季的低温寒冷，对其种群生存和繁衍具有重要的作用。按照 Kostal（2006）滞育阶段的划分见图 2.3。

三、麦红吸浆虫滞育的生理生态

（一）麦红吸浆虫的滞育前阶段

麦红吸浆虫一年发生一代，是典型的一化性昆虫，它滞育的发生属于专性滞育，即它的滞育一般不需要外来因素的诱发，是个体发育程序的固定组成部分。麦红吸浆虫在麦穗上取食两周后发育到三龄阶段即停止取食，遇到降雨或露水即从麦穗上落入土中结成圆茧，经过夏、秋、冬直到第二年春季才恢复活动，在土壤中的时间长达 11 个月左右。

1995 年胡木林等观察到，麦红吸浆虫的极少部分个体在当年的夏末、秋季、初冬时节也可化蛹羽化，羽化率在 1.1％～3.9％。这些个体二化性的产生是哪些环境因素引起的尚不清楚，胡木林等解释为因为没有感受光周期诱导刺激；但是，作为专性滞育应该不存在诱导阶段。其原因一种是麦红吸浆虫专性滞育进化的痕迹或这种生物学特性的变异，另一种可能是某些代替低温解除滞育的刺激因素（如雷击、机械震动、电流或温度骤变、受伤、感染、酸碱度、他感化合物等）。

滞育的准备期出现在滞育诱导期和启动期被直接发育分开的时期，在此期间，个体被程序化转换到继后的滞育表达，为滞育在行为和生理上做好了准备。

麦红吸浆虫为典型的专性滞育，一般没有诱导阶段，在其滞育的准备阶段的行为活动反应表现为三龄幼虫栖息在麦穗中并取食停止。

（二）麦红吸浆虫的滞育阶段

1. 启动期

启动期（initiation）是昆虫直接发育（形态发生）的停止，并通常伴随新陈代谢的抑制。滞育启动期昆虫可以继续取食，储存能量和寻找适合的微环境，为不利环境的到来做生理准备，滞育强度可能加剧。麦红吸浆虫这一时期处于幼虫入土到结成圆茧的时期。

麦红吸浆虫在土壤中结成圆茧可能是滞育启动的形态和生理学上的标志。其滞育的其他标志还在研究中。在麦红吸浆虫生理方面，滞育开始的时间正逐步被了解，成为宁(2008)用放射免疫分析法测定了麦红吸浆虫滞育前后全虫体内蜕皮甾类激素滴度的变化，结果表明该激素滴度在麦红吸浆虫入土进入滞育后显著降低，麦穗老熟幼虫入土前蜕皮甾类激素滴度为5.22pg/幼虫，入土进入滞育后显著降低，在11月5日以前维持在较低水平(为2.70～3.40pg/幼虫)；李英梅等(2006)的试验结果表明，麦穗幼虫与秋季滞育幼虫保幼激素Ⅲ的含量相当，目前更深刻的激素调控迄今并没有了解，如调节因子(未知上游因素如神经肽和激素)、靶标组织(激素受体、层叠的信号源、细胞循环的调节者等)或二者兼而有之。

除了直接发育的停止，滞育的启动阶段还有其他过程，可与随后的阶段区分。启动阶段最大的特点是新陈代谢速率有规律的逐渐减少。新陈代谢的停滞是个复杂的过程，它需要协调新陈代谢酶的磷酸化状态、生物膜的功能和基因表达等变化。

虽然发育过程受阻，还是需要高效的代谢来支持特殊行为和生理活动的发生。麦红吸浆虫新陈代谢的速率减少在启动阶段能观察到。仵均祥在2000年5月20日检测麦穗上的幼虫海藻糖含量为(1.213 ± 0.669)μg/mg，6月20日土壤中圆茧为(9.687 ± 0.050)μg/mg，海藻糖含量存在极显著的差异。同期，甘油含量由麦穗幼虫的(2.96 ± 1.19)μg/mg，猛增到5月25日入土圆茧的(6.58 ± 1.11)μg/mg，到6月6日甘油含量为(12.21 ± 2.21)μg/mg。这说明海藻糖和甘油是麦红吸浆虫幼虫滞育启动过程中发生的重要代谢过程和支持滞育的代谢物质。成为宁(2008)用代谢酶活性测试盒分别测定了麦红吸浆虫滞育前后和滞育期糖原磷酸化(GPase)、磷酸果糖激酶(PFK)、己糖激酶(HK)和醛缩酶(ALD)等4种代谢酶活的变化。结果表明，麦红吸浆虫滞育前后代谢酶活力明显不同，滞育后GPase活力显著提高，糖酵解有关酶PFK、HK和ALD的活力降低，以保证更多的糖原转化为海藻糖。

张克斌等(1988a)研究表明，结茧幼虫在6月6日(入土两周左右)、6月16日、7月5日的呼吸耗氧量急剧下降，分别为8.67μl/mg、7.21μl/mg、4.76μl/mg，30天内下降45.09%；以后下降有所减缓。

昆虫越冬行为是启动阶段相关的行为活动最明显的例子。生理上应付逆境的准备也在这个阶段开始。很多情况下，耐性机制的加强(典型的抗寒性)在启动阶段体现：当它们感受到特殊的刺激(寒冷)时，随后阶段的耐寒性也表达出来。这种有活力的生理或行为的活性可能仅在较高的温度下且其他因素也许可的条件下才能达到。许多昆虫表现出了启动阶段一般需要较高的温度条件，而且这段较高的温度可导致滞育强度加强、滞育时间延长，并提高了滞育解除后的成活率。

2. 维持期

维持期（maintenance）是指尽管环境条件有利于个体直接发育，但个体内部发育始终保持停滞。特定的标记刺激有助于维持滞育或者阻止滞育的解除。新陈代谢速率相对低和恒定。未知的生理过程或多或少导致了滞育强度的削弱，对滞育解除条件的敏感性增加。麦红吸浆虫这一时期处于在土壤中结茧的夏秋季节。

虽然滞育启动后的环境条件仍然有利于继续发育（实际上具有同种基因的非滞育个体在这种条件下能够发育），但滞育个体仍处在发育的停止期，这种对滞育解除条件的不反应期被许多学者称为"不应期"（refractoriness）。麦红吸浆虫就存在这种"不应期"。胡木林和张克斌（1995）经试验发现，进入滞育后经过夏季和冬季的麦红吸浆虫幼虫如果放在适宜温、湿度条件下，羽化率高达50％左右。但新进入滞育的幼虫，无论何种低温、多长时间，也不能终止滞育。滞育个体在滞育解除前被一种未知的内源过程和环境条件的特定变化（通常是不利环境来临或刺激性信号的改变）维持数周至数月。大部分昆虫通常在夏季和秋季温暖的气候下就开始冬滞育（冬眠类型）；同样，夏季（越夏类型）或热带滞育型昆虫在不利时期来临前（栖息地干涸或洪水泛滥，食物资源短缺或食物质量变化，或竞争和捕食者增多）就启动和维持它们的滞育。某些种类在一些特殊情况下，滞育可持续几年甚至几十年。

20世纪初，Kieffer就发现并报道了麦红吸浆虫滞育幼虫延期滞育的现象。1943年，Barnes指出麦红吸浆虫滞育幼虫在土壤中经过三个冬季，麦黄吸浆虫滞育幼虫经过两个冬季后仍可以化蛹羽化；随后的观察又发现麦红吸浆虫幼虫滞育在土壤中最多可维持12年，麦黄吸浆虫幼虫滞育在土壤中最多维持3年。

国内在河南、陕西、山西、甘肃、四川、宁夏和青海等地发现，麦红吸浆虫有相当数量的幼虫在土内存活时间在一年以上。小麦吸浆虫多年维持滞育的现象因地区不同而不同。在青海，麦红吸浆虫幼虫的多年滞育率为14.6％～77.9％；麦黄吸浆虫幼虫的多年滞育率为6.3％～77.9％。在山西芮城，麦红吸浆虫幼虫的多年滞育率从46.3％～92.3％不等。超过一年的麦红吸浆虫滞育的维持源于春季的干旱或土壤含水量不足，不能化蛹而继续滞育。

杨平渊根据我国各地小麦吸浆虫幼虫的滞育状况将我国小麦吸浆虫的发生区划分为以下三种类型：①两种小麦吸浆虫都没有明显的多年滞育的地区，这些地区在全国小麦吸浆虫分布区所占比例很小，上海是其中之一；②麦红吸浆虫具有多年滞育的习性、麦黄吸浆虫无多年滞育习性的地区，这些地区在全国小麦吸浆虫分布区占主要部分，包括我国绝大部分小麦主产区；③两种小麦吸浆虫都有多年滞育的地区，这些地区在全国小麦吸浆虫分布区所占的比例也很小，主要包括我国西北地区的宁夏、青海等地。

滞育维持期是最"真实"的滞育阶段，麦红吸浆虫在夏秋季节的糖、脂肪酸、甘油、呼吸等代谢物质和生理活动很少有变化，但它总的生理特性仍然不太清楚。像能量耗竭和细胞衰老这样的基本过程，很可能促成了维持期生理状态的逐渐变化。最重要的是，在这个阶段一些不易理解的（系列）变化继续进行，它显示了滞育强度的逐渐削弱和对滞育解除条件的敏感度增强。特殊的标志性刺激可以帮助维持滞育。

3. 解除期

许多昆虫和螨类保持在恒定的实验室条件下，滞育维持在自发解除和恢复直接发育时达到顶峰［维持期和解除期（termination）重叠］，也有些种类的昆虫滞育的维持期和解除期可以通过环境条件的特定处理而明显隔开。但是，也有像麦红吸浆虫等许多种类中，滞育解除需要严格的条件，麦红吸浆虫滞育的解除目前只能在低温下进行。

在野外，环境条件的变化使区分维持期和解除期是比较困难的。尽管如此，特定条件和刺激确实参与田间滞育的解除，即使他们在实验室没有这种严格的需求。它的生态学意义在于，滞育的启动阶段可以发生在同一种群中的不同个体的不同时期。在不利时期（或有关标记信号）出现前，每一个个体维持滞育的时间也不同，这样同步刺激，防止了滞育不适时的（过早）解除。滞育的解除具有明显的生理生态阶段，在这一阶段滞育强度减低至最小水平，使继后的直接发育的恢复成为可能。

有关昆虫滞育解除的条件已有许多的文献报道。冷刺激、水刺激、光周期信号是解除滞育最常见的因素。通过环境条件的调节，滞育的解除期可以缩短；另外可以通过各种人为刺激，如机械震动、电流或温度骤变、受伤、感染、溶剂和其他化学试剂的使用，使滞育提前解除。直到现在还没有找到人为刺激解除麦红吸浆虫滞育的方法。

滞育解除的过程可最终导致直接发育的明显恢复（如果条件允许的话），或者使直接发育的潜力悄悄恢复（如果条件不允许的话）。栖息在温带地区的昆虫，其冬眠的解除一般发生在冬季的早期和中期，此时环境温度是最低的，远不利于发育。相似地，夏滞育和热带滞育的解除在干旱季节完成，但此时环境条件不会导致直接发育的恢复。

麦红吸浆虫冬季持续低温可解除滞育，但滞育解除的机理还不十分清楚。一般认为，滞育的结束与生物合成潜能的恢复相互联系，释放和调节要素（激素等）的运输及靶标器官与这些要素的反应或结合能力的恢复相互联系。靶标组织的敏感性受到激素受体（存在或缺乏）的调节。在烟草天蛾（*Manduca sexta*）蛹滞育期间，蜕皮素受体（EcR）或它的二聚化伙伴 ultraspiracle 蛋白（USP）是下调的，在直接发育恢复时其基因的表达迅速重现。红尾肉蝇一些其他基因也表明仅在一段特定的滞育时期才启动了它们的表达，它们的产物也参与滞育解除的过程。在家蚕一系列有关滞育卵冷解除的论文中，这个过程的生理机制归于称为"时间间隔检验酶"（TIME）的特异蛋白构型的变化，它被时控缩氨酸（PIN）调节。

滞育解除目前缺乏明显的标志，而且它的结束导致了另一种观点的产生，即滞育的结束与直接发育的悄悄恢复有关，一些学者更青睐这个观点。

解除期是环境条件的特定变化，刺激（促进或恢复）了滞育强度削弱至最低水平并使同一种群的个体同步。到终止阶段解除时，明显的直接发育恢复的生理状态可达到（如果条件允许的话），或者暗藏的直接发育的潜力被复原但不出现（如果条件不允许的话）。麦红吸浆虫幼虫在进入冬季后温度降低到发育起点温度以下时为解除期的起始点，10℃以下持续 120 天解除滞育。

（三）麦红吸浆虫的滞育后阶段

滞育后阶段是滞育解除后，当时的条件不能满足直接发育的恢复，发育和新陈代谢被外源条件所抑制。

有利于滞育解除的环境条件可能与直接发育恢复的条件不同。生物个体外部依然保持着滞育后休眠的状态（注意与滞育期内部的休眠不同——应该称为静息期）。到滞育后休眠结束时，限制因素的改变使生物继续直接发育。

麦红吸浆虫越冬后，刘家仁观察到土壤含水量低于 17% 时幼虫不能化蛹。曾省认为，早春 3、4 月降雨量的多少、降水的早晚、降水的频度以及雨水深入土中的深浅等影响越冬幼虫破茧上升的快慢，造成成虫发生高峰的次数、高低的变化，以致小麦吸浆虫引起危害的轻重。

因此，在冬季持续低温解除滞育后（而不是雨水或水分解除），麦红吸浆虫进入滞育后阶段（静息期）。如果土壤水分和温度达到满足，麦红吸浆虫则开始发育，幼虫上升至土表化蛹羽化。否则将继续处于发育的停滞阶段，形成多年滞育。

相似地，淡水轮虫和甲壳类动物的休眠卵，它们直接发育的恢复通常被环境因素的变化所影响，如温度的升高、氧气含量的增加或暴露的光源。在其他一些情况中，特定的生物因子可刺激直接发育的恢复，如寄主植物生物化学的季节性变化或以他感化合物（allelochemical）为信号的食物资源的出现等。但是还没有证实麦红吸浆虫是否存在他感化合物来刺激直接发育。

很多学者也认识到生物直接发育的能力在滞育后休眠中已完全被恢复，但他们倾向于将这个外力驱动的发育停上过程纳入滞育阶段。名词"激活阶段"或"完成阶段"有时被用来描述这个阶段。

目前麦红吸浆虫不同滞育阶段的生理变化的研究结果归纳见表 2.3。

表 2.3　麦红吸浆虫不同滞育阶段的一些生理指标的变化

生理指标	滞育前阶段	滞育阶段			滞育后阶段
	准备期*	启动期**	维持期***	解除期***	静息期***
保幼激素 III /(ng/mg)	0.01488	—	0.01398	0.04309	0.04345
甘油（µg/mg）	2.96±1.19	6.58±1.11	8.80～12.21	8.82～12.22	8.50～9.16
总糖（µg/mg）	39.967±3.500	17.313±3.274	18.812～19.737	21.177～22.453	24.579±0.990
海藻糖 /(µg/mg)	1.123±0.669	0	5.925～9.687	7.258～12.206	10.205±1.209
糖原（µg/mg）	1.712±0.238	2.564±1.056	0.715～5.061	0.030～1.163	8.782±1.476
耗氧量 [µg/(mg·h)]	—	10.50	0.67～7.21	0.44	6.04
呼吸熵 Q_{10}	—	0.84	0.69～0.81	0.69	12.3
过氧化物酶活性	28.52±0.50	—	16.47～20.35	13.58±2.47	18.91～21.95
过氧化氢酶活性	30.10±5.65	—	24.76～28.81	35.26±0.82	31.05～32.40
超氧化物歧 化酶 SOD 活性	59.24±8.38	—	47.05～50.01	60.94±1.52	58.08～58.11
蛋白质/(µg/头)	22.93±1.73	—	19.19～19.73	19.15±0.57	21.11～21.27
海藻糖酶活性	0.3446±0.0075	—	0.138～0.218	0.036～0.097	0.052±0.006
山梨醇脱氢酶活性	0	—	0	0.0086±0.0028	0.0177±0.0172

* 麦穗上幼虫；** 新入土未结茧的幼虫；*** 圆茧。

酶活力单位：OD/(mL·min)。

根据仵均祥、侯娟娟、张克斌、王洪亮、成为宁、李英梅等发表论文整理。

（四）麦红吸浆虫的延长滞育

春季幼虫破茧后至化蛹前，处于滞育后阶段的静息期，遇合适条件则化蛹羽化出土；如果土壤干燥，幼虫可再次结茧进入滞育，胡木林和张克斌（1995）称之为二次滞育。麦红吸浆虫滞育一年的幼虫，62.1%具有这种能力。二次滞育是环境所迫，故称为被动延长滞育（passive prolonged diapause）。

　　这种被动延长滞育不仅受土壤湿度的影响，还受到环境温度的制约。在一定温度范围内，温度高，延滞率上升；无论在高湿、中湿或干燥土壤中都是如此（胡木林和张克斌，1995）。由此可见，高温干旱是促使麦红吸浆虫被动延长滞育比例上升的主要因子。

　　与被动延长滞育相对的一种形式是受小麦吸浆虫自身控制的、不受环境影响的主动延长滞育（active prolonged diapause）。这类幼虫除非自身控制的延长时间结束，否则在最适合的条件下也不化蛹。这部分幼虫在自然条件下要经过两个甚至多个冬季才能解除滞育。主动延长滞育的发生归结于内在的遗传因素，其中是否存在解除滞育的条件没有满足？如感受低温的日数不足而继续滞育？感受低温的日数是否存在两个冬季的累加效应？由遗传因素和环境条件共同控制的（被动延长滞育部分）不属于不同滞育强度的群体，其滞育强度的指标是什么？二化性的发生是否意味着具备了寻找麦红吸浆虫滞育基因的前提？这些都是麦红吸浆虫滞育研究的重要课题。

　　研究滞育的发生、解除、内在机理对于研究麦红吸浆虫的生物生态学、了解麦红吸浆虫虫口数量的积累和发生成灾，特别是能否作为合适的生物材料以促进生命科学的发展，都具有十分重要的生产意义和科学价值。

第五节　麦红吸浆虫地理种群的耐寒性

　　研究昆虫生命过程中的过冷却现象，对于认识其抗寒机理是十分重要的。近年来，在对大量的昆虫耐寒性研究中，过冷却点常用来作为一个重要指标来界定昆虫耐寒性的强弱（景晓红和康乐，2003）。不少学者还将过冷却点整合到种群在地理分布范围扩散方面的研究，探讨变温动物在种群扩散过程中过冷却点变化对种群扩散的生态学意义（江幸福等，2001；Abigail et al. 2005；侯柏华和张润杰，2007）。全面掌握昆虫对逆境的适应性响应规律，尤其是对温度的忍耐能力，是科学预测适生区的基础。钟景辉等（2009）研究不同寄主为松树的松突圆蚧的耐寒性，对该虫的地理分布预测、危害风险分析、种群动态解释和综合治理措施优化等具有重要意义。高纬度区域的种群应具备更强的低温耐受力，高纬度地区的冬季低温是限制昆虫向北扩散的关键因素。

　　麦红吸浆虫（*Sitodiplosis mosellana* Gehin）三龄老熟幼虫从麦穗弹落入土，在土中休眠将近 10 个月。幼虫在土壤中有三种状态，即裸露幼虫、圆茧和长茧（长茧、圆茧虫态属于幼虫期），三种虫态在土壤中的比例随着季节不同而不同。圆茧是滞育较深的状态，长茧是裸露幼虫化蛹前的状态。麦红吸浆虫一年发生一代，其生长发育过程

5/6 的时间在土壤中度过，土壤温度直接影响麦红吸浆虫的种群消长，同时研究麦红吸浆虫对低温的适应性及其发生北限也是了解我国麦红吸浆虫发生区域的重要课题。自 20 世纪 50 年代，我国对麦红吸浆虫的分布北限一直存在争议，也是缺乏对麦红吸浆虫的耐寒性及其地理种群的生态适应性差异的了解。

陈华爽等（2011）对河南南阳、河南辉县、陕西西安、河北保定、天津 5 个不同纬度地区，分别测定麦红吸浆虫各地理种群遇水浸 12h 内破茧的幼虫（简称"幼虫"）和不破茧的圆茧（简称"圆茧"），以及西安种群长茧的过冷却点（SCP）和结冰点。

一、地理种群的采集与过冷却点测定方法

从下列 5 个地点的麦穗上采集麦红吸浆虫幼虫：河南南阳、河南辉县、河北保定、陕西西安市长安区、天津武清。吸浆虫落土后，将土样带回实验室置于 20℃ 的养虫室中。测过冷却点和结冰点时，采用筛网淘土，先测定 12h 内破茧而出的活动幼虫（以下简称"幼虫"）的过冷却点和结冰点，再测定 12h 后仍不破茧的圆茧（以下简称"圆茧"）的过冷却点和结冰点。西安种群中的长茧是把麦穗中的三龄老熟幼虫先放入 4℃ 培养箱中处理 7 天，然后让其落土在 20℃ 室温培养两个月而得。长茧的过冷却点和结冰点在淘土后立即测定。

过冷却点的测定，参照肖广江等（2006）的方法，测定仪器为四路过冷却点仪（江苏森意经济发展有限公司）。测定时将待测虫体放入 $1000\mu l$ 的移液器枪头中，用棉花包裹固定虫体使其充分接触热敏传感器，然后放入 $-55℃$ 超低温冰箱中。当温度降到足够低，虫体内开始结冰时，由于潜热的释放使仪器记录曲线出现一个较大的回折，电子计算机上显示具体的过冷却点和结冰点。每个处理重复测定 30 头以上。

数据统计采用 Tukey's 可靠显著差异法，对麦红吸浆虫圆茧、长茧、幼虫的过冷却点和结冰点进行显著性比较。所有数据采用 SPSS16.0 统计软件进行分析。

气候资料引自《中国气候图——简篇》，河南省辉县的气候资料则由河南省辉县市植保植检站提供。

二、不同地理种群麦红吸浆虫圆茧与幼虫的过冷却点和结冰点

幼虫过冷却点低于圆茧，圆茧和幼虫的过冷却能力均大体上随着纬度升高显著增强。河南辉县种群过冷却点平均值最高，圆茧为 $-18.46℃$，幼虫为 $-19.39℃$；天津种群最低，圆茧为 $-25.34℃$，幼虫为 $-25.51℃$。河南南阳种群和西安种群变异较大，纬

度较低，过冷却点也较低；西安种群过冷却点长茧最高、圆茧次之、幼虫最低，但过冷却点最大值与最小值均出现在长茧中，分别为−8.60℃、−27.50℃。

麦红吸浆虫圆茧的过冷却点范围为：−28.50～−8.50℃（表2.4）；幼虫的过冷却点范围为−28.50～−13.70℃（表2.5）。河南辉县种群圆茧和幼虫的过冷却点均最高，平均值分别为 −18.46℃ 和 −19.39℃；天津种群均最低，分别平均为−25.34℃和−25.51℃。不同地理种群圆茧和幼虫过冷却点之间均存在显著差异（表2.4和表2.5）。圆茧和幼虫的结冰点之间也存在显著差异，表明不同地理种群麦红吸浆虫圆茧和幼虫的耐寒性及其变化规律存在很大差异（图2.4）。河南南阳种群幼虫变异较大，在5个地理种群中纬度最低，但过冷却能力强于河南辉县和河北保定种群的过冷却能力。

表 2.4　麦红吸浆虫圆茧过冷却能力的地理差异

地理种群	纬度	样本数	圆茧过冷却点/℃		
			平均值	最小值	最大值
天津种群	39°07′	30	−25.34±2.65a	−28.50	−16.80
西安种群	34°30′	30	−23.57±4.10ab	−27.40	−13.40
河北保定种群	38°02′	30	−22.24±3.89bc	−26.90	−11.20
河南南阳种群	32°59′	30	−20.21±5.59cd	−28.00	−8.50
河南辉县种群	35°27′	30	−18.46±4.82d	−26.20	−10.50

注：表中所列的数据为平均值±标准差，每组中标有不同字母表示差异显著（$P<0.05$，Tukey's 检验），下表同。

表 2.5　麦红吸浆虫幼虫过冷却能力的地理差异

地理种群	纬度	样本数	幼虫过冷却点/℃		
			平均值	最小值	最大值
天津种群	39°07′	30	−25.51±2.44a	−28.50	−17.70
西安种群	34°30′	30	−25.38±1.31ab	−27.30	−22.50
河北保定种群	38°02′	30	−22.40±3.50b	−26.90	−15.90
河南南阳种群	32°59′	30	−23.95±3.63ab	−27.30	−13.70
河南辉县种群	35°27′	30	−19.39±4.98c	−26.80	−11.50

对于同一地理种群而言，幼虫平均过冷却点均低于圆茧（表2.4和表2.5），说明遇水浸后先破茧的越冬圆茧比水浸后12h内不破茧的圆茧更耐低温。对圆茧与幼虫的过冷却点进行独立样本 t 测验，结果表明圆茧与幼虫的过冷却点存在极显著差异

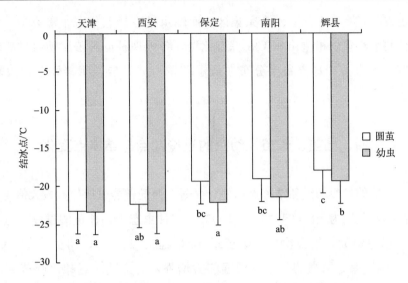

图 2.4　不同地区麦红吸浆虫圆茧与幼虫结冰点的差异

图中数值为平均值±标准差。每组中标有不同字母表示差异显著（ $P<0.05$ ，Tukey's 检验），下同

三、过冷却点在不同地区的频次分布

将不同地理种群的麦红吸浆虫圆茧的过冷却点值进行频次分布分析，从频次分布图中的曲线中心轴可以看出，麦红吸浆虫圆茧过冷却点的顺序为河南种群＞河北保定种群＞西安种群＞天津种群，大体上呈现随着纬度的增加而逐步降低的趋势（各地纬度见表 2.4）。但其中部分地区也有变异，如西安纬度较河南辉县及河北保定低，但平均过冷却点也比两者低。天津、西安种群过冷却点高低值显著分化，西安种群个体过冷却点出现－15℃和－26℃两个聚集区，天津种群出现－17.5℃、－21℃和－26℃三个聚集区。

从频次分布图上还可以看出，河南南阳、辉县种群与河北保定种群内个体的过冷却点分布范围非常宽泛，其中河南南阳种群过冷却点的极差达到－19.5℃。天津种群内个体过冷却点分布范围较窄，主要集中在－26℃左右，说明天津地区的种群普遍耐低温，麦红吸浆虫遗传性稳定、个体间变异较小，当麦红吸浆虫处于接近临界低温时，可能大部分存活下来，而河南种群则会有相当大的部分死亡。

本试验测定幼虫过冷却点低于圆茧的过冷却点、耐寒性较强、越冬时期遭遇低温时更容易存活下来，所以幼虫的过冷却点更能代表该种群的耐寒性。将不同地理种群的麦红吸浆虫幼虫的过冷却点值进行频次分布分析，河南辉县、河北保定、天津这三处的种群幼虫与其圆茧过冷却点频次分布图较相似。两者相差较大的有河南南阳种群圆茧过冷却点出现－15℃、－25℃两个聚集区，而幼虫则集中分布在－26℃左右；西安种群圆茧过冷却点出现−16℃、−26℃两个聚集区，而幼虫过冷却点分布非常集中，范围极其窄，最大值与最小值仅相差4.80℃。综合比较，各地理种群圆茧比幼虫过冷却点频次分布范围宽，幼虫过冷却点集中分布在低温范围，进一步说明整体上幼虫较圆茧耐低温。

四、圆茧、长茧及幼虫的过冷却点与结冰点变化

长茧与幼虫的过冷却点和结冰点均差异显著。西安种群过冷却点最大值与最小值均出现在长茧中，分别为−8.60℃和−27.50℃。三种虫态中，长茧的过冷却点与结冰点最小值之间相差最大，幼虫次之，圆茧最小（长茧：1.70℃；幼虫：1.00℃；圆茧：0.70℃），说明耐寒力增强的长茧耐低温能力增强，但是结冰点却比圆茧和幼虫的高（表2.6和表2.7）。

表2.6　西安种群不同虫态麦红吸浆虫过冷却点的差异

虫态	样本数	过冷却点/℃		
		平均值	最小值	最大值
幼虫	33	−22.97±1.94a	−27.30	−17.80
圆茧	34	−22.85±4.66ab	−27.40	−12.60
长茧	36	−21.25±5.30b	−27.50	−8.60

注：表中所列的数据为平均值±标准差，每组中标有不同字母表示差异显著（$P < 0.05$，Tukey's检验），下表同。

表2.7　西安种群不同虫态麦红吸浆虫结冰点的差异

虫态	样本数	结冰点/℃		
		平均值	最小值	最大值
幼虫	33	−22.89±2.05a	−26.30	−14.70
圆茧	34	−21.62±4.71ab	−26.70	−11.60
长茧	36	−20.08±5.20b	−25.80	−7.50

五、过冷却能力与1月、2月极端低温的关系

从图2.5、图2.6可以看出，麦红吸浆虫圆茧和幼虫的过冷却能力与采样点1月、2月极端低温平均值趋势基本相同（保定除外），说明1月、2月极端温度越低的地区，

过冷却能力越强，这是长期的低温适应的结果。采用 Pearson 相关系数分析表明，圆茧与幼虫的过冷却能力与采样点 1 月、2 月的极端低温呈高度的正相关，在 0.05 水平上相关显著（圆茧：$r=0.641$，$P=0.046$；幼虫：$r=0.731$，$P=0.016$）。

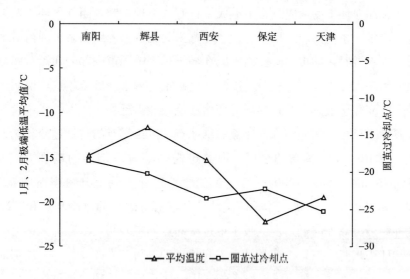

图 2.5　麦红吸浆虫圆茧的过冷却点与采样点 1 月、2 月
平均极端低温值随着地理纬度的变化关系

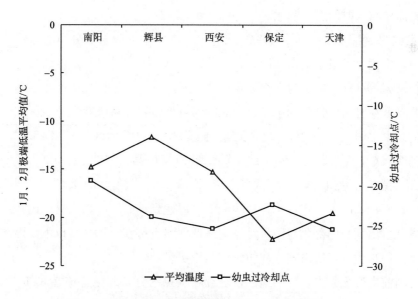

图 2.6　麦红吸浆虫幼虫的过冷却点与采样点 1 月、2 月
平均极端低温值随着地理纬度的变化关系

六、麦红吸浆虫过冷却点与发生北限

昆虫在长期对环境的适应过程中形成了特有的生理机制，当外界环境发生变化的时候，昆虫会产生一系列的应激反应进行生理行为的调节。麦红吸浆虫圆茧对水有这样的反应。圆茧遇水浸时，幼虫会破茧而出。在淘土过程中圆茧一部分在短时间内破茧成为活动幼虫，另一部分需经历较长时间水浸才会破茧。遇水浸破茧越快，说明这部分圆茧对外界的湿度变化越敏感，对外界环境变化的反应能力越强。

低温条件下昆虫一般能够降低体液的结冰点，昆虫具有的这种过冷却能力在抗寒性中起着重要作用。纬度越高的地区，南美斑潜蝇的过冷却能力越强（陈兵和康乐，2003；Morgan and Reitz，2000）。二化螟随着地理纬度的上升耐寒性增强（张珺等，2005；刘宁等，2005）。亚洲玉米螟不同地理种群滞育幼虫的过冷却点和结冰点随种群分布的地理纬度升高而降低。麦红吸浆虫过冷却点测定表明，耐寒力大体上随着纬度的升高过冷却能力增强，符合大多数昆虫不同地理种群耐寒力的规律，但局部地区变异较大。生物基于对温度胁迫的（结合其他气候因子）适应，出现地理种群的分化和种群季节的分化。河南南阳与天津武清两地种群形成了显著的地理差异分化，与麦红吸浆虫对低温的生态适应性有关。这可以解释为，一些个体能紧紧跟随微环境的变化，而另外一些个体则需要较长时间进行驯化。

20 世纪 50 年代以来，我国研究人员一直在探索小麦吸浆虫分布的地理北界。刘家仁（1964）推测小麦吸浆虫在我国分布在北纬 40°以南、27°以北，西到东经 100°，东至于海。杨平澜等（1959）认为麦红吸浆虫的主发区在我国平原地区河流的两岸；红、黄吸浆虫并发区在甘肃、青海和宁夏等山区的河谷地带；麦黄吸浆虫主发区在甘肃、青海和宁夏的高山多湿地带。袁锋（2004）指出麦红吸浆虫发生区从北纬 48.3°（黑龙江克山县）到 27°（江西吉安县、湖南邵东县、贵州铜仁县），从东经 100°（青海湟源县）到 131.8°（黑龙江密山市）。本试验结果显示麦红吸浆虫圆茧的过冷却点最低为 -28.5℃，而在我国黑龙江省 1 月极端最低气温达到 -47.3℃，吉林、内蒙古、新疆和辽宁等省（自治区）的部分地区 1 月极端最低气温也都在 -30.0℃以下，因此这些地区麦红吸浆虫很难生存，所以刘家仁的研究结论更客观。

结合当前麦红吸浆虫发生的地区，麦红吸浆虫的分布北限应该在北纬 40°左右，东北特别是沈阳以北的春麦区麦红吸浆虫应该不会成为生产上的问题。

参 考 文 献

陈兵，康乐. 2003. 南美斑潜蝇地理种群蛹过冷却点随纬度递变及其对种群扩散的意义. 动物学研究，24（3）：

168-172.

陈华爽. 2011. 麦红吸浆虫成长对黑光灯的趋性及幼虫不同地理种群耐寒性的研究. 武汉：华中农业大学硕士论文.

成卫宁. 2008. 麦红吸浆虫滞育发生和解除过程中保护酶活力动态. 应用生态学报, 19 (8): 1764-1768.

成卫宁, 李怡萍, 李建军, 等. 2008. 小麦吸浆虫滞育前后和滞育期蛋白质含量及其电泳分析. 植物保护学报, (02): 155-159.

成卫宁, 李怡萍, 杨杰, 等. 2010. 麦红吸浆虫滞育不同时期幼虫蛋白质双向电泳分析. 植物保护学报, 37 (1): 7-11.

高军, 王贺军, 王朝华. 2009. 河北省小麦吸浆虫随联合收割机跨区作业传播的调查分析. 中国植保导刊, 29 (10): 5-8.

贺春贵. 2004. 小麦吸浆虫的地理分布与遗传分化. 见：袁锋. 小麦吸浆虫成灾规律与控制. 北京：科学出版社：26-53.

侯柏华, 张润杰. 2007. 桔小实蝇不同发育阶段过冷却点的测定. 昆虫学报, 50 (6): 638-643.

侯娟娟, 仵均祥, 王洪亮. 2006. 小麦吸浆虫不同滞育虫态的 RAPD 研究. 西北农业学报, 15 (4): 10-13.

胡木林, 张克斌. 1995. 麦红吸浆虫滞育习性研究. 昆虫知识, 32 (1): 13-16.

胡木林, 张克斌, 汪耀文. 1988. 麦红吸浆虫幼虫对土壤含水量生理反应的研究. 西北农业大学学报, 16 (增刊): 25~29.

江幸福, 罗礼智, 李克斌, 等. 2001. 甜菜夜蛾抗寒与越冬能力研究. 生态学报, 21: 1575-1582.

景晓红, 康乐. 2003. 飞蝗越冬卵过冷却点的季节性变化及生态学意义. 昆虫知识, 40 (4): 326-328.

李英梅, 仵均祥, 成卫宁, 等. 2006. 麦红吸浆虫保幼激素含量测定. 西北农业学报, (4): 73-75.

刘家仁. 1958. 小麦吸浆虫. 农业科学通讯, (4): 215-217.

刘家仁. 1964. 我国小麦吸浆虫的地理分布. 昆虫知识, (5): 226-229.

刘宁, 文丽萍, 何康来, 等. 2005. 不同地理种群亚洲玉米螟抗寒力研究. 植物保护学报, 32 (2): 163-168.

汤博文. 1954. 东北首次发现小麦吸浆虫. 农业科技通讯, 4: 214.

王洪亮, 仵均祥, 成为宁, 等. 2007. 用重复序列引物 PCR 分析不同滞育状态麦红吸浆虫 DNA 多态性. 昆虫分类学报, 29 (1): 67-73.

王洪亮, 仵均祥, 王丙丽. 2006. 麦红吸浆虫滞育期间海藻糖酶和山梨醇脱氢酶活性的变化. 西北农林科技大学学报（自然科学版）, (08): 139-142.

吴坤君. 2002. 关于昆虫休眠和滞育的关系之浅见. 昆虫知识, 39 (2): 154-156, 160.

仵均祥, 李长青, 李怡萍, 等. 2004. 小麦吸浆虫滞育研究进展. 昆虫知识, (6): 499-503.

仵均祥, 袁锋, 李怡萍. 2003. 麦红吸浆虫幼虫滞育状态及其核酸含量变化研究. 西北农林科技大学学报（自然科学版）, 31 (6): 49~56.

仵均祥, 袁锋, 苏丽. 2004. 麦红吸浆虫幼虫滞育期间糖类物质变化. 昆虫学报, 47 (2): 178-183.

仵均祥, 袁锋, 张雅梅. 2001. 麦红吸浆虫幼虫脂肪酸变化的分析测定（英文）. Entomologia Sinica, (04): 315-322.

西北农学院昆虫教研组. 1956. 小麦吸浆虫之研究. 西北农学院学报, (1): 29-62.

肖广江, 曾玲, 李庆, 等. 2006. 椰心叶甲的耐寒力测定. 昆虫知识, 43 (3): 527-529.

肖岚, 薛芳森. 2009. 昆虫滞育的生态生理阶段. 江西植保, 32 (1) 3-9.

徐淑, 周兴苗, 曾俊, 等. 2009. 二化螟不同年龄段越冬幼虫的耐寒性比较. 植物保护学报, 36 (1): 11-15.

徐卫华. 1999. 昆虫滞育的研究进展. 昆虫学报, 42 (1): 100-107.

杨平澜. 1959. 小麦吸浆虫研究与防治. 昆虫学集刊. 北京：科学出版社：193-221.

杨平澜，施达三，李成章. 1959. 小麦吸浆虫研究 1. 昆虫学报，4（2）：115-124.

袁锋. 2004. 麦吸浆虫成灾规律与控制. 北京：科学出版社.

曾省. 1962. 小麦吸浆虫的生态地理、特性及其根治途径的讨论. 中国农业科学，（3）：10-15.

曾省. 1965. 小麦吸浆虫. 北京：农业出版社.

张珺，吴孔明，林克剑，等. 2005. 二化螟温带和亚热带地理种群的滞育特征与抗寒性差异. 中国农业科学，38（12）：2451-2456.

张克斌，胡木林. 1995. 麦红吸浆虫结茧习性研究. 昆虫知识，32（2）：80-83.

张克斌，胡木林. 1988. 麦红吸浆虫滞育幼虫呼吸代谢的季节变化. 西北农业大学学报，16（增刊）：30-34.

张克斌，胡木林，罗都强. 1988. 麦红吸浆虫不同年级种群的比较研究. 西北农业大学学报，16（增刊）：19-23.

中央气象局气候资料研究室. 1959. 中国气候图（简篇）. 北京：地图出版社：115.

钟景辉，张飞萍，江宝福，等. 2009. 不同寄主松树对松突圆蚧耐寒性的影响. 林业科学，45（10）：100-106.

周尧. 1956. 小麦吸浆虫的介绍. 昆虫知识，2（1）：28-33.

祝传书. 2002. 麦红吸浆虫幼虫滞育前后的变化及生态因子的影响. 西北农林科技大学硕士学位论文.

Abigail Q, Richard M K, Sherman A P. 2005. Supercooling of the red imported fire ant (Hymenoptera: Formicidae) on a latitudinal temperature gradient in texas southwest. Nat, 50: 302-306.

Barnes H F. 1943. Studies of fluctuations in insect population. X. Prolonged larvae life and delayed subsequent emergence of the adult midge. Jour Anim Eology, 12: 137-138.

Barnes H F. 1956. Gall Midges of Economic Importance. Vol. VII: Gall Midges of Cereal Crops. London: Crosby, Lockwood & Son.

Basedow T H. 1977a. The effect of temperature and precipitation on diapause and phenology in the wheat blossom midges *Contarinia tritici* (Kirby) and *Sitodiplosis mosellana* (Gehin) (Diptera: Cecidomyiidae). Zoologische Jahrbucher Abteilung fur Systematik Okologie und Geographie der Tiere, 104 (3): 302-326.

Basedow T H. 1977b. Ueber den Flug der Weizengallmuecken *Contarinia tritici* (Kirby) und *Sitodiplosis mosellana* (Gehin) (Dipt., Cecidomyidae) in Beziehung zur Windrichtung und zu weizenfeldern. Z Angew Entomol, 83: 173-183.

Block W A. 1984. Comparative study of invertebrate supercooling at Signy Island, Maritime Antarctic. Br. Antarct Surv Bul, 64: 67-76.

Dexter J E, Preston K R, Cooke L A, et al. 1987. The influence of orange wheat blossom midge (*Sitodiplosis mosellana* Gehin) damage on hard red spring wheat quality and the effectiveness of insecticide treatments. Can J Plant Sci, 67: 697-712.

Elliott R H, Mann L W. 1996. Susceptibility of red spring wheat, *Triticum aestivum* L. CV. Katerwa, during heading and anthesis to damage by wheat midge, *Sitodiplosis mosellana* (Gehin) (Diptera: Cecedomyiidae). Can Entomol, 128: 367-375.

Kieffer J J. 1913. Family Cecidomyiidae. Genera Insectorum, 152: 1-346.

Klok C J, Chown L. 1998. Interactions between desiccation resistance, host-plant contact and thermal biology of a leaf-dwelling sub-antarctic caterpillar, *Embryonopsis halticella* (Lepidoptera: Yponomeutidae). J Insect Physiol, 44: 615-628.

Kostal V. 2006. Eco-physiological phases of insect diapause. Journal of Insect Physiology, 52: 113-127.

Lamb R J, Wise I L, Olffertoo, et al. 1999. Distribution and seasonal abundance of the wheat midge, *Sitodiplosis mosellana* (Diptera: Cecidomyiid), in Manitoba. Can Entomol, 131: 387-398.

Morgan D J W, Reitz S R, Atkinson P W, et al. 2000. The resolution of Californian population of *Liriomyza huidobrensis* and *Liriomyza trifolii* (Diptera: Agromyzide) using PCR. Heredity, 35: 53-61.

Pivnick K A, Labbe E. 1992. Emergence and calling rhythms, and mating behaviour of the orange wheat blossm midge, *Sitodiplosis mosellana* (Gehin) (Diptera: Cecidomyiidae). Can Ent, 124: 501-507.

Pivnick K A, Labbe E. 1993. Daily patterns of activity of females of the orange wheat bloss midge, *Sitodiplosis mosellana* (Gehin) (Diptera: Cecidomyiidae). Can Entomol, 125: 725-736.

Smith M. A., Wise I L, Lamb R J. 2004. Sexration of *Sitodiplosis mosellana*: implication for pest management in wheat. Bulletin of Entomological Research, 9: 569-575.

Worland M R, Leinaas H P, Ghown S L. 2006. Supercooling point frequency distributions in Collembola are affected by moulting, Func Ecol, 20: 323-329.

Wright A T, Doane J. 1987. Wheat midge infestation of spring cereals in Northeastern Saskatchewan. Can J Plant Sci, 67: 117-127.

Wu J X, Yuan F. 2004. Changes of glycerol content in diapause larvae of the orange wheat blossom midge, *Sitodiplosismosellana* (Gehin) in various seasons. Entomologia Sinica, 11 (1): 27-35.

第三章　麦红吸浆虫的寄主和为害特征

在我国，最早发现的麦红吸浆虫寄主包括普通小麦（*Triticum aestivum* Linn.）和硬粒小麦（*Triticum durum* Desf.），也包括黑麦（*Secale cereale* Linn）、大麦（*Hordeum vulgare* Linne）、青稞（*Hordeum vulgare* Linn. var. nudum HooK. f.）、鹅观草[*Roegneria semicostatum*（Steud.）]等。此外，麦红吸浆虫还危害燕麦（*Avena fatua* Linn.）和雀麦（*Bromus japonicus* Thunb.）等。

在大田栽培条件下，小麦属17个种均是麦红吸浆虫的寄主，小麦吸浆虫还在细长的狗尾草（*Alopecurus myosuroides* Hudson）上产卵。

麦黄吸浆虫还危害缘毛鹅观草（*Roegneria pendulina* Nevski）、披碱草[*Clinelymus dahuricus*（Turcz.）Nevski]、赖草[*Aneurolepidium dasystachys*（Trin.）Nevski]、老芒麦[*Clinelymus sibiricus*（Linn.）Nevski]、冰草[*Agropyron repens*（Beauvois）]等。

Reeher（1945）和 Barnes（1956）报道小麦是吸浆虫的主要寄主，但大麦和黑麦也偶尔受害。1912年，加拿大种植的大麦品种侵染率从0～49.9%不等（Reeher，1945）。唯一报道黑麦严重减产的是1951年发生在南斯拉夫（Barnes，1956）。大麦品种感虫性的差别主要是由于大麦扬花与吸浆虫产卵时期不同步所致。

麦红吸浆虫的大多数寄主同时也是田间杂草，因此分布范围较为广泛。除鹅观草外，其他几种寄主如野燕麦、雀麦、野大麦和节节麦等，在田间地头、渠道沟边、林地和荒地等地方都可以见到它们的分布。

近些年来，受除草剂使用、种子调运等多种因素的影响，麦田杂草群落结构发生变化，野燕麦、节节麦、雀麦等禾本科杂草已上升为优势种群，发生面积不断扩大。以河北省为例，2004年全省禾本科杂草的发生面积约为6.67万 hm²，到2006年已扩大到186.76万 hm²，到2008年仅石家庄市发生面积就达57.55万 hm²。由此可见，麦田禾本科杂草的发生面积正以惊人的速度扩大，不仅直接影响小麦产量，而且也为麦红吸浆虫的栖息存活、传播扩散提供了一定的客观条件。

第一节　麦红吸浆虫对不同寄主的侵染水平

麦红吸浆虫对不同寄主植物为害的程度是不同的，武予清等（2010）调查的河南省洛宁县城郊乡小麦田及其周围沙杨林地的多种禾本科植物上的小麦红吸浆虫的发生情况见表 3.1。

表 3.1 的结果表明，小麦是麦红吸浆虫最喜欢侵染的禾本科植物，有虫穗率为 74%，平均每穗虫数 5.73 头，麦田土内平均每小方[①] 30.25 头，所有数据均为最高；调查的大麦在麦田中混杂，剥穗未发现吸浆虫幼虫（姜玉英等，2002）。

表 3.1　2008 年小麦红吸浆虫在不同寄主上侵染的调查结果（河南洛宁）

禾本科植物	有虫穗率/%	每穗虫数	每小方土虫数	植株密度/(株/m²)	地点
小麦（温麦 6 号）（*T. aestivum*）	74.0	5.7	25.4	586.4	麦田
大麦（*H. vulgare*）	0.0	0	25.4	0.3	麦田
野燕麦（*Avena. fatua*）	0.0	0	15.2	39.2	麦埂
节节麦（*Aegilops. tauschii*）	22.0	0.2	15.2	302.0	麦埂
雀麦草（*B. japonicus*）	8.0	0.1	12.7	63.6	沙杨林地
纤毛鹅观草（*R. ciliaris*）	52.0	1.2	12.7	115.8	沙杨林地

节节麦（彩图 3.1、彩图 3.2）和野燕麦（彩图 3.3）的调查点主要位于麦田田埂，成虫发生期可见其在穗部活动。节节麦植株密度很高，为 302.0 株/m²，有虫穗率为 18%，平均每穗吸浆虫幼虫 0.22 头；而野燕麦剥穗未发现吸浆虫幼虫，淘土平均每小方 15.2 头幼虫。纤毛鹅观草（彩图 3.4）和雀麦草（彩图 3.5）调查点位于麦田周围沙杨林下草地，二草可见混生，植株密度各为 115.8 株/m² 和 63.6 株/m²，有虫穗率各为 54% 和 8%，平均每穗幼虫各 1.7 头和 0.10 头，淘土平均每小方 12.7 头幼虫。

综合 2008 年调查结果，小麦红吸浆虫依次喜欢侵染的寄主植物为小麦、纤毛鹅观草、节节麦、雀麦草，其中节节麦作为小麦红吸浆虫的寄主植物尚未见报道，野燕麦、大麦上未找到幼虫，可能与调查时间较晚有关。

同时还发现，当多种寄主同时存在时，红吸浆虫对不同寄主植物的侵染率存在差异，结果见表 3.2。表 3.2 表明，种植在吸浆虫抗虫圃的禾本科植物中，小麦红吸浆虫仍是最喜欢侵染小麦（品种为'周麦 18'），有虫穗率高达 94.4%；其次为纤毛鹅观草，有虫穗率 53.3%，这种侵染的情况与 2008 年田间调查结果完全一致；排在第三位的为大麦，有虫穗率 21.1%；节节麦受害极其轻微；野燕麦和雀麦草穗中仍未检出吸浆虫幼虫。

---

① 　1 小方＝10cm×10cm×20cm

表 3.2　2009 年小麦红吸浆虫在不同寄主上侵染的调查结果（河南洛宁）

禾本科植物	有虫穗率/%	每穗虫数	抽穗期
小麦（周麦 18）（*T. aestivum*）	94.4	6.92±2.13	4 月 16 日～4 月 20 日
大麦（*H. vulgare*）	21.1	0.27±0.17	4 月 15 日～4 月 20 日
野燕麦（*A. fatua*）	0.0	0	4 月 26 日～5 月 7 日
节节麦（*A. tauschii*）	0.03	0.03±0.17	4 月 21 日～4 月 28 日
雀麦草（*B. japonicus*）	0.0	0	4 月 17 日～4 月 24 日
纤毛鹅观草（*R. ciliaris*）	53.3	1.40±0.95	4 月 29 日～5 月 8 日

　　通过 2008～2009 年连续两年的调查表明，纤毛鹅观草是这几种寄主中仅次于小麦的第二大寄主。因此，纤毛鹅观草可能是非小麦田的主要禾本科植物转株寄主及其天敌的重要栖息地。这一发现将为从大的生态格局中治理吸浆虫提供一种思路。

第二节　麦红吸浆虫自然寄主植物的生物学

一、自然寄主植物的生物学性状

　　麦红吸浆虫的大多数寄主（除小麦、大麦等植物）本身也是麦田的主要禾本科杂草。因此，从麦田杂草的角度来看，野燕麦、雀麦、野大麦和节节麦等具有如下生物学特点：①结实量大；②种子的成熟和出苗参差不齐；③繁殖方式多样；④种子寿命长；⑤传播途径广；⑥适应能力强；⑦群落的多样性；⑧竞争能力强；⑨出苗与成熟期与作物相似；⑩杂草的拟态性。

　　段云等曾于 2008～2009 年对小麦红吸浆虫的 6 类禾本科寄主的生物生态学特征及繁殖能力进行了调查分析，结果见表 3.3 和表 3.4（段云等，2009；2010）。

表 3.3　小麦红吸浆虫几种主要寄主的生物生态学特征

植物种类	节节麦	野燕麦	鹅观草	雀麦	大麦	小麦
根部	淡紫红色	白色	白色	紫红色	白色	白色
茎部	发红无毛	红色有柔毛	红色无柔毛	红色有柔毛	白色无柔毛	白色无柔毛
叶面	粗糙有柔毛	有柔毛	光滑或粗糙	白色有绒毛	无毛	无毛
叶缘	无柔毛	有侧生短毛	有柔毛	有柔毛	无柔毛	无柔毛
叶鞘	鞘中边缘具长纤毛	有柔毛	外侧有纤毛	有白色柔毛	无柔毛	无柔毛
分蘖部位	根部	根部	地下 2cm	地上第三叶	地上 2～3cm	根部
花絮	穗状	圆锥状	穗状	圆锥状	穗状	穗状

表 3.4 麦红吸浆虫几种主要寄主的生物态特征比较分析

作物名称	株高/cm	叶长/cm	叶宽/cm	穗长/cm	分蘖数/个	单穗结籽数/粒	单株结籽数/粒
野燕麦	88.55±4.88a	25.13±0.84a	1.48±0.07c	21.09±1.35a	4.83±0.21b	24.27±0.23g	111.22±3.56c
扁穗雀麦	63.97±3.52c	26.13±0.60a	0.82±0.04e	16.69±0.69b	3.73±0.67c	125.33±1.01a	467.48±15.27b
节节麦	51.99±2.49d	19.88±0.54bc	0.60±0.04f	7.63±0.2c	4.93±0.87b	10.33±0.23i	50.93±4.3f
鹅观草 iv	61.21±5.15c	17.28±1.77c	0.76±0.02e	16.59±2.03b	5.16±0.49a	107.33±2.526	553.82±18.95a
弯穗鹅观草	58.47±1.96cd	20.83±1.52b	0.83±0.04e	13.77±1.17c	2.7±0.17d	31.33±0.61e	84.59±6.2e
纤毛鹅观草	55.90±3.88d	18.67±1.32bc	0.62±0.05f	12.97±0.21c	3.9±0.45c	15.2±1.06h	59.28±5.81f
野大麦	78.28±5.05b	24.97±2.58a	1.69±0.11b	7.31±0.55de	2.33±0.15d	42.13±0.92c	98.16±5.26d
四棱大麦	78.9±4.77b	24.69±2.65a	1.93±0.05a	5.73±0.43ef	2.03±0.45d	36.87±0.12d	74.85±5.89e
六棱裸大麦	74.51±2.66b	24.08±2.06a	1.72±0.08b	4.60±0.12f	2.23±0.15d	27.6±0.69f	61.55±5.86f
小麦	51.89±3.0d	17.25±0.95c	0.97±0.02d	6.49±0.40ef	1.87±0.25d	28.2±0.35f	52.73±3.70f

注：相同字母表示差异不显著。

　　野燕麦、节节麦、鹅观草、雀麦和大麦等是小麦吸浆虫的几种主要禾本科寄主，它们在苗期的形态特征与普通小麦极为相似，这给防治工作带来了很大的困难。本研究通过试验调查和参考文献资料，对这几种主要寄主的生物生态学特征进行了汇总，结果见表3.3。从统计结果可以看出，这几种杂草的形态特征尽管很相近，但还是存在一定的差别，是可以区分开的。

　　由表3.4的结果可以看出，试验中所调查小麦吸浆虫的几种寄主分别为野燕麦、节节麦、鹅观草、雀麦、大麦和小麦，它们在株高、叶长、叶宽、分蘖数、穗长、单穗结粒数和单株结粒数等形态特征上均存在一定的差异。其中，从形态上看，野燕麦的株高最高，余下由高到低顺序依次为野燕麦、裸大麦、四棱裸大麦、六棱裸大麦、扁穗雀麦、弯穗鹅观草、纤毛鹅观草、小麦，且除节节麦外，其他几种杂草的株高均与小麦间存在显著差异。叶片长度上，以扁穗雀麦的为最长26.13cm，然后依次是野燕麦、野大麦、四棱裸大麦和六棱裸大麦，除节节麦和纤毛鹅观草外，其他的均与小麦存在显著差异。叶片宽度上，以四棱裸大麦为最宽，其次为裸大麦和六棱裸大麦，节节麦为最窄，且所观察的几种作物的叶片与小麦相比均存在显著差异。在穗长上，以野燕麦的为最长，然后依次为扁穗雀麦、弯穗鹅观草和纤毛鹅观草，它们均与小麦存在显著差异，而其他几种与小麦间不存在显著差异。

　　从表3.4的调查结果还可以看出，几种禾本科杂草分蘖和繁殖后代的能力都比小麦强，并且节节麦、野燕麦、纤毛鹅观草和扁穗雀麦的单株分蘖能力与小麦相比，都存在显著差异。其中，鹅观草 iv 的分蘖能力最强，平均每棵为5.16个，最多达12个；其次为节节麦、野燕麦、纤毛鹅观草和扁穗雀麦，而小麦平均每棵仅分蘖1.87个。单穗结粒数上以扁穗雀麦的为最多（125个），为小麦的4.43倍，同时野大麦、四棱裸大麦和弯穗鹅观草的也较小麦多，而野燕麦、节节麦、纤毛鹅观草和六棱裸大麦的均较小麦少。从单株结籽能力上看，它们的顺序为扁穗雀麦＞野燕麦＞野大麦＞弯穗鹅观草＞四棱裸大麦＞六棱裸大麦＞小麦＞节节麦，扁穗雀麦最多，为553.82个，是小麦的10.50倍；野燕麦第三，其单株结粒能力是小麦的2.11倍，同时其他的单株结粒数也都较小麦多。

二、自然寄主植物的生育期

　　在长期的进化过程中，许多植食性昆虫与寄主之间形成了物候上的同步性，这种现象在能够形成虫瘿的昆虫中普遍存在（Junichi，2000；Raman et al.，2005；Priscila et al.，2010）。麦红吸浆虫在进化过程中为适应寄主植物，更好地存活和繁殖后代，其生活史与寄主植物的物候同步性也非常明显。

麦红吸浆虫与寄主植物之间通过演化，形成一方和另一方在时间上能密切配合的机制，从而保证它们获得相互作用的机会。麦红吸浆虫主要依赖寄主植物释放的挥发物来选择取食和产卵场所，因此，其生活史和发生为害程度与寄主植物的生育期有很大的关系。寄主植物种类不同，生育期也有很大差异。研究表明，麦红吸浆虫寄主生育期的时间分布对吸浆虫的发生、分布、转移、扩散和成灾等都具有重要影响。例如，麦红吸浆虫的成虫羽化、产卵、卵的孵化和幼虫为害及老熟幼虫落土、休眠等生育阶段分别要求与其寄主的抽穗、扬花、灌浆等生育期相吻合。抽穗扬花前是吸浆虫成虫出土、交配和产卵的关键时期，扬花期是吸浆虫卵孵化并侵入颖壳的关键时期，而灌浆期则是吸浆虫幼虫为害的关键时期。若两者在时间上出现偏差，就会对吸浆虫的存活、繁殖、为害程度和来年的虫口数量等造成不良影响。

段云等对麦红吸浆虫几种禾本科寄主的生育期与积温和日照时数的关系进行了比较分析（段云等，2009）。

由表 3.5 可以看出，麦红吸浆虫几种禾本科寄主达到不同生育期所需的积温不同。其中，纤毛鹅观草出苗所需积温最高，为 398.5℃，三种大麦所需积温最少，只有71℃，它们的顺序依次为：纤毛鹅观草＞弯穗鹅观草＞节节麦＞扁穗雀麦、野燕麦＞小麦＞野大麦、四棱裸大麦、六棱裸大麦。灌浆所需积温以扁穗雀麦为最高，达1969.5℃，小麦的为最少，只有1495℃，两者相差 474.5℃。它们的顺序依次为：扁穗雀麦＞弯穗鹅观草＞纤毛鹅观草＞野燕麦＞六棱裸大麦＞节节麦、野大麦、四棱裸大麦＞小麦。从整体上看，小麦吸浆虫几种寄主整个生育期所需积温中，以两种鹅观草的为最多，达 2450℃以上，而野燕麦、四棱裸大麦和野大麦的为最少，为 1924.5℃，两者相差 520℃以上。它们的顺序依次为：弯穗鹅观草＞纤毛鹅观草＞扁穗雀麦＞小麦＞节节麦＞六棱裸大麦＞野大麦、四棱裸大麦、野燕麦。

表 3.5 麦红吸浆虫几种禾本科寄主达到不同生育期所需积温 （单位:℃）

≥0℃积温	出苗	分蘖	拔节	抽穗	扬花	灌浆	成熟
野燕麦	299	657.5	1149	1481.5	1543.5	1652	1924.5
扁穗雀麦	299	747	1239.5	1495	1780	1969.5	2398
节节麦	328	807	1061.5	1481.5	1498.5	1558.5	2084.5
弯穗鹅观草	378	666	1256.5	1904.5	1924.5	1960.5	2481
纤毛鹅观草	398.5	674.5	1476.5	1850	1868.5	1904.5	2453.5
野大麦	71	747	834	1364.5	1386.5	1558.5	1924.5
四棱裸大麦	71	747	834	1342.5	1386.5	1558.5	1924.5
六棱裸大麦	71	674.5	834	1342.5	1401.5	1595	2041.5
小麦	85	807	816	1205	1342.5	1495	2192

　　由表 3.6 的结果可知，麦红吸浆虫几种禾本科寄主达到不同生育期所需日照时数不同。分蘖期，以节节麦和小麦所需日照时数最多，达 530h，比野燕麦和两种鹅观草多近 100h。而两种鹅观草达到不同生育期所需日照时数中，除分蘖期外，其他各生育期如拔节期、抽穗期、扬花期、灌浆期和成熟期所需的日照时数均为最多，分别为794.5h、976.5h、986.7h、974.2h 和 1156h。而小麦在拔节期、抽穗期、扬花期和灌浆期所需的日照时数均为最少，分别为 537.8h、733.3h、789.1h 和 827.4h，与两种鹅观草相比，分别减少了 256.7h、243.2h、197.6h 和 146.8h。

表 3.6　麦红吸浆虫几种禾本科寄主达到不同生育期所需日照时数　（单位：h）

日照时数/h	分蘖	拔节	抽穗	扬花	灌浆	成熟
野燕麦	429.4	718.8	818.2	838.6	894.9	992.4
扁穗雀麦	510.7	751.7	827.4	945.4	993.5	1126.9
节节麦	530.3	667.4	818.2	823.2	843.1	1043.8
弯穗鹅观草	436.6	761.5	981.1	992.4	1003.4	1159.5
纤毛鹅观草	436.6	827.4	971.8	980.9	994.9	1148.9
野大麦	510.7	545	797.3	804.3	843.1	992.4
四棱裸大麦	510.7	545	789.1	804.3	843.1	992.4
六棱裸大麦	436.6	545	789.1	811.3	864.4	1023.3
小麦	530.3	537.8	733.3	789.1	827.4	1066.7

　　这些结果表明，麦红吸浆虫的几种禾本科寄主达到不同生育期和在各生育期所需的积温、天数和日照时数均存在差异。其中，小麦在生长早期（出苗和三叶期）和生长后期（拔节、抽穗、扬花及灌浆期）所需积温和日照时数均较其他几种寄主少；而两种鹅观草在各生育期（分蘖期除外）所需积温和日照时数则均多于其他几种寄主。

第三节　麦红吸浆虫对小麦的为害特征

　　麦红吸浆虫在多种禾本科植物上进行取食活动，并以幼虫吸食正在发育的麦粒浆液而得名。被取食籽粒常会出现瘪粒（彩图 3.6），结果造成减产，严重时可减产60%～80%，甚至绝产。研究还发现，籽粒受危害的程度与吸浆虫侵染期寄主的发育阶段有很大的关系。一般来说，吸浆虫在寄主抽穗期产卵，寄主容易受害。而当寄主有一半开始扬花时，危害程度会大大减轻。并且在同一块田中，一般田地边缘吸浆虫的虫口密度大、危害程度严重，而田地里面的则与此相反。受到为害的小麦植株，一般直立不倒，并形成"假旺盛"状态，受害的麦穗常出现颖壳松、种皮薄、灌浆慢、抽穗不整齐等症状，并且受害小麦麦粒的有机物被吸食后，常常出现亩产千斤的长势、几百斤甚至几十斤产量的现象。

吸浆虫为害早期可阻止麦粒的形成，晚期可使其变得脆弱，麦穗局部受到为害时可导致其变形，并且摸起来柔软，看起来也比正常的细长。裸麦的麦穗会变黑，麦粒的表皮通常变形，并且容易滋生次生真菌。同时，吸浆虫发生程度往往受到小麦品种、种植面积、气候条件、土壤条件、天敌等多因素的影响。雨水充足、气温适宜对其发生有利，小穗间空隙大、颖壳扣合不紧密、麦芒少、扬花期长的品种有利于产卵，成虫盛发期与小麦花期吻合有利发生。当小麦穗状花序形成时，小麦吸浆虫雌虫通常在其上部颖片内表面（Smith and Lamb，2001）产一个或两个卵（Mukerji et al.，1988；Smith and Lamb，2001）。然而，卵几乎可以产在小穗外部的任何部分，包括穗轴（Mukerji et al.，1988；Smith and Lamb，2001）。雌虫不直接把卵产在植物的生殖器官上。雌虫在成虫阶段产60～80个卵（Pivnick and Labeé，1993），通常存活3～5天，不过在实验室理想的条件下它们可以存活12天；雄虫通常存活2～4天（曾省，1965）。

当卵孵化4～7天时（Mukerji et al.，1988），幼虫从产卵地点到卵巢表面可以爬5～20mm。幼虫在那里取食10～14天，和小麦种子早期发育阶段相一致，从开花一直到种子生物量大约有9mg或者生物量是成熟种子的37%（Lamb et al.，2000b）。当幼虫成形时生物量大约有0.2mg，初孵幼虫发育至二龄幼虫时并不立即蜕皮。大概是因为，表皮是防止水分损失的（Gagné and Doane，1999），幼虫保持部分脱落的表皮是为了应对变化的天数，直到大的露水或者适宜的雨水引发表皮去掉（Hinks and Doane，1988）。它们冲破表皮，吐出绢丝，钻到土壤里，在土壤里挖出几厘米的洞。在土壤里，它们形成越冬茧滞育。第二年春天，它们大多打破滞育，爬到土壤表皮下面，在那形成第二个茧进行化蛹。几周之后，成虫出现。成虫在一些地方是6月出现（Barnes，1956；曾省，1965），在其他一些地方是7月（Lamb et al.，1999）。这些成虫出现的时间分别与冬、春小麦抽穗相一致。

麦红吸浆虫幼虫通过取食种子直接和人类竞争谷物，在毁坏种子过程中导致麦粒干瘪。麦红吸浆虫能寄生于麦穗上的所有麦粒（Lamb et al.，2000b）。相似数量的麦粒生物量消耗发生不论种子大小，因此，幼虫取食小麦粒比大麦粒影响要大（Lamb et al.，2000b）。麦粒毁坏程度也会受幼虫取食麦粒的影响，最严重的毁坏是引起种子胚芽的损害（曾省，1965）。大多被寄生的种子受到2～3头幼虫的损害，但是偶尔发现30头或者更多的幼虫在单个麦粒上会发育成熟。通常麦粒上如有4头或者更多的幼虫，麦粒会被毁坏掉，不过损害的数量从一个麦粒到另一个麦粒之间变化很大。高达11头幼虫出现在单个麦粒上，幼虫间的竞争相互作用不影响幼虫的生物量；然而，通常当数量大的幼虫发生单个麦粒上，幼虫的存活率可能降低，个体可能减小（Lamb et al.，

2000b)。

Lamb 等（2000b）用具体影响指数来测量从小麦麦粒生物量到幼虫生物量的转变效率：麦粒损耗的生物量除以幼虫获得的生物量。当没有被寄生的麦粒获得了大约最终生物量的 1/3 时，小麦吸浆虫幼虫结束取食。此时，小麦吸浆虫在普通小麦上的具体影响是当一头幼虫取食一个麦粒时，小麦吸浆虫每获得 1mg 生物量，需损耗麦粒 8.5mg 的生物量。当每一麦粒上的幼虫密度增加到三头或者更多时，具体影响降低至 4.1mg。当冬小麦麦粒成熟时，每 1mg 幼虫生物量具体影响上升到 100mg 麦粒生物量（Lamb et al.，2000a）。一粒小麦、野生的二倍体小麦的成熟麦粒的具体影响和普通小麦一样，高达 140mg 的麦粒生物量被成熟的硬质小麦麦粒损耗了。从幼虫取食结束到麦粒成熟时的具体影响上升，证明小麦植株不弥补小麦吸浆虫的损害，虽然当取食结束时仅仅大约 1/3 麦粒发育完成（Lamb et al.，2000a）。事实上，麦粒的早期损坏好像阻止了随后麦粒的饱满生长。非被寄生麦粒到邻近的被寄生麦粒间，还没有检测出间接的损坏。这样，可以用每一个被寄生麦粒消耗的总生物量来评估被小麦吸浆虫损害植株消耗的生物量。

人工收获后，各个被寄生的成熟麦粒的生物量分布是超过 40％、小于 8mg 的双峰分布（Lamb et al.，2000b）。用机械收获后，在双峰分布中的较小麦粒通常会消失，导致被损坏的麦粒生物量呈单峰分布。麦粒受损害的视觉特征和麦粒的生物量有关，以至于生物量的消耗可以与市场等级的视觉损坏率相关（Lamb et al.，2000b）。就使用联合收割机收割过程中受损麦粒的丢失而论，当前小麦市场价格和目前成本与用杀虫剂有关。被寄生的麦粒收获前，加拿大春小麦的经济阈值为 4％～10％（Lamb et al.，2000b）。

吸浆虫的危害对农艺性状有不利的影响，如影响种子发芽、幼苗早期活力（Miller and Halton，1961；Lamb et al.，2000b），更重要的是也影响着作物的质量（Miller and Halton，1961；Dexter et al.，1987；Helenius and Kurppa，1989）。吸浆虫对普通小麦和硬粒小麦的损害能导致麦粒蛋白水平的改变和面团劲度的减小，然而由于产品最终用途不同，这些影响的结果可能不同。对于硬质小麦，最重要的质量影响是在小麦粗面粉里有黑斑点出现，可能是在吸浆虫取食之后微生物侵入被危害麦粒的表面，作为被微生物二次感染的结果。麦红吸浆虫也可能是寄生小麦种子的微生物载体（Mongrain et al.，1997）。不仅如此，存储的籽粒中混有吸浆虫幼虫时，能够使储存的地方产生热量，最终影响到面粉的质量。

Wellso 等（1982）在美国密歇根州发现，有小麦颖枯病（*Septoria nodunum* Berk）为害的麦穗上，麦红吸浆虫幼虫虫量较多，说明麦红吸浆虫与真菌病还有一定关系。杨平澜（1959）采用冰冻切片技术检查被害麦粒，发现被害麦粒组织上所表现的畸形不只是单纯的机械伤害，还可能是分泌某种酶渗入子房和籽粒，使其浆液溢出，造成籽粒内部生理结构的破坏。孙四台等（1998）的生化分析结果表明，受吸浆虫危害后小麦籽粒中总酚含量增加，还原糖含量降低。

刘绍友等（1988）的研究表明，受麦红吸浆虫为害的小麦籽粒的千粒重随虫量增加表现出有规律的下降，当一个籽粒上有幼虫 1、2、3、4 头时，千粒重分别下降 37.16％、58.81％、77.23％和 94.86％。

对于如何估计小麦吸浆虫造成的损失，人们进行了长期的探索。1952 年全国小麦吸浆虫座谈会提出了一个估计小麦吸浆虫为害损失的方法，即损失率 $[(a-b)/a]\times 100$，其中 a 为健全粒重，b 为普通粒重。针对该方法的缺陷，黄山等（1952）提出了一个改进的方法，即损失率 $=[(a-b)/a]\times$ 被害率，其中 a 为健全粒重，b 为虫害粒重。以后杨平澜（1959b）又提出了一种计算麦红吸浆虫幼虫为害严重率的计算公式，1955 年的全国小麦吸浆虫座谈会初步规定了麦红、麦黄吸浆虫为害损失率的计算方法，于 1959 年又进行了调整。

倪汉祥等（2009）在制定的 GB/T 24501《小麦条锈病、吸浆虫防治技术规范》中，将小麦吸浆虫造成的小麦损失率作为国家标准。在小麦乳熟期（老熟幼虫入土前），每个鉴定品种随机取 10～20 穗，每穗放入一纸袋内，带回室内逐穗、逐粒剥查麦粒中的幼虫数，计算出每个鉴定品种各重复的估计损失率（L），以几个重复中最高估计损失率代表该品种的估计损失率。求出所有参加鉴定品种的平均估计损失率（L_1），再计算各个品种的相对值（L_1/L）。

估计损失率以"L"计，数值以"％"表示，按式（1）计算：

$$L=\frac{W}{G\times C}\times 100 \qquad\qquad (1)$$

式中，W 为检查穗上总虫数；G 为检查总穗粒数；C 为不同种类麦吸浆虫幼虫吃完一粒麦粒所需头数的理论值，其中麦红吸浆虫为 4，麦黄吸浆虫为 6。

计算结果精确到小数点后两位。

参 考 文 献

段云，蒋月丽，武予清，等. 2009. 小麦吸浆虫几种禾本科寄主的生育期与积温和日照时数的关系. 见：成卓敏. 植物保护科技创新与发展. 北京：中国农业科技出版社：236-241.

段云，武予清，吴仁海，等. 2010. 小麦吸浆虫几种主要禾本科寄主的生物生态学特征调查，河南农业科学，2：61-63.

姜玉英，谢长举，张跃进，等. 2002. 小麦吸浆虫测报调查规范. 中华人民共和国农业行业标准 NY/T616-2002.

刘绍友,仵内祥,袁中林,等. 1988. 小麦吸浆虫为害损失规律及防治指标研究. 西北农业大学学报,16(增):50-56.

倪汉祥,程登发,陈巨莲,等. 2009. 小麦条锈病、吸浆虫防治技术规范. 第 2 部分:小麦吸浆虫,中华人民共和国国家标准批准发布公告 2009 年第 12 号. 北京:中国标准出版社.

钦俊德,王琛柱. 2001. 论昆虫与植物的相互作用和进化的关系,昆虫学报,44(3):360-365.

孙四台,倪汉祥,丁红建,等. 1998. 小麦对麦红吸浆虫生化抗性机制研究. 中国农业科学,31(2):24~29.

武予清,刘顺通,段爱菊,等. 2010. 河南西部小麦红吸浆虫禾本科寄主植物的记述. 植物保护,36(5):138-140.

杨平澜. 1959a. 小麦吸浆虫研究 II. 幼虫在麦穗上的生活. 昆虫学报,(2):116-123.

杨平澜. 1959b. 小麦吸浆虫研究与防治. 见:中国科学院动物研究所. 昆虫学集刊. 北京:科学出版社:193-221.

曾省. 1965. 小麦吸浆虫. 北京:农业出版社:1-188.

赵卓,刘国东,刘克文,等. 2004. 昆虫与植物协同演化关系的研究概况. 吉林师范大学学报(自然科学版),3:4-7.

Barnes H F. 1956. Gall Midges of Ecomomic Importance. Vol. VII: In: Gall Midges of Cereal Crops. London: Crosby Lockwood & Sons.

Dexter J E, K R Preston, L A Cooke, et al. 1987. The influence of orange wheat blossom midge (*Sitodiplosis mosellana* Géhin) damage on hard red spring wheat quality and the effectiveness of insecticide treatments. Can J Plant Sci, 67: 697-712.

Gagné R J, Doane J F. 1999. The larval instars of the wheat midge, *Sitodiplosis mosellana* (Géhin) (Diptera: Cecidomyiidae). Proc Entomol Soc Washington, 101: 57-63.

Ghstslari A H, Fox S L, Smith M A H, et al. 2009. Oviposition deterrence in spring wheat, *Triticum aestivum*, against orange wheat blossom midge, *Sitodiplosis mosellana*: implications for inheritance of deterrence. Entomologia Experimentalis et Applicata, 133 (1): 74-83.

Harris M O, Stuart J J, Mohan M. 2003. Grasses and gall midges: plant defense and insect adaptation, Annu Rev Entomol, 48: 549-577.

Helenius J, Kurppa S. 1989. Quality losses in wheat caused by the orange wheat blossom midge *Sitodiplosis mosellana*. Annals of Applied Biology, 14 (3): 409-417.

Hinks C F, Doane J F. 1988. Observations on rearing and diapause termination of *Sitodiplosis mosellana* (Diptera: Cecidomyiidae). J Econ Entomol, 81: 1816-1818.

Junichi Y. 2000. Synchronization of gallers with host plant phenology. Population Ecology, 42: 105-113.

Lamb R J, Mckenzie R I H, Wise I L, et al. 2000a. Resistance to wheat midge, *Sitodiplosis mosellana* (Diptera: Cecidomyiidae), in spring wheat (Gramineae). Can Entomol, 132: 591-605.

Lamb R J, Smith M A H, Wise I L, et al. 2001. Oviposition deterrence to *Sitodiplosis mosellana* (Diptera: Cecidomyiidae): a source of resistance for durum wheat (Gramineae). Can Entornol, 133: 579-591.

Lamb R J, Tucker J R, Wise I L, et al. 2000b. Trophic interaction between *Sitodiplosis mosellana* (Diptera: Cocidomyiidae) and spring wheat: implications for seed production. Can Entomol, 132: 607-625.

Lamb R J, Wise I L, Smith M A H, et al. 2002. Oviposition deterrence against *Sitodiplosis mosellana* (Diptera: Cecidomyiidae) in spring wheat (Gramineae). Can Entomol, 134: 85-96.

Lamb R J, Wise I L, Olfert O O, et al. 1999. Distribution and seasonal abundance of the wheat midge, *Sitodiplosis mosellana* (Diptera: Cecidomyiidae), in Manitoba. Can Entomol, 131: 387-398.

Miller B S, Halton P. 1961. The damage to wheat kernels caused by the wheat blossom midge (*Sitodiplosis mosellana*). J Sci Food Agric, 12: 391-398.

Mongrain D, Couture L, Dubuc J P, et al. 1997. Occurrence of the orange wheat blossom midge (Diptera: Cecidomyiidae) in Quebec and its incidence on wheat grain microflora. Phytoprotection, 78: 17-22.

Mukerji M K, Olfert O O, Doane J F. 1988. Development of sampling designs for egg and larval populations of the wheat midge, *Sitodiplosis mosellana* (Géhin) (Diptera: Cecidomyiidae), in wheat. Can Entomol, 120: 497-505.

Olfert O O, Mukerji M K, Doane J F. 1985. Relationship between infestation and yield loss caused by wheat midge, *Sitodiplosis mosellana* (Géhin) (Diptera: Cecidomyiidae) in spring wheat in Saskatchewan. Can Entomol, 117: 593-598.

Pivnick K A, Labbé E. 1993. Daily patterns of activity of females of the orange wheat blossom midge, *Sitodiplosis mosellana* (Géhin) (Diptera: Cecidomyiidae). Can Entomol, 125: 725-736.

Priscila T C, Maria C D C, Rosy M S I, et al. 2010. Phenological relationships between two insect galls and their host plants: *Aspidosperma australe* and *A. spruceanum* (Apocynaceae), Acta Botanica Brasilica, 24 (3): 727-733.

Raman A, Schaefer C W, Withers T M. 2005. Biology, Ecology, and Evolution of Gall-inducing. Arthropods, 1 (2): 1-780.

Reeher M M. 1945. The wheat midge in the Pacific Northwest. Circ. USDA. 732: 1-8

Smith M A H, Lamb R J. 2001. Factors influencing oviposition by *Sitodiplosis mosellana* (Diptera: Cecidomyiidae) on wheat spikes (Gramineae). Can Entomol, 133: 533-548.

Wellso S G, Freed R D. 1982. Positive association of the wheat midge (Diptera: Cecidomyiidae) with glume blotch. Journal of Economic Entomology, 75 (5): 885-887.

第四章 麦红吸浆虫发生的环境和天敌因素

第一节 麦红吸浆虫的发生与环境的关系

一、温 度

温度是影响麦红吸浆虫生长发育的主要因素之一。温度的变化也极大地影响着虫体的呼吸代谢、发育进度和越冬越夏死亡率。休眠幼虫必须经过一段时间高温或低温阶段才能完成生理发育过程而终止滞育，越冬幼虫在土温达到 9～10℃才开始活动，13～14℃以上才能化蛹。温度在直接影响麦红吸浆虫生长发育的同时也影响着它的寄主——小麦的生长发育。

宋军芳等（2009）分析表明，吸浆虫发生面积与 4 月上旬气温成正相关，相关系数 0.369 915。从吸浆虫活动期看，4 月上旬正值吸浆虫蛹期，此期吸浆虫幼虫已升至土壤上层，较高的温度条件利于吸浆虫的化蛹、出土及羽化。平顶山市历年 4 月上旬平均气温为 13.0℃，4 月下旬平均气温为 17.8℃，2006 年高峰年份 4 月上旬平均气温为 17.3℃，较常年偏高 4.3℃，温度偏高为吸浆虫大量化蛹创造了条件；2006 年 4 月下旬平均气温为 18.3℃，较常年偏高 0.5℃，有利于成虫羽化、交配、产卵。4 月较高的温度条件满足了当年大发生所需的温度条件。

麦红吸浆虫幼虫破茧活动的发育起点温度为 (9.8 ±1)℃，从幼虫破茧到成虫羽化的有效积温为 216℃ · d。室内自然变温下，蛹发育起点温度 14.6℃，有效积温 66.6℃ · d；恒温下，发育起点温度 13.9℃，有效积温 62.9℃ · d。羽化起点温度为 15℃。在适宜的温度范围内，吸浆虫的发育速度随温度的升高而加速（表 4.1）。

表 4.1 不同温度下小麦红吸浆虫幼虫发育到成虫的发育历期（张克斌等，1988）

温度/℃	15	18	20	25	28	30
发育历期/天	36.6	30.9	18.3	14.4	12.7	10.4

夏季高温对翌年小麦吸浆虫发生不利，其原因主要是夏季高温影响小麦吸浆虫的幼虫存活率、成虫羽化数量、雌雄比例及雌虫抱卵量等。麦红吸浆虫幼虫不耐高温，越夏期间因夏季的高温干燥会造成幼虫的大量死亡。在实验温度范围内，保湿处理超过

39℃，翌年未有小麦吸浆虫羽化或羽化率极低（表 4.2）。同时，麦红吸浆虫寿命只有 2～5 天，成虫活动的最适宜温度是 20～25℃，30℃以上或 15℃以下则不活动，温度过高或过低都会影响成虫的产卵，一些年份成虫数量很多，但不产卵，是由于温度不适所致。

表 4.2　夏季高温对翌年小麦红吸浆虫发生的影响（仿成卫宁等，2002）

温度/℃	幼虫存活率/%	羽化天数/天	羽化率/%	雌雄比	雌成虫抱卵量/粒	成虫幼虫比
28	—	20	29	6.25∶1	—	—
30	56.8	13	21	4.25∶1	—	—
33	46.8	10	36	2.60∶1	21.44	1∶4.44
36	36.0	15	75	2.75∶1	17.27	1∶1.59
39	47.0	9	44	2.38∶1	12.33	1∶0.00
42	32.0	0	0	0	—	—

注：表中"—"表示无数据。

温度对老熟幼虫脱颖的影响较湿度和光线要小，5～35℃脱颖率都比较高，在 16% 以上，脱颖率最高的是 10℃，脱颖率相对高的范围在 7～ 20℃，25～35℃时脱颖率在 16.6%～ 26.8%，有一定抑制作用，40℃对脱颖有明显的抑制作用，脱颖率仅为 5.4%，说明老熟幼虫脱颖以凉爽天气为主（表 4.3）。

表 4.3　温度对小麦红吸浆虫老熟幼虫脱颖的影响（童金春等，2007）

温度处理/℃	总虫量/头	3h 脱颖虫量/头	脱颖率/%
5	211	78	37
7	137	92	67.2
10	198	163	82.3
15	104	82	78.9
20	105	74	70.5
25	112	30	26.8
30	113	27	23.9
35	157	26	16.6
40	130	7	5.4

温度影响幼虫出土化蛹和继续滞育。麦红吸浆虫在化蛹前一般会结成长茧，已结长茧的幼虫如遇温度和湿度不适会重新结成圆茧继续滞育。快羽化前如遇温度和湿度不适也会造成在羽化中死亡。

温度与滞育解除密切相关。Basedow（1977）研究表明，麦红吸浆虫的滞育终止分为三步：①土壤温度降至 10℃以下，持续 120 天；②要经过一个低温变化期，对此期也有一定的温度阈值和总有效积温的要求；③要经过一个为期 6 周左右的温度敏感期，三个时期缺一不可。

二、降水与湿度

麦红吸浆虫严重发生区多是沿河两岸低湿地、常年灌区、山谷湿地或高山多雨的地区。根据麦红吸浆虫与湿度的关系，将麦红吸浆虫发生区划分为如下 4 个地区。①河流沟谷低洼发生区，如陕西沿渭河的周歪、户县、咸阳、渭南等；沿黄河的韩城、潼关；沿汉水的城固、南郑；甘肃沿黄河的永靖、皋兰；沿洮河的临洮；沿湟水的河口；沿渭水的天水、甘谷等地。青海沿湟水的西宁、乐都、民和；沿黄河的贵德、循化。②常年灌溉发生区，如陕西临渭惠渠关中几县；临泾惠渠的泾阳、三原、高陵，宁夏的吴中、永宁等；甘肃的祁连山雪水灌溉的永登、武威、张掖等。③山阴多湿发生区，如陕西秦岭北的宝鸡、眉县、户县、长安等地。④高山多雨发生区，如甘肃的六盘山、皋兰南部的七道梁，以及青海的大通、互助、化隆等地。

麦红吸浆虫的发生程度常与每年小麦抽穗前的降雨关系密切，若此期降雨或灌溉则有利化蛹羽化，小麦则受害严重。巨粉娥等（1990）对陕西长武县 1986～1989 年连续 4 年的幼虫上升期降水与产量损失进行了研究，结果表明这个时期的降水量与当年小麦吸浆虫危害形成的产量损失密切相关（表 4.4）。

表 4.4　小麦吸浆虫引起小麦产量损失与降水量的关系（巨粉娥等，1990）

年份	3～5 月降水量（mm）	幼虫上升期降水量（mm）	被害穗率/%	被害粒率/%	产量损失率/% 平均	产量损失率/% 最高
1986	102.0	22.3	0.58	1	0.9	2.4
1987	152.9	17.7	8.7	0.0	0.4	1.02
1988	146.7	27.8	18.3	3.8	3.11	10.03
1989	104.6	49.3	62.2	8.4	6.88	19.66

宋军芳等（2009）对 1989～2006 年麦红吸浆虫发生情况与降水关系进行分析发现，当 3 月中旬降水量在 15mm 以上，则大多数年份为偏重发生或中度偏重发生，降水少于 10mm 时，为轻度发生，说明幼虫活动对土壤水分的要求较高。平顶山市历年 3 月中旬平均降水量为 11.5mm。2005 年 3 月中旬降水量仅 0.7mm，土壤干旱板结不利于吸浆虫的发生，导致土壤中的虫源基数偏大，为 2006 年大爆发埋下了隐患；虽说 2006 年 3 月中旬降水偏少，但仍导致当年大发生。

湿度对小麦红吸浆虫卵的孵化、老熟幼虫的脱穗入土、越夏死亡率、休眠体打破滞育、化蛹、羽化和产卵等都存在显著作用，是影响小麦红吸浆虫种群发生量的关键因子。董应才和袁锋（2000）研究表明，7月干旱一个月的吸浆虫存活率比正常栽培区的存活率低33.2%，死亡率达到50%，而正常栽培区的死亡率仅为17%；同样，在7、8、9三个月干旱后的吸浆虫死亡率达84.3%，比正常栽培区的高32.8%，说明干旱是造成吸浆虫越夏死亡率的重要因子。从当年9月到次年5月上旬，土壤中吸浆虫的种群数量基本变动很小，干旱对吸浆虫越冬死亡率影响较小。

在土中潜伏的麦红吸浆虫幼虫，春季从土壤深层上升到土表化蛹羽化，对土壤含水量有严格的要求。它们到适当的时期是发生或是继续休眠滞育很大程度上取决于降水的影响。刘家仁（1958）观察认为，土壤含水量低于17%时幼虫不能化蛹。曾省（1962）认为，雨水对解除小麦吸浆虫的滞育（休眠）起主要作用。根据他们多年在大田观察和参考各地报道，早春3、4月降水量的多少、降水的早晚、降水的频度以及雨水深入土中的深浅，都能影响越冬幼虫破茧上升的快慢，造成成虫发生高峰的次数、高低，即发生的整齐与否和规模大小的不同，以致影响小麦吸浆虫危害的轻重。人工灌溉也可提高土壤湿度，对小麦吸浆虫的大发生都是非常有利的条件，个别低洼田块吸浆虫常大发生就在于土壤湿度较大之故。

湿度对老熟幼虫脱颖的影响有着显著的差异，24h过湿处理下脱颖率为79.2%，湿处理下脱颖率为68.6%，干处理脱颖率为22.5%（新鲜麦穗放入三角瓶内，封口后会增加湿度，所以脱颖率相对较高），自然干处理脱颖率为0.4%。这说明老熟幼虫的脱颖与湿度成正比，湿度越大，脱颖率越高，在有水滴的条件下，脱颖率最高（表4.5）。

表 4.5　湿度对小麦红吸浆虫老熟幼虫脱颖的影响（童金春等，2007）

处理	总虫量/头	24h脱颖虫量/头	脱颖率/%
过湿处理	221	175	79.2
湿处理	204	140	68.6
干处理	258	58	22.5
自然干处理（CK）	223	1	0.4

三、土　壤

麦红吸浆虫一年中有大约11个月生活在土壤中，土壤是麦红吸浆虫幼虫和蛹长时间栖息的场所，影响着其生活与存活。土壤的结构与麦红吸浆虫发生程度有关，但这种关系主要取决于土壤含水量；同时，土壤影响植物的生长，间接影响了成虫的活动。一般来讲，土壤结构良好、保水力强、又便于排水，有利于小麦生长，也有利于小麦吸浆虫生存。黏土干燥时易板结、砂土温湿度变化大，幼虫死亡率高。特别是 5 月下旬至 6 月上旬入土的幼虫，如遇高温干燥，容易大量死亡。根据各地调查报道，重黏土和砂壤土麦红吸浆虫发生较轻，黏壤土、壤土和砂壤土发生较重。

麦红吸浆虫的发生与地势关系明显，低洼地或一块田中的低洼处发生量大，平地次之，坡地最少，阳坡地比阴坡地更少。这是由于不同的地势影响着土壤的含水量，从而影响麦红吸浆虫的分布密度和化蛹进度。地势高、土壤含水量低，不适宜麦红吸浆虫生存；地势低、土壤含水量高，适宜其生存。另外，麦红吸浆虫幼虫的扩展主要是通过水流的传播，地势低洼处和河谷麦区，虫口密度就会较大。

曾省（1965）研究表明，麦红吸浆虫幼虫在 pH 7～11 的水溶液中均能生存，但以 pH 8 为最适宜，证明麦红吸浆虫幼虫适宜在微碱性的土壤环境中生存。我国华南地区的红壤和东北地区的草甸黑土、白浆土等酸性土壤中无麦红吸浆虫的分布，这说明麦红吸浆虫的分布不仅受温湿度的限制，而且可能与土壤的酸碱度相关。

第二节　麦红吸浆虫的天敌

在自然界中，昆虫常因其他生物的捕食或寄生而引起死亡，使种群的发展受到抑制，昆虫的这些生物性自然敌害通称为昆虫天敌。昆虫天敌的种类很多，大体可归纳为三大类：①捕食性天敌昆虫是最常见的一个类群，一般捕食量较大，在自然界中抑制害虫的作用十分显著，常见的有瓢虫、食蚜蝇、草蛉、捕食螨、蜘蛛等；②寄生性天敌昆虫几乎都是以其幼虫体寄生，其幼虫不能脱离寄主而独立生存，并且在单一寄主体内或体表发育，随着寄生性天敌昆虫幼体的完成发育，寄主则缓慢地死亡和毁灭；③昆虫病原微生物包括病原细菌（如芽孢杆菌等）、真菌（如白僵菌等）、病毒（如细胞核和细胞质多角体病毒等）、线虫（如索线虫等）。

天敌对麦红吸浆虫的消长有一定控制作用。在我国，麦红吸浆虫的天敌很多，捕食性天敌有草蛉、瓢虫、步甲、蜘蛛、蚂蚁等，寄生性天敌优势种群有宽腹姬小蜂（*Tetrastichus* sp.）和瘿蚊长索广腹细蜂（*Platygaster error* Fitch）等。保护利用自然天敌资源，对于维持生态平衡、防止害虫再猖獗、确保小麦生产具有重要的意义。

一、捕食性天敌

由于麦红吸浆虫生活史中有几个时期是易受攻击的，所以多食性的捕食性天敌有助于控制其数量。20 世纪 50 年代，杨平澜（1959）发现在上海，小麦吸浆虫成虫在羽化过程中常被田间蚂蚁捕食。在河南南阳除有三种蚂蚁［即黄色小蚂蚁（*Vollenhovia emeryi* Wheeler）、黑色蚂蚁（*Lasius niger* L.）及褐色大头蚂蚁（*Pheidole nodus* Smith）］，还有两种蜘蛛也能捕食吸浆虫幼虫，有几种蓟马（*Haplothrips* sp.）捕食吸浆虫的卵，在江苏扬州和湖北天门发现可以捕食吸浆虫成虫的舞虻科（Empiidae）昆虫（曾省，1965）。

李修炼等（1997）通过田间直接观察和室内饲喂观察研究表明捕食小麦吸浆虫的天敌有 8 类共 23 种，捕食成虫和幼虫的有园蛛科（Araneidae）黑斑亮蛛（*Singa hamata*）；狼蛛科（Lycosidae）北舞蛛［*Alopecosa licenti*（Schenkel）］，蟹蛛科（Thomisidae）三突花蛛（*Misumenops tricuspidatus* Fabricius）；捕食幼虫和蛹的有虎甲科（Cicindelidae）、步甲科（Carabidae）；捕食成虫的有蟹蛛科（Thomisidae）、姬猎蝽科（Nabidae）；捕食幼虫的有瓢虫科（Coccinellidae）、跳蛛科（Salticidae）、逍遥蛛科（Philodromidae）、蟹蛛科（Thomisidae）、皿蛛科（Linyphiidae）、蚁科（formicidae）、食蚜蝇科（Syrphidae）、草蛉科（Chrysopidae）等。步甲科（Carabidae）和隐翅虫科（Staphylinidae）可能捕食土壤中幼虫期吸浆虫（Speyer and Waede，1956）、在土壤中化蛹的幼虫（Floate et al.，1990），以及取食完麦粒后仍在其上的幼虫（Basedow，1973，1975）。

Stark 和 Wetzel（1987）报道了双翅目的 *Platypalus* 属捕食性舞虻，如 *Platyplus articulatoides*、*P. pictitarsis* 和 *P. infectus* 等 12 种。Floate 等（1990）通过免疫电泳方法研究发现，加拿大萨斯卡切温东北部田间捕食麦红吸浆虫幼虫的步甲科捕食性天敌有 14 个种，并在实验室条件下研究了 *Bembidion quadrimaculatum* L.，*B. obscurellum* Motschulsky、*Agonum placidum* Say 和 *Pterostichus corvus* LeConte 成虫对吸浆虫幼虫的捕食作用。预测每平方米内步甲科昆虫对麦红吸浆虫幼虫田间的日捕食量在 1～86 头。

Holland 和 Oakley（2007）的报告总结出在英国捕食性天敌中，捕食成虫和幼虫的有蛛形纲（Arachnida）皿蛛科（Linyphiidae）；捕食幼虫和蛹的有鞘翅目（Coleoptera）步甲科（Carabidae）和隐翅虫科（Staphylinidae）；捕食成虫的有双翅目（Diptera）的捕食蝇。

2010 年 King 等通过设计种的特异引物等鉴定的方法研究表明，鞘翅目步甲科 *Pterostichus melanarius* 和 *Pterostichus madidus* 能够捕食吸浆虫。借助分子生物学、免疫学等方法，我们可以利用设计特异引物通过 PCR 或免疫方法鉴定小麦田生物群落中对吸浆虫有捕食作用天敌的种类及捕食效率，并选择性地利用该类天敌用于麦红吸浆虫的防治。

二、寄生性天敌

（一）吸浆虫寄生蜂研究的概况

吸浆虫在自然界中存在有很多的天敌，在 20 世纪 50 年代周尧教授科研组对在我国普遍分布的两种重要的寄生蜂宽腹姬小蜂（*Tetrastichus* sp.）（彩图 4.1）和尖腹寄生蜂（*Platygaster error* Fitch）分类特征进行了详细描述（西北农学院昆虫教研组，1956），曾省最早研究了两种赤眼蜂的生活史，并尝试收集南阳地区赤眼蜂到洛阳地区防治吸浆虫。寄生蜂的卵在吸浆虫卵内并不孵化，也并不妨碍吸浆虫卵的孵化和幼虫的生长，到第二年才孵化为幼虫，幼虫（彩图 4.2）以吸浆虫的体质为食，一般比吸浆虫迟 4～5 天羽化。寄生蜂虽然不能阻止吸浆虫当年的为害，但对次年吸浆虫的猖獗具有抑制作用，无疑是左右吸浆虫种群波动的重要因素之一（曾省，1965）。

寄生蜂卵数很多，据朱象三（1954）在陕西解剖宽腹姬小蜂观察结果，寄生蜂腹内的卵数平均在 100 粒以上。尖腹寄生蜂在吸浆虫幼虫体腔内化蛹并化为成虫，一个吸浆虫的幼虫只能育成一个寄生蜂成虫。腹姬小蜂化蛹时脱出吸浆虫幼虫皮壳，一个吸浆虫幼虫一般育成一个蛹，但在上海也常见到从一个吸浆虫幼虫一个长茧里育成两个寄生蜂蛹的情况。

20 世纪 80～90 年代小麦吸浆虫再次暴发，李修炼再次对陕西关中地区和秦巴山区吸浆虫的种类进行鉴定和寄生蜂复合体的田间消长调查，吸浆虫种群变动和农药使用是影响寄生蜂种群的两个主要因素。麦红吸浆虫寄生峰有两个高峰，第一峰紧随吸浆虫成虫高峰（卵寄生蜂）之后，第二峰在吸浆虫初龄幼虫期（可能存在寄生幼虫种类）。麦黄吸浆虫寄生峰高峰只有一个，比吸浆虫成虫高峰晚 2～4 天。

小麦吸浆虫是由欧洲传入美国的。纽约州的昆虫学工作者 Asa Fitch（1809～1879）推测这种害虫之所以在有害的水平上旷日持久，是由于没有正常地利用它的天敌，这些天敌在欧洲足以把它保持在较低的、无害的数量上。Fitch 于 1855 年提议从英国输入寄生物以减少这种吸浆虫的数量。虽然这种先驱性的倡议没有能够立即执行，但这种想法马上得到其他有远见的昆虫学者，包括加拿大的 Bethune CJS 和美国伊利诺伊州的 Benjamin Walsh（1808～1870）的支持。

1969～1976 年 Basedow 等研究小麦红黄吸浆虫的寄生蜂复合体的田间动态和吸浆虫种群之间的关系，并指出稀毛大眼金小蜂（*Macroglenes penetrans*）（在加拿大西部，卵/幼虫寄生蜂——稀毛大眼金小蜂也是偶然从欧洲传入）是两种吸浆虫的寄生蜂复合体中的优势天敌，为北美吸浆虫引进提供了基础信息。Olfert 等 1991～2000 年在加拿大萨斯卡切温（Saskatchewan）地区的研究表明，稀毛大眼金小蜂 *M. penetrans* 控制了麦红吸浆虫 20%～45%的种群，在部分田块寄生率可以高达 80%，且稀毛大眼金小蜂种群是随着麦红吸浆虫扩散而扩散的，2000 年，在 Saskatchewan 平均寄生率为 45%，低于在欧洲大陆 64%的寄生率，于是又成功引入了第二种寄生蜂广腹细蜂（*Platygaster tuberosula* Kieffer）（Olfert et al.，2003，2009），进一步提高对麦红吸浆虫的控制作用。20 世纪 90 年代，加拿大开始引进释放瘿蚊长索广腹细蜂和 *Platygaster* sp.，并认为释放是成功的（《加拿大生物防治计划 2000》），且对稀毛大眼金小蜂的各个虫态特征进行详细描述。

（二）麦红吸浆虫寄生蜂种类

在英国（Holland and Oakley，2007），寄生卵和幼虫的寄生蜂有以下几种。

1）广腹细蜂 *Platygaster tuberosula* ；

2）稀毛大眼金小蜂 *Macroglenes penetrans*（同种异名 Synonym-*Pirene penetrans*，*Ichneumon penetrans*）；

3）瘿蚊长索广腹细蜂 *Euxestonotus error*（同种异名 *Platygaster error*，*Anopedias error*）；

4）麦红吸浆虫广腹细蜂 *Inostemma mosellanae*；

综合朱象三（1954）和李修炼等（1997b）资料，我国西北麦区的主要寄生蜂种类为以下几种。

1）宽腹姬小蜂（*Tetrastichus* sp.）；

2）瘿蚊长索广腹细蜂（*Platygaster error* Fitch）；

3）瘿蚊广腹细蜂（ *Platygaster hiemalis* Forbes），存在于陕西关中及秦巴山区（北美黑森麦瘿蚊的卵和幼虫的寄生蜂）；

4）瘿蚊双索金小蜂（*Pirene conjungens* Graham），存在于陕西关中及秦巴山区；

5）沃氏瘿蚊锤角细蜂（ *Trichopria wasmanni* Kieffer），寄主为麦红吸浆虫、麦黄吸浆虫，存在于陕西关中及秦巴山区；

6）瘿蚊反颚茧蜂（*Aphaereta* sp.），存在于陕西关中及秦巴山区；

7）三棒匙胸瘿蜂（*Kleidotomap siloides* Westwood），存在于杨陵、镇安地区；

8）瘿蚊匙胸瘿蜂（*Episoda xanthoneula* Foerster），寄主为麦红吸浆虫、麦黄吸浆虫，存在于太白、临潼、长安地区；

9）蝇蛹金小蜂（*Spalangia* sp.），寄主为麦红、麦黄吸浆虫，存在于太白、临潼地区。

西北麦区寄生麦红吸浆虫的优势种是瘿蚊长索广腹细蜂和瘿蚊双索金小蜂。

北美红吸浆虫寄生蜂包括以下几种。

1）稀毛大眼金小蜂 [*M. penetrans* (Kirby)]；

2）瘿蚊长索广腹细蜂（*Euxestonotus error* ）（Hymenoptera，Platygasteridae ）；

3）广腹细蜂（*Platygaster* sp.），北美种群数量大，但并不是吸浆虫的优势天敌。

另外，Reeher 1945 年报道霍氏广腹细蜂（*Inostemma horni*）在华盛顿州也是吸浆虫的寄生蜂。

Carl 和 Affolter（1984）回顾了吸浆虫的寄生蜂的 27 个种的记录，Affolter 在 1990 年从这 27 个种中鉴定出 8 个复合种，其他种类多是同种异名。

（三）寄生蜂对麦红吸浆虫的控制作用

寄生蜂是控制吸浆虫主要的天敌类型，吸浆虫回升初期，寄生蜂数量极少，1986～1988 年连续三年，各地样本均未见寄生蜂；1989 年仅长安样本出蜂 5 头，寄生率为1.5%；此后几年，出蜂的地区和数量不断增加。一些田块寄生蜂的寄生率高达 70%～96.6%，足以控制吸浆虫危害。1994 年寄生蜂发生初盛期在杨陵大田网捕结果表明，每 100 复网可捕到寄生蜂 5～273 头，平均 83.3 头，高峰期每 100 复网可捕到 2000 头以上，与 20 世纪 50 年代的情况相似。而在 1990 年以前的几年，在田间极少能捕到吸浆虫寄生蜂（李修炼等，1997b）。多数老虫区近几年虫情稳定，未造成大面积严重损失。90 年代，各地都有通过寄生蜂使吸浆虫虫口大幅度下降的田块，如扶风县太白乡梁浴村一块地连续多年种植感虫品种‘小偃 6 号’，1992 年基本绝收，1993 年寄生蜂的寄生率高达 70.93%，1994 年查被害极小；渭南市双王乡一块麦田，1992 年调查单穗平均幼虫 105 头，由于寄生蜂寄生 1994 年虫口数量迅速下降，有虫穗率仅 10%，明显低于周围其他田块（李修炼等，1997b）。

1951 年在河南南阳专区开始发现有少数寄生蜂，1952 年 4 月 24 日在新野程营西坡程秀德的地拉网一次，得寄生蜂约 2 万余头，而吸浆虫仅十数头，在其他地里亦为数十或数百比一。1953 年寄生蜂普遍发生，除少数地区外，吸浆虫为害均轻微，1954 年每平方尺土平均不到 10 个幼虫。南阳吸浆虫因此大量减少，除群众防治的结果外，寄生蜂盛发是消灭吸浆虫重要原因之一（曾省，1965）。

小麦吸浆虫有多种天敌，其中寄生蜂数量最大，是调节吸浆虫种群数量的主要因素之一，国内外已发现 20 多种。据朱象三、李修炼研究，陕西寄生麦红吸浆虫（*Sito-diplosis mosellana* Gehin）的寄生蜂有 14 种。20 世纪 50 年代，寄生蜂在关中麦区发生极为普遍，对吸浆虫有明显的控制作用。据西北农业科学研究所大田调查，麦红吸浆虫与寄生蜂的比率 1951 年为 1∶2.12，1953 年为 1∶0.99，1954 年为 1∶0.32，1955 年为 1∶0.38，80 年代初小麦吸浆虫种群回升，缺乏寄生蜂的控制是主要原因之一。

在陕西和甘肃等地区的天敌保护利用示范区，农药使用量平均下降了 91.25%，天敌种群数量增加了 2~4 倍，天敌寄生率已由过去平均 5% 增加到 30% 左右（倪汉祥等，1994）。

Doane 等（1989）描述了稀毛大眼金小蜂 *M. Penetrans*（Kirby）和从欧洲引入到 1993 年、1994 年释放并在加拿大 Saskatchewan 建立种群的广腹细蜂（*P. tuberosula*）（Olfert et al.，2003），美国蒙大拿州 2005 年的调查结果表明还未发现广腹细蜂种群，其种群的扩散及在吸浆虫新发生地的控制作用还需要一定的时间。但在广腹细蜂已建立种群的地方，寄生蜂对麦红吸浆虫的控制作用明显。20 世纪 90 年代，在加拿大 Saskatchewan 省，由于寄生蜂将麦红吸浆虫幼虫数量控制到 600 头/m^2 以下，累计 15 500 000hm^2 的小麦没有施药防治吸浆虫，不仅直接减少了杀虫剂的用量、节省了开支，而且有利于环境保护（Olfert et al.，2009）。

（四）寄生蜂研究与应用中存在的问题

20 世纪 80 年代末至 90 年代初，陕西省农科院植保所调查结果表明吸浆虫自然被寄生率为 0~25.65%，除个别田块的寄生率达 60% 外，大部分田块的寄生率显著低于 50 年代末期的 50%~60%，但 90 年代呈上升趋势（倪汉祥等，1994）。这些应该是由于缺乏对吸浆虫寄生蜂种群的保护。

影响寄生蜂种群变动的因素主要有两个。一是寄生蜂种群的增长依赖于吸浆虫种群增长。陕西省各地的研究表明，在吸浆虫开始回升的最初几年，寄生蜂的种群数量极小，1986~1988 年样本未见到。吸浆虫连续几年大发生，寄生蜂则迅速繁殖，1994 年全省平均寄生率高达 32.61%，最高田块达 96.6%。二是农药使用量及使用时期。度日数（degree-days，户外每日平均温度之单位）相比日历日（calendar days）能更准确地预测寄生蜂的羽化期，对寄生蜂发生期的准确预测不仅能帮助生产者监测田间寄生蜂种群的发生量，而且有助于通过调整喷雾时间（何时施药）、速率及喷施位置控制吸浆虫，同时最大限度地保护和保存天敌种群（Elliott et al.，2011）。不适当的麦红吸浆虫防治时机将减少捕食者数量，随之发生的是导致大量麦红吸浆虫进入土壤中并引起第二年吸浆虫发生数量的增加。

在北美尤其是加拿大 Saskatchewan 地区的研究表明，引入稀毛大眼金小蜂（*M. penetrans*）能控制麦红吸浆虫 20%~45% 的种群，在部分田块，寄生率可以高达 80%，已在许多地方定殖并发挥着重要的控制作用。杀虫剂的施用时间建议在抽穗期但还没有到扬花期，必须避免后期施用杀虫剂，那时不仅没有防治效果，而且会对生物防治有负面影响（Olfert et al.，2009）。

三、病原微生物

小麦吸浆虫的幼虫在土内停留的时间很长，在浸水的情况下幼虫易于死亡。据刘家仁观察，麦红吸浆虫幼虫浸在通常的水里，经数日后的幼虫皆呈肿胀挺直而死，但在蒸馏水中的幼虫则经久不死。据中国农业科学院植物保护研究所的试验表明，解除休眠后的幼虫在蒸馏水内通常能够化蛹羽化，而在水内死亡的幼虫，是因感染水霉菌所致（杨平澜，1959）。因此在一定的条件下，土壤微生物能使土内的小麦吸浆虫幼虫数量减少，对麦红吸浆虫幼虫发生量有一定的控制作用。

过去在洛阳5、6月间，屡次把吸浆虫幼虫放养于普通水中，3、4日内就全身长满白霉，蛹亦是如此，虫体僵直不动而死，初步鉴定为绵霉菌属（*Achlya sp.*）（曾省，1965）。夏天幼虫在土中死亡率很高，被该菌寄生占大部分（曾省，1965）。

虽然病原微生物对麦红吸浆虫致死性在很大程度上还没有量化，但病原微生物，如真菌 *Entomophthora brevinucleata*（Keller and Wilding，1985）和病毒在大多数年份似乎不是重要的致死因子（Affolter，1990）。

四、麦红吸浆虫天敌资源调查

（一）小麦吸浆虫捕食性天敌调查

调查关于麦田品种记录、气候及田间管理情况等。

1. 网扫收集

收集两个点，一个是田埂及边上的小麦，另一个是麦田的中心区域。

每7天调查一次，调查采用目测法和网捕法。在选定的田块中央和边缘随机各取5点，每点取10株小麦，记录上面昆虫的种类及数量，同时每点扫20网，共100网，把网内昆虫毒死。去掉杂物，将所有网扫内容物倒入事先盛有1/2～2/3体积纯乙醇的密封杯，并用铅笔记录采集人、采集地点（经纬度）、采集时间信息的标签。

2. 黄盘诱集

收集两个点，一个靠近田块边缘，另一个位于麦田的中心区域。

　　每周在每点放盘一圈（半径 3m，黄盘间隔约 2m，共 10 个盘）。黄盘中放 1/2～2/3 的洗涤灵稀溶液。放置时间为 8：00～20：00。

　　每个点 10 个盘中的内容物，用纱网过滤，用镊子将大虫体移入冻存管，用毛笔将纱网上剩余所有残渣一起扫入冻存管并在冻存管乙醇中涮净毛笔，一起收集到 75ml 的冻存管中，用 100％分析醇浸泡保存。

3. 巴氏杯诱

　　收集两个点，一个在田块边缘，另一个位于麦田的中心区域。

　　1）地面挖坑，将一次性塑料杯（杯高约 7～10cm，黄色或白色最佳，透明次之）置入，回填土至与杯口齐平（土不可高于或低于杯口，如果杯子有沿，土不可低于杯沿）。杯间距≥10m（约 15 步）。具体排列视地形和实验目的自行设计。

　　2）杯内盛诱虫液体（高度白酒：老陈醋：红糖：水＝1：1：1：1 混合，或者直接使用啤酒）。

　　3）一周做一次，当日埋杯设陷阱，次日收取杯内昆虫。杯子沈净后可重复利用。

　　4）每个杯子的昆虫单管保存，置于 75ml 冻存管中，编号。

4. 鉴定

　　对捕到的小麦吸浆虫天敌通过设计吸浆虫的特异 PCR 引物进行 PCR 扩增，以确定对吸浆虫有捕食作用天敌的种类及数量关系，为以后的天敌保护和利用提供依据。

（二）小麦吸浆虫寄生性天敌的调查

　　幼虫的采集与保存方法如下。

　　每年 5 月下旬，小麦穗部幼虫落土前在各主要虫区采集虫穗，于室内逐虫剥出，放入直径 10～20cm 的瓦盆中，令其自然入土。饲养土取自土壤深层，土内无其他虫子。盆子上下用塑料薄膜封闭后，埋于室外自然条件下过夏越冬。

　　寄生蜂饲养与收集方法如下。

　　翌年 3 月底、4 月初从土壤中取出瓦盆，移入养虫室中保湿，令寄生蜂和吸浆虫自然羽化，每日定时采集计数。为收集、计数方便和寄生蜂标本的完整，瓦盆上罩自制集虫罩。集虫罩用硬质透明无毒塑料制成，漏斗形，上口直径 3cm，下口直径 15cm，漏斗顶部扣广口瓶。羽化的寄生蜂和吸浆虫成虫绝大部分集中在广口瓶的顶部内，采集时轻轻取下瓶子，向瓶内喷入 CO_2，静置 2～3min，待寄生蜂和吸浆虫成虫死亡或昏迷后分类计数并进行分类鉴定。

附录:

1) 采集的昆虫样本需要记录的内容包括地点、采集日期、采集人、天敌种类、天敌数量、寄主种类、寄主数量。

2) 天敌调查方法需要的器具,如密封杯、捕虫网、黄盘、巴氏杯、冻存管、便携式温湿度记录仪、便携式 GPS 仪。

参 考 文 献

成为宁,李修练,李建军. 2002. 夏季高温对翌年小麦吸浆虫发生的影响. 西北农业学报,11 (4):13-15

董应才,袁锋. 2000. 干旱对麦红吸浆虫实验种群的影响. 干旱地区农业研究,18 (2):58-60.

巨粉娥,代孝明,白许劳. 1990. 长武县小麦吸浆虫的发生与防治. 陕西农业科学,(5):30.

李修炼,吴兴元,成卫宁. 1997a. 小麦红吸浆虫捕食性天敌种类与捕食量初步研究. 陕西农业科学,(4):25-26.

李修炼,吴兴元,成卫宁. 1997b. 小麦吸浆虫寄生蜂混合种群发生与数量消长研究. 西北农业学报,6 (2):13-16.

刘家仁. 1958. 小麦吸浆虫. 农业科学通讯,(4):215-217.

倪汉祥,丁红建,孙京瑞. 1994. 小麦吸浆虫发生动态及综合治理对策. 中国农学通报,10 (3):20-23.

宋军芳,刘海波,白家惠. 2009. 小麦吸浆虫发生动态与气象条件的关系探究. 农产品加工,(5):71-74.

童金春,张海燕,宋凌云,等. 2007. 麦红吸浆虫老熟幼虫脱颖规律研究. 植物保护,33 (3):128-129.

西北农学院昆虫教研组. 1956. 小麦吸浆虫之研究. 西北农学院学报,(1):29-62.

杨平澜. 1959. 小麦吸浆虫的研究与防治. 昆虫学集刊. 北京:科学出版社:193-221.

尹楚道,潘锡康,宋社吾,等. 1987. 小麦吸浆虫种群动态消长因素及危害调查研究. 安徽农学院学报,3:43-48.

曾省. 1962. 小麦吸浆虫的生态地理、特性及根治途径的讨论. 中国农业科学,3:10-15.

曾省. 1965. 小麦吸浆虫. 北京:农业出版社.

张克斌,童应才,张槐. 1988. 麦红吸浆虫若干问题的数学模拟及其应用. 西北农业大学学报,16 (增):15-18.

朱象三. 1954. 西北小麦吸浆虫之发生与防治. 农业科学通讯,(3):124-126.

Affolter F. 1990. Sturcture and dynamics of the parasitoid complex of the wheat midges *Sitodiplosis mosellana* (Gehin) and *Contarinia tritici* (Kirby). Internatitonal Institute for Biological Control, Delemont, Switzerland, June 1990 Report:108.

Basedow T. 1973. Der Einfluss epigaischer raubarthropoden auf die abundanz *Phytophager insekten* in deragrarlandschaft. Pedobiologia, 13:410-422.

Basedow T. 1975. Predaceous arthropods in agriculture, their influence upon the insect pests and how to spare them while using insecticides. *In*:Semaine d'etude Agric Hygiene Des Plantes. Gemblaix:Centre de Recherches Agronomiques:311-323.

Basedow T. 1977. Die anfälligkeit einiger verschiener sommer wei zensorten gegeniiber be fall durch die beiden weizengllmückenarten (Dipt:cecidomyiidae). Anz Schädlingskde pfanzenschutz Umweltsschutz, 50:129-131

Carl K, Affolter F. 1984. The natural enemies of the wheat blossom midge, *Sitodiplosis mosellana* (Gehin) and a proposal for its biological control in Canada. Delemont, Switzerland:International Institute of Biological Control.

Doane J F, DeClerck-Floate R, Arthur A P. 1989. Description of the life stages of *Macroglenes penetrans* (Kirby) (Hymenoptera: Chalcidoidea, Pteromalidae), a parasitoid of the wheat midge, *Sitodiplosis mosellana* (Géhin) (Diptera: Cecidomyiidae). The Canadian Entomologist, 121: 1041-1048.

Elliott R H, Manna L, Olferta O. 2011. Calendar and degree-day requirements for emergence of adult *Macroglenes penetrans* (Kirby), an egg-larval parasitoid of wheat midge, *Sitodiplosis mosellana* (Géhin). Crop Protection, 30 (4): 405-411.

Floate K D, Doane J F, John F, et al. 1990. Carabid predators of the wheat midge (Diptera: Cecidomyiidae) in Saskatchewan. Environmental Entomology, 19 (5): 1503-1511.

Holland J M, Oakley J. 2007. Importance of arthropod pests and their natural enemies in relation to recent farming practice changes in the UK The Home-Grown Cereals Authority (HGCA) Research Review No. 64 (RR64) Final Project Report.

Keller S, Wilding N. 1985. *Entomophthora brevinucleata* sp. nov. [Zygomycetes, Entomophthoraceae], a pathogen of gall midges [Dip. : Cecidomyiidae]. Entomophaga (Biocontrol), 30 (1): 55-63.

King R A, Moreno-Ripoll R, Agusti N, et al. 2010. Multiplex reactions for the molecular detection of predation on pest and nonpest invertebrates in agroecosystems. Molecular Ecology Resources, doi: 10. 1111/j. 1755-0998. 2010. 02913. x.

Olfert O, Doane J F, Braun M P. 2003. Establishment *Platygaster tuberosula*, introduced parasitoid wheat midge, *Sitodiplosis mosellana*, in Saskatchewan. Can Entomol, 135: 303-308.

Olfert O, Elliott R H, Hartley S. 2009. Non-native insects in agriculture: strategies to manage the economic and environmental impact of wheat midge, *Sitodiplosis mosellana*, in Saskatchewan. Biol Invasions, 11: 127-133.

Reeher M M. 1945. The wheat midges in the Pacific Northwest. United States Department of Agriculture Circular, 732: 1-8.

Speyer W, Waede M. 1956. Feinde und Parasiten der Weizengallmucken. Beitrag zur Biologie und Bekamp-fung von *Contarinia tritici* Kilby and *Sitodiplosis mosellana* Gehin. Anz Schadlingskde, 29, 185-191.

Stark A, Wetzel T H. 1987. Fliegen der gattung *Platypalpus* (Diptera, Empidiae) -bisher wenig beachtete pradatoren im Getreidebestand. Journal of Applied Entomology, 103: 1-14.

第五章　麦红吸浆虫的空间分布格局和扩散

种群的分布格局是种群内个体在其生存空间的分布形式，是种群的重要属性之一。了解麦红吸浆虫的分布格局不仅有助于对其生物学特性和种群动态分析的深入研究，而且是制定科学的调查和防治方案的基础。

第一节　麦红吸浆虫幼虫/圆茧空间格局的分布型拟合分析

一、昆虫种群空间分布型的一般概念

经典的昆虫种群空间分布型（distribution pattern of insects population）是指昆虫的个体在一定时间和空间内的分布形式。它一般指昆虫在某一时刻位置的排列方式，反映昆虫的空间结构，故也称为空间格局（spatial pattern）；在统计学上，它指抽样单位中所得随机变量取各种可能值的概率分配方式，以反映抽样单位的抽样性质和数量，故也称为空间分布（spatial distribution）。昆虫种群分布型因不同种类、同种昆虫不同发育阶段、密度、寄主生育期、栖息地环境等不同而有所差异。了解昆虫种群空间分布型，对正确制定调查方法和估计昆虫数量动态等有着重要意义（丁岩钦，1980）。

昆虫种群空间分布型一般分为随机分布（random distribution）和聚集分布（aggregated distribution）两个基本类型，其中又分为几种不同的分布形式。

随机分布是指昆虫种群内各个体间具有相对的独立性，不相互吸引或相互排斥。种群中的个体占据空间任何一点的概率相等，任何一个体的存在绝不影响其他个体的分布。属于这类分布的又有均匀分布和随机分布。

1）均匀分布，又称正二项分布（positive binomialdistribution）。其样本（个体）分布一般是稀疏的，但是均匀的，在单位（样方）中个体出现的概率（P）与不出现的概率（Q）是完全或几乎相等的。

2）随机分布，又称泊松分布（Poisson distribution）。样本分布一般也是稀疏的和比较均匀的，在单位中个体出现和不出现的概率也是相等的。但种群的密度增大时（一般指 $x > 16$ 时），可渐趋向均匀分布。

聚集分布是指种群内个体间互不独立，可因环境的不均匀或生物本身的行为等原因，呈现明显的聚集现象。总体中一个或多个个体的存在影响其他个体在同一取样单位中出现的概率。属于这类分布的又有核心分布和嵌纹分布。

1）核心分布（contagious distribution），又称奈曼分布（Negman distribution），个体是密集的，分布是不均匀的，个体在单位中出现和不出现的概率是不相等的。个体在单位栖息地形成很多大小略相等的核心（集团），核心与核心之间个体的分布则是随机的。如个体密度过大，形成的核心呈大小不相等时，称为 P-E 核心分布。

2）嵌纹分布（mosaic distribution），又称负二项分布（negative binomialdistribution），个体是密集的，分布是极不均匀的，个体在单位中形成疏密相间、大小不同的集团，呈嵌纹状。

二、麦红吸浆虫的分布型

麦红吸浆虫由于取样方法的限制，过去 20 年中我国研究者主要对土壤幼虫和蛹、麦穗上的卵和幼虫的分布型进行调查分析，尚未涉及成虫。

井玉波等（1988）、张克斌等（1988）、原国辉等（1992）、于广军（1993）、仵均祥和沈宝成（1996）、张峋（1999）都曾利用传统的麦红吸浆虫常用幼虫调查方法——淘土法，对小麦吸浆虫幼虫/圆茧在土壤中的分布格局及抽样技术进行过研究，土壤内幼虫一般呈显著聚集状态，拟合为负二项分布。

麦穗里卵和幼虫也呈聚集分布，整个麦穗为一个调查卵和幼虫密度的合适取样单位。于广军分析了引起聚集程度的原因并得出结论：低密度时聚集是由环境条件引起的，高密度时聚集是种群自身引起的。仵均祥等 2000 年通过调查麦红吸浆虫幼虫在小麦穗上的分布和危害特点，进一步明确麦穗上麦红吸浆虫幼虫聚集分布的田间分布格局与虫口密度无关；麦红吸浆虫在麦穗上的分布和危害与麦穗大小和受害部位有一定的关系。就麦穗大小而言，以中型穗上虫量最多，受害最重；大型穗次之；小型穗上虫量最少，受害最轻。就麦穗受害部位而言，以中部虫量最多，受害最重；下部次之；上部虫量最少，受害最轻。

以刘长仲等 2002 年应用 Taylor（1961，1965）模型、Iwao（1968，1977）模型，以及丛生指标 I（David and Moore，1954）、聚块性指标 L（Lloyd，1967）、聚集度指数 Ca（Cassie，1962）、扩散系数 C、负二项分布的 K 值（Water，1959）5 种聚集性指标分析麦穗中麦红吸浆虫幼虫的空间格局（表 5.1）作为一个代表事例，详述如下。

表 5.1　麦红吸浆虫幼虫聚集度指标（刘长仲等，1999～2001 年，甘肃省皋兰县）

田块	每穗平均虫数/头	m	m^*	I	L	Ca	C	K	λ
1	12.7200	210.1026	28.2370	15.5170	2.2200	1.2200	16.5170	0.8200	7.1356
2	2.7600	9.8610	5.3330	2.5730	1.9320	0.9320	3.5730	1.0730	1.7877
3	1.7500	20.9368	12.7140	10.9640	7.2650	6.2650	11.9640	0.1600	1.0938
4	1.9385	20.2287	11.3740	6.1350	5.8670	4.8670	10.4350	0.2050	1.1820
5	1.7400	26.0125	15.6900	13.9500	9.0170	8.0170	14.9500	0.1250	1.0440
6	0.7222	3.6635	4.7950	4.0730	6.6390	5.6390	5.0730	0.1770	0.9181
7	1.4800	5.4642	4.1720	2.6920	2.8190	1.8190	3.6920	0.5500	0.6055
8	1.9200	9.3470	5.7880	3.8680	3.0150	2.0150	4.8680	0.4960	0.8710
9	1.1600	6.9034	6.1110	4.9510	5.2680	4.2680	5.9510	0.2340	1.1154
10	4.6300	27.892	9.6540	5.0240	2.0850	1.0850	6.0240	0.9220	3.4901
11	38.6100	816.0181	58.7450	20.1350	1.5210	0.5210	21.1350	1.9180	12.1789
12	1.8400	6.0549	4.1310	2.2910	2.2450	1.2450	3.2910	0.8030	1.0540
13	0.6700	1.8394	2.4150	1.7450	3.6050	2.6050	2.7450	0.3840	0.3926
14	13.2800	137.3078	22.6190	9.3390	1.7030	0.7030	10.3390	1.4220	11.0667
15	0.3500	0.7348	1.4490	1.0990	1.1410	3.1410	2.0990	0.3180	0.2476
16	1.2400	2.3494	2.1350	0.8950	1.7220	0.7220	1.8950	1.3860	1.0601
17	1.1000	2.5816	2.4470	1.3470	2.2240	1.2240	2.3470	0.8170	0.9357
18	0.9000	7.4796	8.2110	7.3110	9.1230	8.1230	8.3110	0.1230	1.6463
19	3.0000	21.8776	9.2930	6.2930	3.0980	2.0980	7.2930	0.4770	1.4151
20	1.3200	4.6302	3.8280	2.5080	2.9000	1.9000	3.5080	0.5260	0.5646
21	14.8800	529.4547	49.4620	34.5820	3.3240	2.3240	35.5820	0.4300	6.9209
22	0.8800	1.4139	1.4870	0.6070	1.6890	0.6890	1.6070	1.4500	0.7192
23	7.0400	115.1820	22.4010	15.3610	3.1820	2.1820	16.3610	0.4580	3.4585

从表 5.1 中可知，每组数据的 I 值、Ca 值和 K 值均大于 0，C 值和 L 值均大于 1，说明麦红吸浆虫幼虫在穗间的分布型不受地域和时间的影响，均属聚集分布。

Iwao 的 m^*-m 回归法是 Iwao 提出平均拥挤度 m^* 与平均数 m 的回归式：$m^* = \alpha + \beta m$。

其中，α 为分布的基本成分按大小分布的平均拥挤度。当 $\alpha < 0$ 时，个体间相互排斥；$\alpha = 0$ 时，分布的基本成分是单个个体；当 $\alpha > 0$ 时，个体间相互吸引，分布的基本成分是个体群。β 为基本成分的空间分布型。当 $\beta < 1$ 时，为均匀分布；$\beta = 1$ 时，为随机分布；$\beta > 1$ 时，为聚集分布。

将表 5.1 中的 m 及 m^* 值代入上式得：$m^* = 4.5478 + 1.6207m$　$r = 0.9146^{**}$

其麦红吸浆虫的 α 值大于 0，说明分布的基本成分是个体群；β 值大于 1，说明麦红吸浆虫幼虫在穗间的分布是聚集分布。

Taylor 的幂法则是 Taylor 从分析大量生物资料得出方差（v）与平均数（m）的对数值存在着回归关系：$\lg v = \lg a + b \times \lg m$，即 $v = a \times m b$。

其中 b 为聚集度指标。当 $b \to 0$ 时，为均匀分布；$b=1$ 时，随机分布；$b>1$ 时，聚集分布。将表 5.1 中的 m 及 v 值代入上式得：$\lg v = 0.5883 + 1.5494 \lg m\ r = 0.9556^{**}$。

$\lg a$ 为 0.5883 大于 0，b 值为 1.5494 大于 1，说明麦红吸浆虫幼虫在穗间属聚集分布，而且聚集强度随种群密度的升高而增加。

麦红吸浆虫种群聚集原因：Blackith（1961）提出了用种群聚集均数（λ）检验物种聚集原因的公式，即

$$\lambda = \frac{m}{2k} r$$

式中，k 为负二项分布的 k 值；r 是具有自由度等于 2 时，k 于 0.5 概率值时的 χ^2 分布函数值；m 为样本平均数。其原理是当 λ 在 2 以下时，聚集的原因可能是由于某些环境因素作用所致，而不是由于昆虫本身的聚集习性；当 λ 大于或等于 2 时，其聚集原因既可能由于昆虫本身的聚集行为引起，也可能由于昆虫本身的行为与环境异质性两因素引起。由表 5.1 可知，麦红吸浆虫幼虫的 λ 值中 23 组有 17 组小于 2，有 6 组大于 2，其聚集表现除受环境异质性等环境因素影响外，可能还与该虫的生物学习性有关，如成虫产卵在穗间的不均匀和幼虫没有穗间转移能力等。

田间调查的最适抽样数：抽样单元数是田间调查方案的主要内容，一个合适的抽样数不仅能节约人力物力，而且能提高调查数据的精度。

根据 Iwao 的 $m^* \text{-} m$ 回归式有抽样数：

$$N = (t/D)^2 \left[(\alpha+1)/m + (\beta-1) \right]$$

式中，α、β 为聚集度参数；t 为一定概率保证下的正态离差值；D 为允许误差；m 为平均虫口密度。将已测定的 $\alpha=4.5478$，$\beta=1.6207$ 代入上式，得到理论抽样数的计算公式为

$$N = (t/D)^2 (5.5478/m + 0.6207)$$

根据该式，便可求出不同种群密度、不同允许误差及不同概率保证时的理论抽样数。

第二节　麦红吸浆虫田间空间格局的地学统计学分析

昆虫种群密度一般具有空间异质性的特征，了解种群的空间分布格局和动态对于制

定合理的抽样计划、明确捕食与被捕食的关系、理解种内竞争及发展区域害虫管理策略都有重要意义。昆虫种群空间分布的经典分析方法是以纯随机变量为研究对象，假定不同位置的样点相互独立，各样点间不存在空间相关性（毕守东等，2000）。事实上，在大多数情况下，空间因子，尤其是生物因子在空间并不是两两独立，而是具有一定的相互依赖关系，这种关系与空间因子所处的空间位置密切相关。在空间，两因子所处的空间位置越接近，它们的相互依赖性也就越密切。因此，将经典统计学应用于昆虫空间格局分析不可避免地暴露出其局限性（李友常等，1997）。地学统计学方法分析昆虫空间格局则可以避免上述问题，是真正意义上的空间格局分析。地学统计学自20世纪60年代由Metheron总结和发展以来，在生态学中得到迅速应用和发展。它提供了从抽样到未取样样点估计的一整套方法。该方法很好地分析和描述了生物种群个体之间、种群与种群之间、种群与环境因子间的空间分布格局、空间相互关系和空间的依赖性；配合以Kriging估计方法对未抽样位置进行最佳估计，从而得到因子在空间的完整分布图式（黄保宏等，2003）。

　　2009年、2010年苗进、夏鹏亮等先后运用地学统计学方法对不同时期麦红吸浆虫及其卵寄生蜂种群的空间结构进行了分析，特别是采用黄色黏板捕捉的取样方法调查并采用普通克立格插值法模拟了麦红吸浆虫及其卵寄生蜂种群空间分布。2010年的研究结果表明，麦红吸浆虫休眠体的半变异函数的最优模型为球型，成虫羽化初期和高峰期的最优模型均为球型＋指数型，幼虫最优模型为线性有基台型，卵寄生蜂半变异函数的最优模型也为球型＋指数型，说明不同时期、不同虫态的麦红吸浆虫和其卵寄生蜂均表现为聚集格局。麦红吸浆虫休眠体、成虫羽化初期、成虫羽化高峰期、幼虫和卵寄生蜂的空间相关范围分别为53.59m、190.57m、154.14m、4.18m和280.27m，空间变异成分的变化分别为30.52%、95.58%、96.29%、14.85%和95.28%。空间分布模拟图较好地从时间、空间两个角度直观地分析了不同时期麦红吸浆虫及其卵寄生蜂种群的动态变化。

一、调查地点与取样方法

　　于河南省洛阳市洛宁县孙洞村选取一块麦红吸浆虫常年发生为害较重的麦田作为调查地点，麦田东西长170m、南北宽110m，种植品种为'周麦18'。以10m×10m栅格式均匀布局设置取样点，共设置了187个取样点。2010年4月9日小麦返青后，在每个样点处各取一个样方的土壤（10cm×10cm×20cm），分别放在塑料袋中并做好标记。用国标淘土法调查每样方中吸浆虫休眠体（茧）的数量，记录结果用于麦红吸浆虫休眠体空间格局的分析。于 2010 年 5 月 1 日麦红吸浆虫羽化初期和 5 月 7 日羽化高峰期，在每个取样点设置黄色黏虫板（150mm×10mm），黏虫板上沿与麦穗等高（吸浆虫成虫多在麦穗间飞行产卵），悬挂两天后调查并记录每块黏虫板上吸浆虫成虫和卵寄生蜂的数量，结果用于麦红吸浆虫成虫和卵寄生蜂空间格局的分析。2010 年 5 月 24 日小麦成熟前，在每个取样点取 5 株麦穗，分别放入自封袋中并做好标记，带回实验室后将麦穗小心拨开，统计吸浆虫幼虫的数量并记录，结果用于麦红吸浆虫幼虫空间格局的分析。

二、分析方法

根据区域化变量理论（Lecoustre et al.，1989），在空间上昆虫种群数量是区域化变量，因此可用区域化变量理论和方法进行研究。本文通过计算麦红吸浆虫及其卵寄生蜂实验的半变异函数、拟合半变异函数模型，分析半变异函数的结构来描述它们的空间格局及空间相关关系。对于观测的数据系列 $Z(xi)$，$i=1，2，\cdots，n$，样本半变异函数值 $r(h)$ 可用下式计算：

$$r(h) = [1/2N(h)] \sum [Z(xi) - Z(xi+h)]^2$$

式中，$r(h)$ 为相距为 h 的半方差值；$Z(xi)$ 和 $Z(xi+h)$ 分别为相距 h 的两点样本测量值；$N(h)$ 为间隔为 h 的样本点的对数。半变异函数有 4 个重要参数，即偏基台值（C）、块金值（C_0）、基台值（$C+C_0$）和变程（a），它们决定半变异函数的形状、结构。半变异函数的形状反映了昆虫种群的空间分布结构或空间相关类型，同时还能给出这种空间相关的范围。拟合半变异函数 $r(h)$ 常用的理论模型有直线型、抛物型、球型、指数型和高斯型。DPS9.0 标准版的地理统计方法中用来拟合实际变异曲线图的模型另外还有球型＋球型套合模型、球型＋指数型套合模型和线性有基台模型等。球型模型、线性有基台模型、球型＋球型套合模型和球型＋指数型套合模型的方程式如下（唐启义和冯明光，2002）。

球型：$r(h) = a_0 + a_1 h + a_3 h_3$

线性有基台模型：

$$r(h) = \begin{cases} C_0 & h = 0, \\ C_0 + Ah & 0 < h \leqslant a, \\ C_0 + C & h > a. \end{cases}$$

球型＋指数型套合模型：

$$r(h) = \begin{cases} 0 & 0 \\ C_0 + C_1\left[(3/2)(h/a_1) - (1/2)(h^3/a_1^3)\right] + C_2\left[1 - e^{-(h/a_1)}\right] & 0 < h \leqslant a_1 \\ C_0 + C_1 + C_2\left[1 - e^{-(h/a_1)}\right] & a_1 < h \leqslant a_2 \\ C_0 + C_1 + C & h > a_2 \end{cases}$$

球型＋球型套合模型：

$$r(h) = \begin{cases} 0, & 0 \\ C_0 + (3/2)(C_1/a_1 + C_2/a_2)h - (1/2)(C_1/a_1^3 + C_2/a_2^3)h^3 & 0 < h \leqslant a_1 \\ C_0 + C_1 + C_2\left[(3/2)(h/a_2 + (1/2)(h/a_2)^3\right] & a_1 < h \leqslant a_2 \\ C_0 + C_1 + C_2 & h > a_2 \end{cases}$$

三、结果与分析

（一）麦红吸浆虫的半变异函数与空间格局

不同时期麦红吸浆虫的半变异函数曲线见图 5.1A～D。应用 DPS 统计分析软件分

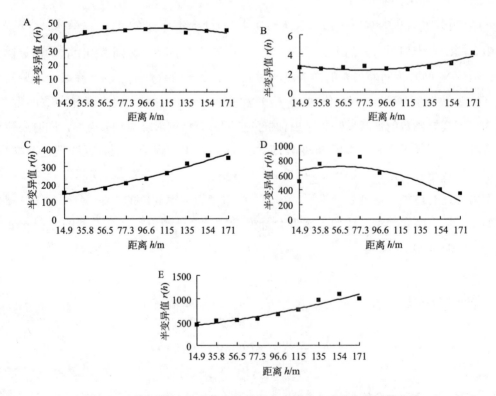

图 5.1　不同时期麦红吸浆虫及其卵寄生蜂的实验半变异函数曲线

A. 麦红吸浆虫休眠体；B. 成虫（羽化初期）；C. 成虫（羽化高峰期）；D. 幼虫；E. 卵寄生蜂

析比较后得出，麦红吸浆虫休眠体的半变异函数的最优模型为球型，成虫羽化初期和高峰期的最优模型均为球型＋指数型，幼虫最优模型为线性有基台型；说明不同时期不同虫态的麦红吸浆虫表现为聚集格局。

对不同时期麦红吸浆虫种群数量空间分布结果的分析表明，麦红吸浆虫休眠体半变异函数在53.59m时达到基台值，表明其空间依赖性距离为53.59m；麦红吸浆虫成虫在羽化初期和高峰期半变异函数分别在190.57m和154.14m时达到基台值，其空间依赖性距离分别为190.57m和154.14m；麦红吸浆虫幼虫半变异函数在4.18m时达到基台值，表明其空间依赖性距离变为4.18m。不同时期、不同虫态的麦红吸浆虫在田间均表现为明显的聚集分布，在空间上的分布具有连续性，其强度随着距离的增加而减小。麦红吸浆虫成虫在羽化初期和高峰期连续性强度值分别为95.58％和96.29％，表明成虫种群在田间呈高度聚集分布状态；麦红吸浆虫休眠体和幼虫分布的连续性强度值分别只有30.52％和14.85％，表明休眠体和幼虫种群在田间呈弱聚集分布状态。

（二）麦红吸浆虫卵寄生蜂半变异函数与空间格局

麦红吸浆虫卵寄生蜂只在麦红吸浆虫成虫羽化高峰期出现，半变异函数曲线见图5.1E。麦红吸浆虫卵寄生蜂半变异函数的最优模型也为球型＋指数型，表明其在田间呈聚集分布。寄生蜂半变异函数在280.27m时达到基台值，表明其空间依赖性距离为280.27m，在该距离范围内，任意两点间成虫数量都存在一定的空间相关或依赖关系。寄生蜂田间分布的连续性强度值为95.28％，表明其种群在田间呈高度聚集分布状态（表5.2）。

表5.2　不同时期麦红吸浆虫及其卵寄生蜂的理论半变异函数 $\gamma(h)$ 参数值

日期	虫态	模型	块金值 C_0	偏基台值 C	基台值 $C+C_0$	变程 a	R^2	随机程度 $C/(C+C_0)/\%$
4.9	越冬休眠体	球型模型	31.09	13.67	44.76	53.59	0.81	30.52
5.1	成虫（羽化初期）	球型＋指数型套合模型	1.88	40.74	42.62	190.57	0.90	95.58
5.7	成虫（羽化高峰）	球型＋指数型套合模型	142.85	3704.45	3847.3	154.14	0.97	96.29
5.24	幼虫	线性有机台	571.24	99.65	670.89	4.18	0.76	14.85
5.7	寄生蜂	球型＋指数型套合模型	614.75	12 401.61	13 016.36	280.27	0.79	95.28

（三）不同时期麦红吸浆虫及其卵寄生蜂种群空间分布模拟

在空间相关性分析的基础上，进行普通 Kriging 插值，模拟不同时期麦红吸浆虫及其卵寄生蜂的空间分布。这种模拟不是简单的距离加权，而是建立在对整个研究区域所有样点的空间相关分析基础上，比较各种方法和模型后确定的，其模拟误差更小、模拟精确度更高。

由图 5.2 空间模拟地图上可明显地看出，麦红吸浆虫及其卵寄生蜂种群在不同时期都表现出明显的岛屿式（斑块）分布特点，呈聚集分布的空间格局，而各期的聚集程度随其空间相关成分所占比例的不同而不同。小麦吸浆虫休眠体在田间分布的空间模拟图显示该时期种群聚集程度较低（图 5.2A），只形成 10 多个小的低值聚集斑块；麦红吸浆虫羽化初期成虫种群聚集程度明显升高，形成了两个较大高值聚集区和 10 余个低值聚集斑块（图 5.2B）；麦红吸浆虫羽化高峰期成虫种群形成了 6 个大的高值聚集斑块和 3 个小的低值聚集斑块，种群呈高度聚集分布（图 5.2C）；麦红吸浆虫幼虫种群形成了 2 个大的高值聚集斑块和 10 多个小的低值聚集斑块，种群呈低聚集分布（图 5.2D）。麦红吸浆虫卵寄生蜂空间模拟图显示其空间分布与麦红吸浆虫羽化高峰期成虫种群的空间分布相似，形成了 3 个大的高值聚集斑块和 5 个小的低值聚集斑块，种群呈高度聚集分布（图 5.2E）。空间模拟的结果与空间结构分析结果相符。

（四）不同时期麦红吸浆虫及其与卵寄生蜂种群空间分布的相关性分析

利用 Kriging 插值模拟的不同时期麦红吸浆虫及其卵寄生蜂种群密度的相关性分析表明，麦红吸浆虫羽化高峰期的成虫与吸浆虫卵寄生蜂种群空间分布存在显著的正相关

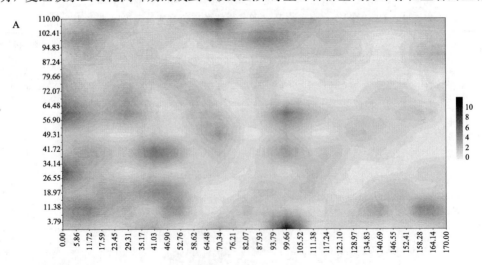

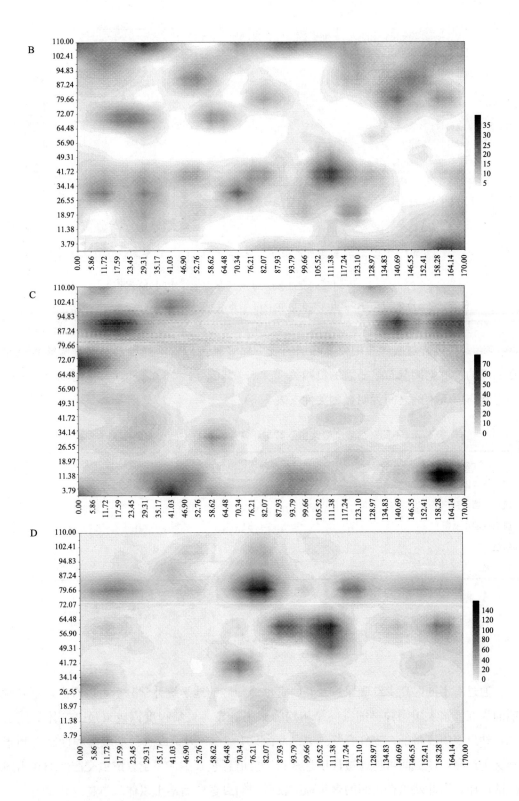

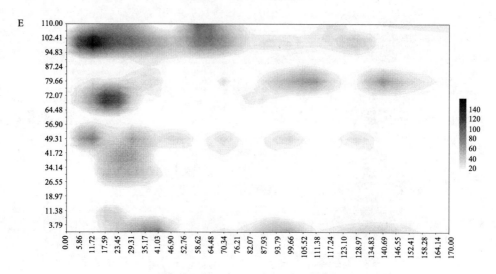

图 5.2　不同时期麦红吸浆虫及其卵寄生蜂空间分布图

A. 麦红吸浆虫休眠体；B. 成虫（羽化初期）；C. 成虫（羽化高峰期）；D. 幼虫；E. 卵寄生蜂

（$r=0.99$），而麦红吸浆虫羽化高峰期的成虫和吸浆虫卵寄生蜂种群与麦红吸浆虫幼虫在田间的种群空间分布呈显著的负相关（$r=-0.76$ 和 $r=-0.78$），其他时期各虫态之间以及与卵寄生蜂之间无明显相关性（表 5.3）。

表 5.3　不同时期麦红吸浆虫及其与卵寄生蜂种群空间分布的相关性分析

	越冬休眠体	成虫（羽化初期）	成虫（羽化高峰）	幼虫	寄生蜂
越冬休眠体（茧）	1				
成虫（羽化初期）	0	1			
成虫（羽化高峰）	0.27	0.61	1		
幼虫	0.24	−0.45	−0.76*	1	
寄生蜂	0.25	0.56	0.99**	−0.78**	1

四、结　论

通过对不同时期麦红吸浆虫及其卵寄生蜂种群的地学统计学分析可以看出，不同时期的麦红吸浆虫田间种群的空间结构均为聚集分布，聚集程度以成虫最高，休眠体次之，幼虫聚集度最低。麦红吸浆虫成虫寿命只有 3～7 天，成虫种群聚集程度高有利于其交配产卵，成虫间可能通过性信息素和聚集信息素聚集在一起。成虫交配后即在田间分散产卵，因此幼虫在田间的聚集程度较低，幼虫老熟后落土以休眠体越夏和越冬，但休眠体在土壤中对温度和湿度具有一定的选择性，因此可能造成休眠体的聚集度高于幼虫。麦红吸浆虫成虫羽化高峰期与其卵寄生蜂种群田间分布特征基本一致，呈明显正相关，表明卵寄生蜂对麦红吸浆虫成虫在数量及空间位置上具有较强的追随关系，这有利于卵寄生蜂提高寄生效率。

利用地学统计学的方法，可以较好地反映不同时期麦红吸浆虫及其卵寄生蜂种群的空间结构。通过对不同时期麦红吸浆虫及其卵寄生蜂密度的分布模拟，从时间、空间两个角度直观地分析其动态变化。麦红吸浆虫及其卵寄生蜂空间分布的模拟并不只是为了了解它们的动态信息，更重要的是要揭示时空动态的内在机制（袁哲明等，2006），并为麦红吸浆虫的预测预报和综合治理奠定基础。因此，结合地理和气象等因子对麦红吸浆虫及其卵寄生蜂时空分布、动态变化的研究还有待深入探讨。

第三节　麦红吸浆虫大尺度空间格局的地学统计学分析

采用传统生物统计学进行的空间分布研究对象必须是纯随机变量，前提是假设不同位置的样本相互独立，各样本间不存在位置差异，且大部分限于小范围（田块）的空间格局。而事实上，不同位置上的空间现象是相互影响的，具有空间相关性，而且传统生物统计学方法对于大尺度空间格局的分析存在困难，从而对麦红吸浆虫大范围或区域性的抽样普查产生影响。鉴于此，采用地学统计学的方法，研究麦红吸浆虫大尺度分布格局，可以为麦红吸浆虫生物学特性的研究，以及抽样方案特别是大范围普查抽样方案的设计提供必要依据。

夏鹏亮等于 2009 年 4 月 28～29 日，即麦红吸浆虫的羽化盛期，从洛阳市洛宁县西山底乡沿 S319 省道由西向东到宜阳县（图 5.3），每隔 1km 设一个样点，用 GPS 定位，在 E111.4747°～112.1155°60km 的范围内进行调查，每样点处就近选择麦田网捕麦红吸浆虫成虫。每次网捕为 10 个复网，每个样点处进行 3～6 次网捕，计平均 10 复网次的虫量，详细记录采样地点经纬度信息和捕虫结果。

使用地学统计学的方法，对麦红吸浆虫在 60km 的较大空间尺度上的分布格局进行分析，建立半变异函数模型，发现其最佳拟合模型为线性有基台模型，模型的空间依赖范围为 42.2368km，其自相关性和结构特征引起的种群变异为 82.62%，说明模型具有较强的空间相关性。由试验结果推断，在麦红吸浆虫大面积普查中抽样间距应该小于 42km。

河南省洛宁县位于伊洛河流域，越冬作物主要为小麦，麦红吸浆虫除小麦外，还有林地、河滩、路边的纤毛鹅观草、节节麦、燕麦、雀麦等众多寄主植物（武予清等，

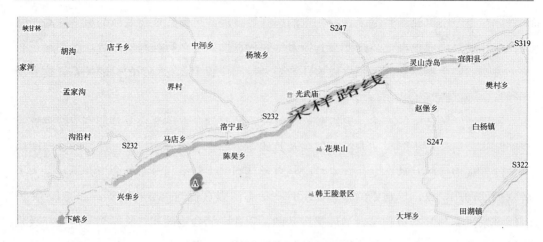

图 5.3　河南省洛宁县采样路线

2010），此地区是麦红吸浆虫的老发生区。用地学统计学的方法研究其空间格局，可以对容易得到的即使零散不完整的数据进行分析，从而得到麦红吸浆虫在本地区的大致分布格局。结合国内外已经报道的小麦吸浆虫的生物学特性，初步分析认为，麦红吸浆虫在空间大尺度的区域性的分布范围（聚集范围）大致为 42km，因此，在大面积连片麦田抽样普查时设置间距应该小于这个范围，在此范围内更能反映出麦红吸浆虫的发生情况。

第四节　麦红吸浆虫空间分布的地理信息系统（GIS）分析

地理信息系统（geographic information system，GIS）是近年来广泛应用于病虫害生物学和生态学建模的一种分析方法。GIS 可以输入、存储、管理并处理地理空间数据，对空间数据进行空间显示和分析。利用 GIS 并结合生物地学统计学可以进行病虫害空间分布、空间相关分析、病虫害发生动态的时空模拟。地学统计学侧重于区域化变量空间结构的分析，两者结合能够在丰富的地理背景下处理巨大而复杂的空间信息，可方便地分析昆虫种群在不同环境条件下的空中结构动态。目前 GIS 技术已在蚜虫、蝗虫、褐飞虱等许多重要农业害虫中成功应用。

郁振兴等（2011）利用 GIS 和地学统计学相结合的方法，研究了河南省辉县高庄乡麦红吸浆虫的空间分布格局和空间结构。

一、调查方法和分析工具

调查区域位于河南省新乡市辉县高庄乡处于太行山与华北平原结合部，为北亚热带向暖温带过渡区，属暖温带大陆性季风型气候。全市年平均气温14℃，降水量657mm，境内小湖泊、小河流较多，水量丰沛，环境适合麦红吸浆虫的局部暴发成灾。

分析软件 ArcGIS 9.3 购买于 ESRI 北京有限公司，使用数据包括研究区行政图、地形图和数字高程图。

在小麦乳熟期自5月21日起历时6天，对高庄乡郝庄村及其周边村庄进行全面的大面积剥穗调查。采穗地点采用 GPS 定位。以重发区郝庄村为核心，郝庄村取50点，郝庄村周边村庄每个村以村庄为中心，在东、西、南、北各取5点，每点10穗。为防止幼虫脱落，采穗后立即装入信封带回实验室。剥穗记载吸浆虫穗危害情况、粒危害情况、幼虫数量等。

二、分析步骤

（一）空间结构分析

地学统计学的方法是基于区域化变量理论基础上的一种空间分析方法。对于调查的数据系列 $Z(x_i)$，$i=1, 2, \cdots, n$，样本半变异函数 $\gamma(h)$ 可用下式计算：

$$\gamma(h) = \frac{1}{2N(h)} \sum \left[Z(x_i) - Z(x_i+h) \right]^2$$

式中，h 是分割两样点的距离，$N(h)$ 是被 h 分割的数据对 (x_i, x_i+h) 的对数；$Z(x_i)$ 和 $Z(x_i+h)$ 分别是在点 x_i 和点 x_i+h 处样本的测量值。半变异函数的三个重要参数 [变程 (a)、基台值 ($C+C_0$) 和块金值 (C_0)] 可反映昆虫种群空间格局或空间相关类型，给出该空间相关范围。

在空间上，昆虫种群数量是区域化变量，因而可用区域化变量理论和方法进行研究。通过计算麦红吸浆虫种群的半变异函数曲线和选择适合的半变异函数模型，分析麦红吸浆虫种群的空间格局及空间相关关系。麦红吸浆虫空间结构分析在 ArcGIS 9.3 软件平台的 Geostatistical Analyst 模块上进行。

（二）构建麦红吸浆虫半变异函数最优模型

本研究选择的模拟模型为球型模型、指数模型、高斯模型和圆型模型，具体选择主要根据模拟误差最小原则。最优模型符合以下标准，标准平均值 (mean standardized) 最接近于0，均方根预测误差 (root-mean-square) 最小，平均标准误差 (average mean error) 最接近于均方根预测误差，标准均方根预测误差 (root-mean-square standardized) 最接近于1。

球型半变异函数说明所研究的种群是聚集分布，它的空间结构是当样点间隔距离达到变程之前，样点的空间依赖性随样点间距离的增大而逐渐降低。指数型半变异函数与球型模型类似。

（三）空间分布模拟

在用空间统计学的理论和方法解决未知点性状值的预测或估计问题时，利用克里格（Kriging）插值法定量地分析所采集样本性状值的空间分布特征，再用半变异函数确定其权重后进行拟合。根据构建的半变异函数模型进行 Kriging 插值法计算。本研究采用 Ordinary Kriging 插值法生成空间分布图，并进行空间分布格局分析。插值及插值图的生成在 ArcGIS 9.3 软件平台的 Spatial Analyst 模块支持下进行。

三、应用 GIS 分析结果

（一）麦红吸浆虫半变异函数最优模型

本研究原始数据不符合正态分布，对数据进行 log10 转换，利用正态 QQ Plot 分布图检验，数据接近一条直线（图 5.4），结果符合正态分布。转换后结果导入 ArcGIS 软件，利用不同模型拟合半变异函数，用普通 Kriging 空间插值法计算各半变异函数模型的误差，根据最优模型标准得出麦红吸浆虫的空间结构最符合指数函数模型。

$$\gamma(h) = \begin{cases} 0, & h = 0 \\ 0.323\,83 + 0.901\,58(1 - e^{-h2/0.006\,462}), & h > 0 \end{cases}$$

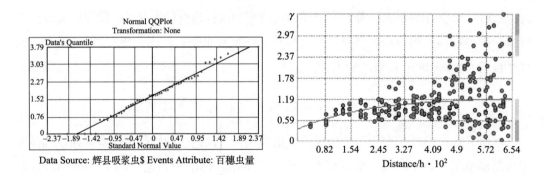

图 5.4　辉县高庄乡麦红吸浆虫的空间结构函数模拟

（二）麦红吸浆虫的空间分布模拟

在空间相关性分析的基础上，基于指数模型进行普通 Kriging 插值，模拟麦红吸浆虫老熟幼虫的空间分布。结果显示，辉县高庄乡麦红吸浆虫呈聚集岛屿式分布（图5.5），存在以金章和孙村为中心的两个麦红吸浆虫高发区，发生量呈阶梯式下降，东北部和中部地区发生程度高。金章、孙村预测发生虫量 3168～3791 头/百穗。北冀庄2260～3168 头/百穗、庞庄 1687～1946 头/百穗、郝庄村和张雷为 900～1222 头/百穗。利用空间 Kriging 分析结果与地学统计分析结果相一致（图5.5）。

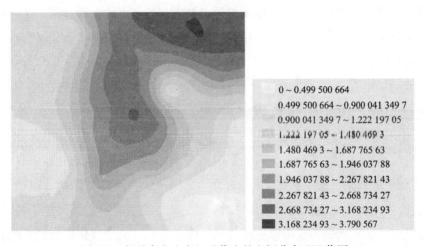

图 5.5　辉县高庄乡麦红吸浆虫的空间分布 GIS 作图

在该调查区域内，麦红吸浆虫田间种群的空间结构呈岛屿式聚集分布，其半变异函数为指数型，中部地区和东北部地区发生严重。通过对小麦灌浆期麦红吸浆虫老熟幼虫虫口密度的分布模拟，可从空间角度直观地分析害虫在某一时期空间上的分布及重发地的位置和范围，为害虫的宏观管理和预警奠定基础。

由于麦红吸浆虫发生分布的"岛屿状"和为害的"隐蔽性"，麦红吸浆虫的发生区预测对于生产更显得十分重要。空间 Kriging 插值研究可以利用少数已知调查点的数据预测出本地区害虫的大体发生区域，这样既节省了调查时间和人力物力，又可以以地图形式直观地显现发生区，便于田间麦红吸浆虫防治。这种分析方法扩展用于地区、省、乃至大的小麦产区吸浆虫发生分布，均是可行的。

第五节　麦红吸浆虫种群扩散

扩散（dispersal）是指昆虫群体在一定时间内发生空间位置变化的现象。根据扩散的原因可将扩散分为主动扩散和被动扩散两类，前者是昆虫群体因密度效应或因觅食、求偶、寻找产卵场所等由原发地向周边地区转移、分散的过程；后者是由于水力、风力、动物或人类活动而导致昆虫由原发地向其他地区转移、分散的过程。昆虫的主动扩散是种的遗传性，使昆虫分布有一定的区域性，并在特定区域或寄主上表现出一定的分布型；但被动扩散是外界干预而引发的过程，可使昆虫突破特定的地理阻隔或生物抑制，不仅扩大其分布区域，同时常常造成害虫在新分布区的猖獗，从而加大其危害。

麦红吸浆虫只有在成虫期具有主动扩散能力，但麦红吸浆虫成虫寿命较短、身体纤柔、飞行能力差，因此只能进行近距离扩散。但麦红吸浆虫成虫通过风，茧、幼虫和蛹通过水流和农事操作等因素的被动迁移，则既可导致种群近距离扩散，又能在一定条件下导致种群远距离扩散。

一、麦红吸浆虫种群的近距离扩散

小麦吸浆虫成虫一般在晴朗无风的早晨或傍晚活动最盛，活动时在麦株上部 10～15cm 处飞舞，雌成虫一般一次可飞行 2m 左右，顺风时一次可飞行 40m 或更远（曾省，1965）。麦红吸浆虫成虫通过自主飞行扩散到邻近地块是其种群近距离扩散的重要途径。降雨或灌溉时土壤表面的小麦吸浆虫蛹或幼虫随水流从一个地块传播到周围的其他地块是麦红吸浆虫种群近距离传播的另一种重要途径。特别是在小麦抽穗前的一次灌水，正是麦红吸浆虫幼虫出土化蛹时期。在发生量大时，可明显观察到水中茧和幼虫随水流从一块田流至另一块田。

二、麦红吸浆虫种群的远距离扩散

（一）麦红吸浆虫种群随河流远距离扩散

我国 20 世纪 50 年代观察研究证明，麦红吸浆虫幼虫能够靠水力沿河谷、渠道迁移到低洼地滋生繁殖，进行较远距离的传播。虽然土壤中的幼虫和茧靠雨水和灌溉的传播是有限的，但在沿河两岸地区的传播作用不可低估。麦红吸浆虫幼虫在水中可以存活数月之久，降雨时靠雨水的力量，幼虫或茧被冲到河流中，河流再将其带到远方。准确分析这种传播的距离和效率困难较大，至今还无法准确估计，但理论上应该是麦红吸浆虫种群远距离传播的一种重要途径。吸浆虫常在沿河两岸和水浇地为害比较严重，可能也与此有关。

（二）麦红吸浆虫种群随收割机远距离扩散的研究

一般情况下，麦红吸浆虫幼虫会在小麦收获前脱穗入土，但每年都会有少量幼虫残留在穗上没有脱落。这就为联合收割机收获后传播提供了可能。20 世纪 80 年代以来，我国小麦联合收割机跨区作业越来越普遍，作业范围逐年扩大。2009 年，河北省植保植检站在河北省南部麦红吸浆虫严重发生区对麦红吸浆虫随联合收割机跨区作业传播的可能性进行了调查（高军等，2009）。小麦收获前，在邯郸市永年县、邢台市隆尧县、石家庄市正定县调查吸浆虫发生情况。收割前、收割后对联合收割机各部件携带麦粒、植株残体和轮胎上所带的土壤进行取样检查携带吸浆虫的情况。每个县抽取小麦吸浆虫发生为害较重的麦田 5 块以上，每块麦田在收获前 2～3 天剥穗调查一次。每块田单对角线 5 点取样，每点任选 20 穗，带回室内剥查。

调查的三个县在收割作业前共调查 28 块麦田，结果（表 5.4）显示，作业田块平均每麦粒有虫 0.034～0.304 头，最高 0.45 头（隆尧）。当年，河北省中南部冬小麦收获前遇雨，有利于小麦吸浆虫脱落，致使小麦吸浆虫收获前剥穗调查虫量偏低，但是调查结果表明，小麦吸浆虫在收获前仍有相当数量的幼虫未脱落入土，这就为联合收割机收获后传播提供了可能。

表 5.4　联合收割机收割后携带吸浆虫情况（高军等，2009）

调查地点/县	调查收割机数/台	抽取所带麦粒及残体量/g	携带吸浆虫幼虫量/头		
			总数	平均	最高
永年	8	11 230	942	0.0839	1.1000
正定	10	15 973	1347	0.0363	0.2833
隆尧	10	36 364	1321	0.0682	0.0670

进入当地的联合收割机收割前携带小麦籽粒及植株残体调查结果表明，每台联合收割机携带小麦籽粒及植株残体量平均 2307g，最高 4185g。联合收割机携带小麦及植株残体的主要部件有割台、输送装置、脱粒清选装置和粮仓，平均每台联合收割机的这 4 个部件携带量分别占整机携带量的 21.6%、19.2%、32.4%、26.8%，结果表明各部件携带量均较高。

对进入当地的联合收割机收割前携带吸浆虫调查结果显示，21 台联合收割机中有 15 台携带吸浆虫，6 台未携带，联合收割机所带小麦及植株残体平均每克有吸浆虫 0.035 头，最多的 0.283 头（正定）。永年县对联合收割机轮胎携带土壤情况调查，其中有一台联合收割机轮胎携带土壤 700g，携带吸浆虫 10 头。

在本地收割后所调查 28 台联合收割机中，26 台携带吸浆虫，2 台不携带，联合收割机所带小麦及植株残体平均每克有吸浆虫 0.0363～0.0839 头，最多的 1.1 头（永年）。另外，永年县对 8 台联合收割机轮胎携带土壤情况进行调查，其中有一台联合收割机轮胎携带土壤 400g，携带吸浆虫 12 头。

调查结果表明，联合收割机在作业过程中，携带和传播小麦吸浆虫是一种普遍现象。1996 年以来形成的联合收割机大规模跨区作业成为麦红吸浆虫种群中远距离扩散的方式之一。

河北省 1983 年仅在邯郸市磁县一个村发现麦红吸浆虫为害，发生面积 0.37hm²，1987 年扩大到邯郸、衡水、石家庄、邢台、保定、沧州、廊坊、唐山 8 个地市 64 个县，发生面积达 24 万 hm²。我国最早的跨区作业是 1986 年山西省太谷县的 22 台收割机开始在山西省境内开展的（郝明智和赵向阳，2006），因此，这一时期收割机跨区作业不应对河北省麦红吸浆虫的传播产生影响。

三、麦红吸浆虫种群随气流远距离扩散的研究

昆虫有主动适应环境的能力。当寄主植物衰老、作物换茬，或其他原因引起寄主植物不再适宜生存或繁殖时，褐飞虱会分化出长翅型、麦蚜产生出有翅蚜，进行较远距离的迁飞，以寻找新的适宜生境（周福才等，2007）。在我国，由于气候的原因，小麦发育从南到北存在一定的时间差，这为麦红吸浆虫种群由南向北扩散提供了条件。麦红吸浆虫成虫身体纤弱、飞行力不强，但微风的天气，在离麦穗 10cm 高飞翔时，一次可顺风飞行达 40m 以外（袁锋，2004）。麦红吸浆虫能否利用气流运动被动迁移，从而实现其种群远距离扩散？苗进等（2011）利用高空系留气球结合地面网捕监测空中和地面麦红吸浆虫的种群动态，应用美国国家大气海洋局 NOAA 开发的大气质点轨迹分析 HY-SPLIT 平台对麦红吸浆虫种群随气流远距离扩散进行了轨迹模拟。

1. 麦红吸浆虫在空中的分布及活动节律的分析

依靠气流迁飞和扩散是一个被动而复杂的过程，包括起飞、扩散和沉降三个过程（王海光等，2009）。昆虫必须通过自主飞行或被气流抬升至一定高度，才能随大气环流进行远距离迁飞和扩散。蚜虫近距离扩散行为多在低空飞行，远距离的迁飞则需要它进入较高的空间。Reynolds 等在印度的东北部用风筝气球支撑的取样器在 150m 高空捕集到了棉蚜（*Aphis gossypii*），Isard 等通过航捕发现蚜虫在大气层的逆温层上有成层分布现象。利用系留气球监测表明，在成虫发生期，5～75m 各高度层均有麦红吸浆虫的

分布，其中 5m、45m、50m 和 65m 这 4 个高度层种群密度较大，说明麦红吸浆虫种群至少能够上升至 75m 的高空，具备随气流远距离扩散的条件（图 5.6，图 5.7）。研究还表明，只有在夜间（18：00～6：00）能够发现到空中有麦红吸浆虫的存在，而白天（6：00～18：00）数量极少。据此推测，麦红吸浆虫从起飞、扩散和沉降三个过程均发生在 18：00～6：00，也就是其随气流扩散一次起降的周期不超过 12h。这可能与麦红吸浆虫的生活习性和气流的垂直运动密切相关。麦红吸浆虫成虫畏光，白天不活动，而傍晚是其活动高峰期，故其最有可能在傍晚时间起飞；麦红吸浆虫身体纤弱，在空中无法自主控制降落时间，属于被动降落型。清晨，气流在垂直方向以下沉气流为主，在高空随气流扩散的成虫会随气流下沉至地面。

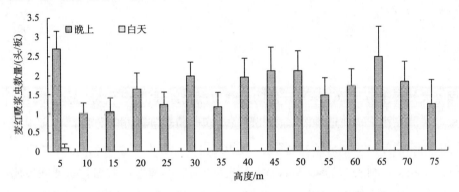

图 5.6　白天和夜晚空中不同高度层麦红吸浆虫的种群密度

2. 空中和地面麦红吸浆虫种群动态的分析

在成虫发生期，空中和地面麦红吸浆虫的种群动态存在明显的差异（图 5.7）。在空中，5 月 1～7 日种群密度较低，5 月 9 日突然达到高峰，种群密度高达 4 头/板，之后种群密度逐渐下降；5 月 17 日出现第二个高峰，种群密度为 4.1 头/板。在地面，5 月 1～9 日麦红吸浆虫种群密度缓慢上升，11 日种群密度突然升高，达到 427 头/10 复网之后缓慢下降，至 17 日骤然降至 18 头/10 复网。对比空中和地面麦红吸浆虫的种群动态，11 日田间种群突然升高应与 5 月 9 日空中出现的种群高峰有关。据此推断，9 日空中出现的种群高峰可能是由外地种群随气流迁入造成的，而 17 日空中出现第二次种群高峰时，田间种群密度急剧下降，应与当地麦红吸浆虫的迁出有关。

3. 麦红吸浆虫随气流扩散的轨迹分析

许多昆虫依靠气流进行远距离迁飞和扩散，气流是其种群远距离扩散的主要动力，因此气流运动的物理模型是对昆虫远程迁飞和扩散事例分析的有力工具。HYSPLIT 是

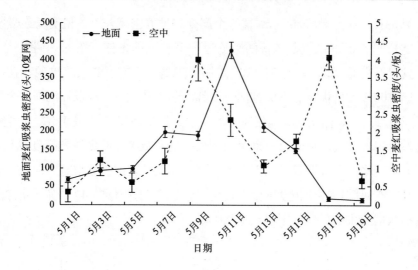

图 5.7　麦红吸浆虫在地面和空中的种群动态

美国国家大气海洋局（NOAA）开发的大气质点轨迹分析平台，是大气流动的一个物理模型，目前在污染物轨迹预测、昆虫迁飞及病原菌轨迹预测等方面都有应用（王海光等，2009；陈晓等，2008；张云慧等，2008；Challa et al.，2008）。如果将昆虫作为大气中的一个粒子，利用 HYSPLIT 模型及其整合的气象和地理数据，能够完整地计算昆虫输送、扩散和沉降轨迹。利用 HYSPLIT 前向（迁入）轨迹模型，模拟麦红吸浆虫的迁入轨迹表明，洛宁的虫源来自河南省南部的南阳地区，在虫源地以 5m、40m 和 75m 高度起始扩散，直线扩散距离分别为 118km、148km 和 156km（彩图 5.1）。利用 HY-SPLIT 后向（迁出）轨迹模型，表明洛宁的麦红吸浆虫种群向东北方向扩散进入了洛阳市宜阳县境内，直线扩散距离分别为 57km、62km 和 69km（彩图 5.2）。Taimr 和 Kriz 报道忽布疣蚜（*Phorodon humuli*）迁飞到一个寄主场所后不再做进一步的长距离迁飞而是趋于定居和繁殖，麦红吸浆虫成虫寿命只有 3～5 天，也应不具备连续远距离扩散的能力。

4. 2007 年麦红吸浆虫种群扩散路线分析

　　利用 HYSPLIT 模型和 2007 年的气象数据，根据小麦扬花期由南到北的时间顺序，以河南省南阳市方城县为起始点，模拟了麦红吸浆虫种群在我国北方麦区的扩散路线（彩图 5.3）。结果表明，2007 年 4 月 16 日（方城县小麦已进入扬花盛期），以方城县为起点的麦红吸浆虫种群 12h 后能够扩散至东北方向的河南省漯河地区，20 日漯河地区小麦进入扬花期后，自漯河迁出的种群 12h 后能够扩散到东北方向的商丘地区，24 日自商丘迁出的种群能够向北扩散至河南省北部安阳和河北省南部的邯郸地区，27 日自河北邯郸地区迁出的种群能够随气流扩散至河北中部的保定附近，5 月 1 日自保定迁出的种群能够扩散到天津和河北唐山地区（目前麦红吸浆虫分布的北界）。麦红吸浆虫成虫的羽化时间与各地小麦抽穗的时间一致，大约在每年的 4 月中旬至 5 月上旬（2010 年由于长期低温的影响推迟 10 天左右），此时在我国主要盛行西南季风，因此麦红吸浆虫种群会随气流向东北方向扩散。这与我们模拟的结果和麦红吸浆虫在我国分布区的变化趋势一致，进一步说明风是麦红吸浆虫种群远距离扩散的主要因素，风速和风向对昆虫迁飞的路径及迁飞的距离有极大的影响（刘向东等，2004）。风在蚜虫迁飞过程中的作用已有较多的观察结果，朱弘复和张广学研究出棉蚜在田间的扩散主要受地形的影响，因为地形会影响风向和风速从而造成棉蚜在田间的不均分布。麦红吸浆虫在田间呈"岛屿式"的聚居分布（仵均祥等，2000），除与其生物学特性有关外，也可能是随风迁入时因为地形影响风向和风速从而造成田间的不均分布。

5. 讨论

历史上早在 20 世纪 50 年代调查显示，麦红吸浆虫在沿河流域、渠道、井浇地带以及雪水灌溉区域分布较为集中，尤其是这些地区的低洼地带或山谷盆地，密度更大。以河南省南阳地区为例，南阳地区东、北和西面是高山，中南部地势较低，河流众多，过去是麦红吸浆虫严重发生区，说明水流在麦红吸浆虫种群扩散过程中起了重要作用。麦红吸浆虫的幼虫、蛹和茧都能在水中存活很长时间，它们可以靠水力沿河谷渠道迁移至最适宜的低洼地带作为根据地，从而滋生繁衍（曾省，1965）。水流无疑应是麦红吸浆虫种群远距离扩散的重要途径之一。另外，收割机跨区作业虽然可以传播，但是与 80 年代的吸浆虫发生的大幅度北移无关。

麦红吸浆虫成虫形体纤弱、飞行能力不强，在活动时如有风吹动，即可借风力送至它处，因此风力有助于麦红吸浆虫种群的近距离扩散。但麦红吸浆虫能否像蚜虫一样随风进入较高的空域后随气流远距离扩散一直没有明确的定论。20 世纪 50 年代曾在 30m 高的楼顶捕捉到麦红吸浆虫成虫（曾省，1965），但由于实验手段等方面的限制没能进一步研究。近年来利用高空系留气球、航捕及雷达监测等技术，有力地促进了对昆虫随气流远距离迁飞扩散的研究。一般来讲，昆虫种群如果能够自主或靠上升气流进入到一定高度的空中，就能够随气流被动地扩散到很远的地方。苗进等（2011）的研究表明，在 75m 的高空还能够监测到麦红吸浆虫成虫的存在，表明其能够随高空气流远距离扩散。昆虫随气流扩散的效率要比随水流的扩散效率高得多，如果能够证实此说法，将会对麦红吸浆虫种群生态学研究和防治具有重要意义。将高空中的麦红吸浆虫成虫看做随风飘散的沙尘或碎屑，利用空气动力学模型模拟其飞行方向和飞行距离，为进一步验证麦红吸浆虫随气流扩散提供了有力的帮助。应用2007年的气象数据，模拟麦红吸浆虫随气流远距离扩散的路径与这一时期麦红吸浆虫种群在河北省内的扩散路线基本一致，说明随气流远距离扩散应是麦红吸浆虫种群扩散的主要方式。

　　20世纪80年代以来，麦红吸浆虫种群在我国的发生范围逐渐北扩东移，但关于其种群扩散的方式一直没有定论。总结多年的研究进展，麦红吸浆虫种群应主要以随气流扩散的形式进行传播，水流起到了一定的辅助作用，联合收割机跨区作业等人类活动则加速了这一过程。这不同于前人有关"麦红吸浆虫种群主要靠水流迁移至适宜的低洼地带作为根据地，滋生繁殖，然后成虫再借风力作较远距离的扩展，散布到附近地带"的结论。

参 考 文 献

毕守东，邹运鼎，耿继光. 2000. 棉蚜及龟纹瓢虫空间格局的地学统计学研究. 应用生态学报，11 (3)：421-424.

陈晓，翟保平，宫瑞杰，等. 2008. 东北地区草地螟（*Loxostege sticticalis*）越冬代成虫虫源地轨迹分析. 生态学报，28 (4)：1521-1535.

丁岩钦. 1980. 昆虫种群数学生态学原理与应用. 北京：科学出版社：14-17.

高军，王贺军，王朝华. 2009. 河北省小麦吸浆虫随联合收割机跨区作业传播的调查分析. 中国植保导刊，29 (10)：5-8.

郝明智，赵向阳. 2006. 跨区作业二十年回眸与展望. 当代农机，(5)：34-37.

黄保宏，邹运鼎，毕守东，等. 2003. 朝鲜球坚蚧及黑缘红瓢虫空间格局的地学统计学研究. 应用生态学报，14 (3)：413-417.

黄寿山，胡慧建，梁广文. 1999. 二化螟越冬幼虫空间分布图式的地学统计学分析. 生态学报，19 (2)：250-253.

井玉波，任东植，王秀山. 1988. 小麦吸浆虫空间分布和抽样方法的研究. 山西农业科学，(6)：7-9.

李友常，夏乃斌，屠泉洪，等. 1997. 李园桃蚜和草间小黑蛛种群空间格局的地学统计学研究. 生态学报，17 (4)：393-401.

刘长仲，周淑荣，魏怀香，等. 2002. 麦红吸浆虫幼虫在穗间的麦红吸浆虫幼虫在穗间的分布型及其应用. 甘肃农业大学学报，37 (2)：204-208.

刘向东，翟保平，张孝羲. 2004. 蚜虫迁飞的研究进展. 昆虫知识，41 (4)：301-307.

苗进，武予清，郁振兴，等. 2011a. 麦红吸浆虫（*Sitodiplosis mosellana* Géhin）随气流远距离扩散的轨迹分析. 昆虫学报，54 (4)：432-436.

苗进，武予清，郁振光，等. 2011b. 麦红吸浆虫及其卵寄生蜂混合种群空间格局. 应用生态学报，22 (3)：779-784.

唐启义，冯明光. 2002. 实用统计分析及其DPS数据处理系统. 北京：科学出版社.

汪耀文，刘延虹，杨桦. 1994. 小麦吸浆虫田间取样技术的探讨. 植物保护，20 (1)：20.

王海光，杨小冰，马占鸿. 2009. 应用HYSPLIT-4模式分析小麦条锈病菌远程传播事例. 植物病理学报，39 (2)：183-193.

仵均祥，沈宝成. 1996. 麦红吸浆虫幼虫在麦穗上的空间分布型与抽样技术研究. 见：张芝利，朴永范，吴钜文. 中国有害生物综合治理论文集. 北京：中国农业科学技术出版社：425-429.

仵均祥，王凤葵，杨宗武，等. 1996. 麦红吸浆虫幼虫在土壤中的空间分布型及抽样方法. 见：马小方，黄镜祥，石文川. 两高一优农业研究. 北京：中国商业出版社：363-367.

仵均祥，袁锋，苏丽. 2000. 麦红吸浆虫在小麦穗上的分布和危害特点. 西北农业大学学报，28（4）：40-44.

武予清，刘顺通，段爱菊，等. 2010. 河南西部小麦红吸浆虫林科寄主植物的证实. 植物保护，36（5）：138-140.

武予清，赵文新，蒋月丽，等. 2009. 小麦红吸浆虫成虫的黄色粘板监测，植物保护学报，36（4）：381-382.

西北农学院昆虫教研组. 1956. 小麦吸浆虫的研究. 西北农学院学报，（1）：29-62.

夏鹏亮，武予清，尚素琴，等. 2010a. 麦红吸浆虫田间分布格局的地学统计学分析. 见：吴孔明. 公共植保和绿色防控. 北京：中国农业科技出版社：264-269.

夏鹏亮，武予清，尚素琴，等. 2010b. 小麦红吸浆虫大尺度空间格局的初步分析. 河南农业科学，（4）：62-65.

杨玉林，白人朴. 2000. 我国小麦跨区机收作业现状、问题及发展趋势. 中国农业大学学报，5（6）：56-60.

郁振兴，吴乾坤，李迎刚，等. 2011. 麦红吸浆虫空间分布的 GIS 分析. 河南农业科学，（5）：124-127.

袁锋. 2004. 小麦吸浆虫成灾规律与控制. 北京：科学出版社.

袁哲明，李方一，胡湘粤，等. 2006. 基于地统计学的二化螟种群时间格局分析. 应用生态学报，17（4）：673-677.

原国辉，郑祥义，韩桂仲. 1992. 麦红吸浆虫幼虫土壤空间分布型及取样查虫方法探讨. 河南农业科学，（4）：18-20.

曾省. 1965. 小麦吸浆虫. 北京：农业出版社.

张克斌，汪世泽，董应才，等. 1988. 麦红吸浆虫幼虫在土壤中的分布型及其应用. 西北农业大学学报，16（3）：86-88.

张峋. 1999. 小麦吸浆虫空间格局参数及其应用. 昆虫知识，36（3）：140-143.

张云慧，陈林，程登发，等. 2008. 草地螟 2007 年越冬代成虫迁飞行为研究与虫源分析. 昆虫学报，51（7）：720-727.

周福才，王勇，李传明，等. 2007. 寄主种类、距离和种群密度对烟粉虱扩散的影响. 生态学报，27（11）：4913-4918.

周国法，徐汝梅. 1998. 生物地理统计学. 北京：科学出版社：1-41.

朱弘复，张广学. 1956. 棉蚜在棉田中的发生和扩散. 昆虫学报. 6（3）：253-270.

Berzonsky W A, Ding H, Haley S D, et al. 2003. Breeding wheat for resistance to insects. Plant Breeding Reviews, 22：221-296.

Bruce T J A, Hooper A M, Ireland L A, et al. 2007. Development of a pheromone trap monitoring system for orange wheat blossom midge, *Sitodiplosis mosellana*, in the UK. Pest Manag Sci, 63：49-56.

Cambardella C A, Moorman A T, Novak J M, et al. 1994. Field-scale variability of soil properties in central Iowa soils. Soil Science Society of America Journal, 58：1501-1511.

Challa V S, Indrcanti J, Julius M, et al. 2008. Sensitivity of atmospheric dispersion simulations by HYSPLIT to the meteorological predictions from a meso-scale model. Environmental Fluid Mechanics, 8：367-387.

Doane J F, Olfert O. 2008. Seasonal development of wheat midge, *Sitodiplosis mosellana* (Géhin) (Diptera：Cecidomyiidae), in Saskatchewan, Canada. Crop Protection, 27：951-958.

Doane J F, Olfert O O, Mukerji M K. 1987. Extraction precision of sieving and brine flotation for removal of wheat midge, *Sitodiplosis mosellana* (Diptera: Cecidomyiidae), cocoons and larvae from soil. J Econ Entomol, 80: 268-271.

Isard S A, Irwin M E, Hollinger S E. 1990. Vertical distribution of aphids (Homoptera: Aphididae) in the planetary boundary layer. Environ Entomol. , 19: 1473-1484.

Lamb R J, Tucker J R, Wise I L, et al. 2000. Trophic interaction between *Sitodiplosis mosellana* (Diptera: Cecidomyiidae) and spring wheat: implications for yield and seed quality. The Canadian Entomologist, 132: 607-625.

Mukerji M K, Olfert O O, Doane J F. 1988. Development of sampling designs for egg and larval populations of the wheat midge, *Sitodiplosis mosellana* (Diptera: Cecidomyiidae), in wheat. The Canadian Entomo logist, 120 (6): 497-504.

Oakley J N. 2008. Control needs for changing pest distribution. Arable Cropping in a Changing Climate: Proceedings of the HGCA Conference. United Kingdom: HGCA: 87-92.

Olfert O, Elliott R H, Hartley S. 2009. Non-native insects in agriculture: strategies to manage the economic and environmental impact of wheat midge, *Sitodiplosis mosellana*, in Saskatchewan. Biol Invasions, 11: 127-133.

Reynolds D R, Mukhopeadhaya S, Riley J R, et al. 1999. Seasonal variation in the windborne movement of insect pests over northeast India. Inter J Pest Mang. , 45 (3): 195-205.

Taimr L, Kriz J. 1978. Post-migratory local flights of *Phorodon humuli* Schrank winged migrants in a hop-garden. Zeitschriftfur Angewandte Entomol. , 85 (3): 236-240.

第六章　小麦对麦红吸浆虫的抗性

第一节　小麦品种的选育及其对麦红吸浆虫敏感性的发展

普通小麦（*Triticum aestivum* L.）是麦红吸浆虫（双翅目瘿蚊科）的主要寄主植物，在欧洲、亚洲和北美洲均有分布。麦红吸浆虫在它分布区域中的大部分是重要的害虫，特别是在中国北部和加拿大西部。小麦属 17 个种均是麦红吸浆虫的寄主。

小麦的种植最早是在 1 万年前，但没有关于与吸浆虫之间早期联系的考古证据。小麦吸浆虫可能是几百万年前和其他的植食性双翅目一起进化而来，早于小麦的种植，但没有有关麦红吸浆虫是从原型小麦还是从 些现在可能存在或不存在的其他野生寄主植物上转移到栽植小麦上的资料。

小麦属（*Triticum* L.）包括栽植小麦和野生二倍体小麦，起源于亚洲西部。三个二倍体品种通过双二倍体形式促进三倍体和六倍体小麦的选育。多倍体小麦依据它们的双倍体祖先来分类，基因型 A 来自于一粒小麦（*T. monococcum aegilopoides* Link），基因型 D 来自于节节麦（*T. tauschii* Schmal），基因型 B 或 G 来源不明，它们密切相关，被认为或者是来自野生斯卑尔脱小麦（*T. speltoides*）中的改良基因型 S，或者是在早期多倍体品种杂交后使不同来源的基因物质交换并同化出现的。

选育的小麦被认为是从野生小麦通过自然杂交组合和早期农民的选择进化而来的。现代的小麦花序是由 15～25 个互生的小穗组成的麦穗，每个小穗都有一个像花轴的短秆支撑着。一个小穗由一个或多个小花组成，每个小穗包括麦粒和像叶片样的颖壳，颖壳包裹着麦粒。两个花序性状可能对早期的农民非常有用。具有硬花轴和颖壳易脱粒的选育小麦取代了软花轴和不易脱粒的原始小麦（Morrison，1993）。脆弱的花梗在风中可能折断，小穗和麦粒掉入土中使农民受损失；健壮的花梗能够让麦粒保留在小穗上而获得丰收。现代小麦的颖壳柔软，很容易在收获的时候脱粒；原生小麦的坚硬颖壳紧紧地包裹在麦粒上，带壳的麦粒降低了小麦的品质。小麦的选育也会造成其他的种间特征不同，比方说和原生小麦相比，现代小麦的麦穗上麦粒的大小、数量和密度的不同等。

从某种程度上来说，硬质小麦的许多品种都是在栽培和选育的条件下出现的。小麦选育的水平不能被准确地确定，除了普通小麦（*T. aestivum*）和硬粒小麦（*T. durum*），现在几乎完全在栽培的条件下生长并被选育到最高水平。选育水平可以从作物的产量和品种所在的种属位置等历史信息中推断出来（图 6.1）（Morris and Sears，1967；Gupta，1991）。原生二倍体野生斯卑尔脱小麦（*T. speltoides*）和节节麦（*T. tauschii*）现在除了试验目的和很少的选育效果之外，可能还没有被栽种。第三个已知的二倍体的一粒小麦（*T. monococcum*）是由野生原始类型和不容易区分开的栽植和野生类型混合而成（Morris and Sears，1967）。原生多倍体的提莫菲维小麦（*T. timopheevii* Zhukovsky）、野生二粒小麦（*T. dicoccoides* Korn.）和斯卑尔脱小麦（*T. spelta* L.）在农业生产上很早就被栽植，但是前两种小麦品种在农业生产上被二粒小麦（*T. dicoccum* Schranky）取代。二粒小麦（*T. dicoccum*）和斯卑尔脱小麦（*T. spelta*）在被硬粒小麦（*T. durum*）和普通小麦（*T. aestivum*）取代之前栽种了大约几个世纪（Morris and Sears，1967）。多倍体小麦的获得需要经历在栽培条件下未知水平选择的变化。5 个世系可以界定在硬质小麦属，从原生和未选育的二倍体小麦到选育完全的六倍体小麦需要 3~4 个步骤（图 6.1）。以下是在世系顶部的品种：①茹可夫斯基小麦（*T. zhukovskyi* Men. & Er.）；②波斯小麦（*T. carthlicum* Nevski）、波兰小麦（*T. polonicum* L.）和硬粒小麦（*T. durum*）；③莫加小麦（*T. macha* Dek. & Men.）；④瓦维洛夫小麦（*T. vavilovii* Jakubziner）；⑤密穗小麦（*T. compactum* Host）、印度矮生（圆粒）小麦（*T. sphaerococcum* Percival）和普通小麦（*T. aestivum*）。这些谱系不能被认为是无关系的，因为一粒小麦对它们中的每个品种的选育起促进作用。此外，选育和谱系中一粒小麦的野生基因型之间的亲缘关系重要性未知。

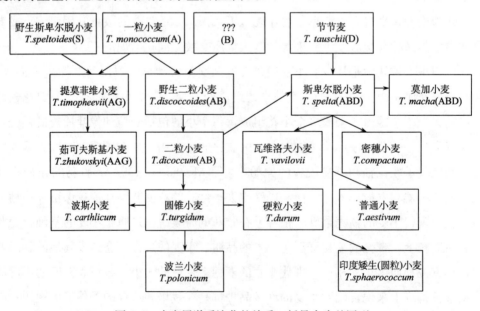

图 6.1　小麦属谱系演化的关系，括号内为基因型

小麦品种的选育可能会提高作物对害虫的敏感性。敏感性的增强可能在基因变异时造成后续损失。此外，农民可能会选择有利于人类的性状，同时不经意间，这些具有多向效应的性状会有利于害虫的发生。小麦吸浆虫的雌虫产卵和幼虫发育都在小麦的花序上，当人们开始栽种小麦时，麦穗性状成为选择的重点。因此，原生小麦和现代选育小麦之间麦穗花絮的不同会影响吸浆虫对小麦品种的吸引性或相对适应性来选择寄主。

Wise 等 2001 年在大田和室内条件下，试验证明麦红吸浆虫可以对小麦属的 17 个种系（二倍体、三倍体和六倍体小麦）进行侵害（表 6.1），这些谱系的寄主适宜性能用侵染的相对水平衡量，当所有被测试的植物暴露在同样数目的产卵的雌虫下，即可用出现的成熟幼虫数量来衡量。试验结果表明野生二倍体一粒小麦和节节麦受害最轻，两种六倍体小麦［印度圆粒小麦（*T. sphaerococcum* Percival）和茹可夫斯基小麦（*T. zhukovskyi* Men）］和普通小麦（*T. aestivum* L.）相比受侵害更严重。但我国张克斌等（1988）研究小麦属不同种对麦红吸浆虫的田间抗性有所不同（表 6.2）。

表 6.1　小麦属不同种对麦红吸浆虫田间和室内鉴定（Wise et al.，2001，加拿大）

种-基因型	籽粒受害率/%	每籽粒幼虫数	每受害籽粒幼虫数	颖壳紧密程度
节节麦 *T. tauschii*—D	0.07	0.03	0.43	3
野生斯卑尔脱小麦 *T. speltoides*—S＝G	0.11	0.04	0.36	3
斯卑尔脱小麦 *T. spelta*—ABD	0.29	0.14	0.48	2
野生二粒小麦 *T. dicoccoides*—AB	0.33	0.11	0.33	2
提莫菲维小麦 *T. timopheevii*—AG	0.34	0.13	0.38	2
一粒小麦 *T. monococcum*—A	0.40	0.12	0.30	2
波斯小麦 *T. carthlicum*—AB	0.44	0.20	0.45	1
莫加小麦 *T. macha*—ABD	0.58	0.30	0.52	1
瓦维洛夫小麦 *T. vavilovii*—ABD	0.66	0.21	0.32	1
波兰小麦 *T. polonicum*—AB	0.66	0.24	0.36	1
硬粒（杜伦）小麦 *T. durum*—AB	0.77	0.71	0.92	1
圆锥小麦 *T. turgidium* L.—AB	0.82	0.50	0.61	1
二粒小麦 *T. dicoccum*—AB	0.88	0.61	0.69	1
密穗小麦 *T. compactum*—ABD	0.98	0.59	0.60	1
普通小麦 *T. aestivum*（Roblin）—ABD	1.00	1.00	1.00	1
印度矮生（圆粒）小麦 *T. sphaerococcum*—ABD	1.20	1.13	0.94	1
茹可夫斯基小麦 *T. zhukovskyi*—AAG	1.32	1.55	1.17	1

注：普通小麦的品种为'Roblin'。

在 5 种已知栽培种的小麦中，受害程度的加重与小麦的选育/驯化有关，但这种关系并不是绝对的。受害水平与小麦麦粒的大小、麦穗上的麦粒数没有关系。但是，容易脱粒和麦穗紧凑的小麦品种比麦穗疏松和颖壳紧贴麦粒的原始小麦品种受小麦吸浆虫幼虫危害重。

　　颖壳紧密程度和麦穗的紧凑程度间的关系可以说明麦粒紧凑度与抗虫性间的关系。小麦品种的选育增加了小麦对小麦吸浆虫的敏感性，可能是易脱粒的特点促进小麦吸浆虫在小麦的颖壳与麦粒之间的界面上产卵和幼虫的发育。我国 20 世纪 50 年代推广的抗吸浆虫品种'南大 2419'具备颖壳紧密的性状（曾省，1965），被农民称之为"难打的2419"，脱粒比其他品种困难得多。

　　先前栽培的小麦——斯卑尔脱小麦（ *T. spelta* L. ）和野生二粒小麦（ *T. dicoccoides* Korn ），被认为是小麦吸浆虫抗性的来源，因为它们有与现代小麦低感性相同的基因。二粒小麦（ *T. dicoccum* Schrank ）中的一种易脱粒受试小麦对小麦吸浆虫有低感性，可能会提供抗性的来源。

表 6.2　小麦属不同种对麦红吸浆虫的田间抗性（张克斌等，1988，陕西杨凌）

种和基因型	虫穗率/%		每穗虫数		损失率/%		抗级
	平均	最高	平均	最高	平均	最高	
茹可夫斯基小麦 AAG（ *T. zhukovskyi* Men）	24.90	53.30	1.93	3.67	1.99	3.31	HR
野生二粒小麦 AB（ *T. dicoccoides* Korn. ）	15.00	26.70	1.18	3.40	1.01	2.74	HR
埃及小麦 AB 硬粒（ *T. pyramidale* Khihi）	46.70	93.30	3.40	6.73	3.77	7.40	MR
野生一粒小麦 A（ *T. aegilopoides* Bal）	15.60	46.70	4.1	7.40	3.02	9.10	MR
提莫菲维小麦 AG（ *T. timopheevii* Zhukovsky）	28.90	100.00	2.64	6.33	3.08	6.96	MR
高拉山（东方）小麦 AB（ *T. turanicum* Jakubz）	54.90	86.70	7.20	26.40	6.10	19.20	MR
一粒小麦 A（ *T. monococcum* ）	30.70	86.70	7.20	26.40	6.10	19.20	MR
瓦维洛夫小麦 ABD（ *T. varilovii* Jakubz）	44.43	100.00	3.54	11.70	5.55	14.15	MR
波斯小麦 AB（ *T. carthlicum* Nevski）	30.73	36.70	4.30	3.70	14.42	15.71	MR
莫加小麦 ABD（ *T. macha* Perciv）	48.50	60.00	9.40	23.20	10.84	26.93	MS
印度矮生（圆粒）小麦 ABD（ *T. sphaerococcum* ）	28.30	100.00	5.40	17.10	16.91	39.02	MS

续表

种和基因型	虫穗率/%		每穗虫数		损失率/%		抗级
	平均	最高	平均	最高	平均	最高	
有芒斯卑尔脱小麦 (T. spelta)	55.60	53.30	9.00	18.53	11.60	25.45	HS
波德巴甫洛夫（新疆）小麦 ABD (T. petropavlovskyi)	63.10	100.00	33.80	49.30	38.56	56.03	HS
一粒小麦 2 A (T. monococcum)	85.80	93.30	31.90	72.00	-9.59	80.36	HS
密穗小麦 ABD (T. compactum)	53.30	100.00	25.40	58.10	20.10	4.60	HS

注：Wise 等（2001）和张克斌等（1988）对茹可夫斯基小麦的鉴定结果相左。

第二节　小麦品种的抗吸浆虫鉴定

一、田间鉴定

筛选抗性小麦基因是培育寄主抗性的重要部分。在我国（倪汉祥和丁红建，1994）和加拿大的育种计划中，在田间筛选鉴定侵染水平低的品种/品系。田间筛选最主要的困难是误认为基因是抗性的。因为测试的抽穗基因型总是和小麦吸浆虫成虫出土扩散高峰期不一致，常导致错误的抗性鉴定结果（Basedow，1977；Wright and Doane，1987；Barker and McKenzie，1996）。例如，晚抽穗的基因型经常避开侵染（Lamb et al.，2001），如果它们在恶劣天气时段抽穗（Smith and Lamb，2001），基因型也避开侵染。

小块实验田，周围种植的是当地的小麦品种，在同一时间抽穗，可能也有问题。在这种条件下，试验田周围小麦生产品种能接收更多的卵，可能使试验田中的待鉴定品种上产卵减少（Lamb et al.，1999）。麦穗适宜被侵染的时间较短，也就是从挑旗到近扬花期这个时期，侵染窗口比较狭窄（Elliott and Mann，1996）。对于在麦田里长达两周的产卵期，造成有效侵染的产卵时间段是 5～7 天。开始时雌成虫产卵在小穗上，当小穗一出现就适宜产卵，因此首先出现的小穗上经常接收不成比例数目的卵（Smith and Lamb，2001）。末期是由幼虫没有能力在已经开始发育的种子上取食所决定，而不是取决于雌成虫产卵的偏好性。即使它们的后代都不可能在已经开始发育的种子上取食（Ding and Lamb 1999），雌成虫也会继续把卵产在小穗上。

由于产卵和抽穗的不同步性，避开侵染可能是许多品种敏感性降低的原因（Wright and Doane，1987；Kurppa，1989）。通常记载抽穗时期、吸浆虫成虫的密度和侵染水平，使"伪抗性"的情况减少到最小（Barker and McKenzie，1996）。

抗性品系筛选的过程，实际上是鉴定敏感性在成虫高峰与抽穗同步时小麦扬花后小麦品系上的两周易见成熟幼虫的现象。在加拿大育种计划实施的初期，通常在8月初扬花后两周剥穗12个，幼虫依然在颖壳内，易于计数。如果来不及剥穗计数，可在麦穗风干后储存数周。另外，从第二龄幼虫蜕去的残皮也能用来证明小麦吸浆虫侵害麦粒。

在田间或者虫谱内种植不同品种/品系，在扬花后两周穗子采收后，带回实验室检查幼虫量。在温尼伯育种程序中，评估员通过将麦穗放置在白色托盘里敲打，通过幼虫从中脱落来计数幼虫。检查5个穗，如果第一个穗上有幼虫脱落，可确认基因型是易感的。这样每天可鉴定300～400个小区。如果在5个穗上没有发现脱落幼虫，得到的基因型是潜在抗性的。这种方法能确认不同的抗性机制，因为缺乏成熟的幼虫也是抗性基因型的性状（在敲打时幼虫没有脱落），或者是抑制产卵和（或）阻止卵孵化的机理，以及阻止幼虫移动到取食位置的作用。具有抗性机制的麦粒具有吸浆虫幼虫取食后过敏反应特点（Barker and McKenzie，1996；Lamb et al.，2000a）。在小麦成熟后，具有过敏反应的麦粒需要镜检。

减少产卵的特定筛选比减少幼虫数目的筛选更困难（Lamb et al.，2001）。小麦穗上卵的密度在实验室和田里的变化很大，特别是在实验室穗与穗之间的卵密度差异较大（Smith and Lamb，2001）。穗间卵密度变化大的主要原因是卵块的大小及在单一穗上出现的多样型卵块。它们是由产卵行为引起的，而不是环境的不同引起，所以这些因素很难控制（Smith and Lamb，2001）。用一天的抽穗比较，使穗子处于雌虫产卵的同一条件下，能减少穗之间卵密度的变化。

在我国郭予元（1989）最早发展了相对定级标准在大田鉴定小麦品种对吸浆虫的抗性，即调查时以发生最重的重复为准，把最高估计损失率作为当年的定级标准。此后，我国的抗虫鉴定基本依靠这种方法开展抗虫性筛选和抗性机理研究，并由倪汉祥等（2009）采用这种方法制定了国家标准GB/T 24501。

在小麦乳熟期吸浆虫尚未脱壳入土前，每小区随机取90穗，剥穗检查每粒小麦上的幼虫数，按每粒有虫1、2、3、大于或等于4头分为4级，按下列公式计算估计损失率，在小麦乳熟期（老熟幼虫入土前），每个鉴定品种随机取10～20穗，每穗放入一纸袋内，带回室内逐穗、逐粒剥查麦粒中的幼虫数，计算出每个鉴定品种各重复的估计损失率（L），以几个重复中最高估计损失率代表该品种的估计损失率。求出所有参加鉴定品种的平均估计损失率（$L_{品}$），再计算各个品种的相对值（$L_{品}/L$）（表6.3）。

估计损失率以"L"计，数值以"％"表示，按式（1）计算：

$$L = \frac{W}{G \times C} \times 100 \cdots\cdots \tag{1}$$

式中，W 为检查穗上总虫数；G 为检查总穗粒数；C 为不同种类麦吸浆虫幼虫吃完一粒麦粒所需头数的理论值，其中小麦红吸浆虫为 4。

表 6.3　小麦品种材料对吸浆虫抗性分级表

等级	代表抗性	$L_{品}/L$
0	免疫	0
1	高抗	$>0, \leqslant 0.2$
2	中抗	$>0.2, \leqslant 0.5$
3	抵抗	$>0.5, \leqslant 1.0$
4	感虫	$>1.0, \leqslant 1.5$
5	高感	>1.5

李修炼等（1993）以穗部形态特征如外颖厚度、穗部颜色、芒有无、穗长、小穗数、小穗长度、宽度、长宽比和密度组建了抗虫性鉴定模型Ⅰ和Ⅱ，以此对 182 个样本复检，判对率分别达 92.14% 和 94.4%。丁红建和郭予元（1993）以通径分析筛出 8 个因子（抽穗期、麦芒与穗轴夹角、小穗宽度、内外颖长度差、抽穗至扬花的历期、第二对麦芒长、灌浆速度、扬花后千粒重与成熟期千粒重之比）组建了品种抗虫程度多元回归模型。这些研究者认为此法可以克服大田和虫圃因气候等因素影响而不能鉴定的缺点，简便易行、经济实用。在大田与虫圃抗性鉴定中，为保证鉴定的准确性，必须满足以下两个条件：一是成虫出现盛期要与小麦抽穗期同步；二是虫口密度要以最敏感的品种在同步条件下接近毁产的程度为宜。

Wright 和 Doane（1987）指出栽培品种形成抗性的主要差异是逃避。鉴定中在保证以上两个条件下取样，应以与吸浆虫发生高峰期时处于同一生育期的麦穗为准。

二、室内鉴定

实验室筛选抗小麦吸浆虫是可行的（Lamb et al.，2000a），因为可将滞育期间的吸浆虫成熟的幼虫收集储存起来。在幼虫成熟还未落土时，在大田把老熟幼虫里从被寄生的小麦穗上收集起来。剥穗或用水喷洒小麦穗得到幼虫，把幼虫放在装有高湿土壤的 200ml 塑料容器里。在室温下大约两周后，幼虫钻到土壤里，然后将容器转移到冷藏室，保持温度在 0~2.5℃，幼虫在这个条件下可以存活至少一年。强制性完全解除滞育大约要 4 个月，然后将容器转移到室温下（18~20℃），大约一个月后，成虫开始出现，用干净的塑料软饮料瓶剪去基部扣在吸浆虫越冬的容器上，饮料瓶上部 2/3 处的空间可以有效地用作成虫羽化的笼子。瓶子是很适合的塑料容器，瓶口塞上棉花封闭，这样可以交换气体。当成虫在饮料瓶两侧休息时，可以从过冬容器上移开，把瓶子基部重新用胶带粘上。在它们被放到有小麦穗的笼子之前，通过透明的瓶子能检查出成虫的性别和数量。成虫纤弱、很容易受伤，但是它们可以在瓶子里安全的运送（Hinks and Doane，1988）。在实验室里可以饲育大量的吸浆虫。

在人工控制的条件下，将小麦品种种在花盆中，加入液体混合肥料。抽穗后移入笼中，温度（20±3）℃，湿度45%～70%，每日光照20h。

一个笼子内25株小麦上50个穗状花序暴露在100头雌虫下，可以产生1000或者更多的成熟幼虫。实验室饲育的成虫可自由侵染寄生小麦，也能保证产更多的卵，因为从田里直接收集幼虫寄生的比率经常达50%。

在实验室实现高产卵率需要两个苛刻条件——高湿度（60%或者相对更高的湿度）（Hinks and Doane，1988）和与基部黑暗条件形成鲜明对比的笼子上部的光。虽然在冬天空调加热的室内很难维持，但必须用高湿度确保雌虫存活的天数，产的卵才不会干燥。笼子基部和顶部光水平的对比似乎引起雌性上升到笼子顶部，在小穗上产更多的卵。由于有高的静电荷，干净的塑料壁笼子可引起较高的死亡率，所以采用带有木质框架的塑料壁，制作供吸浆虫休息的笼子，并用塑料薄膜覆盖在外面保持湿度的方法很有效。完整的小麦品种就在这样的笼子里测试，但是在恒定高度维持麦穗很困难。

用麦穗保持在水里测试超过24～36h时（Smith and Lamb，2001）切下的穗来研究产卵偏好非常有效。任何一个切离的穗状花序或整个植株提供给雌虫产卵时，鉴定产卵偏好基因型（选择性）的模式均相似。

虽然实验室试验比大田试验有更多的控制条件，但是也有许多限制性。至少需要两个实验室技术人员来种植小麦，饲育吸浆虫。而且，检查卵比检查幼虫慢，抗生性的品种筛选更困难些。

第三节　小麦品种对吸浆虫的抗虫机制

小麦抗吸浆虫机制主要包括避害性、不选择性、抗生性。在性状方面表现为形态抗虫性和生化抗虫性等。

避害性。吸浆虫成虫只在小麦抽穗至扬花初期产卵危害。成虫出现盛期是否与抽穗期同步，是决定能否造成损失的主要条件，如果不同步则不造成危害。逃避危害是某些与常规品种生育期不同的小麦品种的主要抗虫机制，也称为"生态抗性"。

不选择性。Lamb 等（2001）对 250 种硬粒麦及其近缘种进行抗性（小麦吸浆虫）筛选，结果表明无论是在田间还是在实验室里，只有不到 2‰的植株会降低吸浆虫的产卵量和幼虫密度。小麦品种'凯赫拉'的幼虫侵害程度较低，是一般硬粒麦的 30％，这种特性较稳定。在硬粒麦上没有发现抗生物质。研究表明，幼虫侵害率的降低与产卵量的降低有一定相关性。在选择性和非选择性试验中，实验室内这种抗虫性致使卵密度降低了 80％或者更多，而在田间则降低了 70％。但是，卵组的大小并没有受到影响，因此雌虫产卵量的降低只会造成雌虫产的卵组数量降低。这种抑制性与小麦 12 种已知的形态特征没有联系。'凯赫拉'是第一个被认为对小麦吸浆虫有抗性的硬粒小麦（Lamb et al.，2001）。

品种对产卵雌虫的吸引力不同。这些偏好效应导致了普通小麦和四倍体小麦穗上的产卵数量及分布不同，但是只能在别无选择的情况下起作用（Lamb et al.，2001，2002）。

抗生性。指利用植物的生物化学代谢物质或形态学性状、抑制害虫的发育或致死害虫。抗生性分别来自生物化学因素和形态学因素。

抗虫的生物化学因素。抗感品种在生化抗性物质如氨基酸、单宁等上存在差异。对早期小麦籽粒生化分析表明，酪氨酸、异亮氨酸、苏氨酸、蛋氨酸、精氨酸含量及其总量可作为生化抗性指标。抗性品种单宁含量高于不抗虫品种 2.4～5.9 倍。氨基酸和单宁含量高的品种抗虫。进一步研究表明，生化抗虫性是以诱导抗虫性为主的多方面的综合抗性，酚类和还原糖类是主要的诱导物质，尤以酚类最为重要。还原糖与单宁共同作用于吸浆虫，对其产生抗性。抗虫性与籽粒中蛋白质组分有关，而与可溶性糖含量无显著相关性（孙四台等，1998；丁红建等，2001）。

抗虫的形态学因素。20 世纪 60 年代，朱象三、曾省认为小穗排列紧密和穗密度大的品种抗虫。朱象三则认为颖壳坚硬、扣合紧密，内外颖张开幅度小、时间短且开花后很快闭合的品种抗虫。其后一些研究认为芒长、颖壳坚硬等不是主要抗虫性状，颖壳外缘毛越长、内外颖越厚越抗虫。成虫对黄绿色、无蜡质麦穗趋性强、产卵多，但与幼虫入侵数无关。也有报道认为株高、芒长、小穗密度与为害虫量关系不大，扬花期内外颖开张角度大，为害严重，'西农 6028'和'南大 2419'均表明麦穗形态学因素导致的抗虫作用。

抗性遗传。朱象三（1961）认为'西农 6028'和'南大 2419'可能是一种简单遗传的单基因抗性。其后生产上推广的抗虫品种如'咸农 151'和'武农 99'等含有'西农 6028'血缘；'西育 7 号'则有'南大 2419'的亲缘，感虫品种'小偃 6 号'虽为远缘杂交种，但含有感虫的'St2422/464'的亲缘，说明'西农 6028'和'南大 2419'

含有抗虫基因，但未有更深研究的报道。生化分析发现抗虫品种籽粒的可溶性蛋白谱上有一条感虫品种所没有的蛋白条带，可能与抗虫基因有关（孙四台等，1998）。刘志连（2008）也对小麦品种'河农215'抗麦红吸浆虫基因进行了QTL定位。

Barker和Mckenzie（1996）报道北美冬小麦抑制麦红吸浆虫幼虫的发育。基因研究表明，一个抗性基因（Sm1）阻止1～2龄麦红吸浆虫幼虫的发育，导致生长抑制甚至死亡。目前相似抗性已经在英国的冬小麦品种'Welford'和'Pennant'上发现。这种抗性是否是由于Sm1的存在还是未知。Sm1抗性的表达可能会影响小麦吸浆虫的取食，取食时会暂时引起种皮中的阿魏酸和（或）香豆酸的水平增加（Ding et al.，2000）。

普通小麦中的Sm1基因是具有对麦红吸浆虫抗性的基因，经研究表明其表达对麦红吸浆虫（死亡或发育迟缓）的遗传是一个简单基因（Sm1）。通过对大约500种随机扩增多态性DNA引物分离扩增，没有与抗性相关的DNA多型现象。但是通过57种引物重组鉴定出扩增片段长度多态性片段。从这些片段中的一个序列中扩增出一种与小麦吸浆虫抗性相关的等位基因的特异性扩增DNA标记物。这种标记物的引物序列是CAC CTG GAA TGT TGG ACT G和AGA TCA TCT GTC AAC GCA CTA，长度为232个碱基对。基因测序表明WM1位于2B染色体短臂上接近端点的区域，Sm1被定位在近侧的WM1侧面和远侧的微卫星Xgwm210侧面的一段短小距离上。在抗性品种中，'14/15'的品种也具有WM1，然而在易感普通小麦品种中'33/66'的品种也具有WM1。在允许标记物重组中标记易感性时，一种trans重组型具有Sm1抗性及基因但是缺乏序列特异扩增区域，被从红硬粒春小麦中分离出来。在其他对叶锈病和小麦吸浆虫分别具有抗性的品种中，不良连锁是由于Lr16和Sm1之间的顺式重组型。由于交叉位置的不同，这两个基因型表明了和Sm1关系也很密切的微卫星Xbarc35中等位基因间的对比。

第四节　抗性品种的利用

我国的研究者在20世纪50年代培育了抗小麦吸浆虫的冬小麦品种'西农6028'和'南大2419'（曾省，1965），但是在20世纪80年代中期小麦吸浆虫又成了一个生产上的问题。在20世纪60年代到80年代，寄主植物抗虫性的利用被中断，忽略了对吸浆虫抗性，小麦生产上主要注意力集中在高产品种的培育和使用上。

在20世纪80年代中期，小麦吸浆虫再次成为我国小麦生产上的重要问题以后，我国农业科技人员重启了小麦吸浆虫的抗性鉴定工作，1988年鉴定的抗虫品种包括'南大 2419'、'西农 6028'、'西北站 2 号'、'周麦 2 号'等；90 年代鉴定结果表明，我国绝大多数品种不抗吸浆虫，一般抗虫的仅占 30％左右。抗虫性好的包括：安徽的'马场 2 号'、'偃师 9 号'、'徐州 211'等；中国农科院的'中麦 9 号'；河北的'冀麦 20'、'冀麦 24'和'冀麦 25 号'、'农大 112'和'农大 162'、'遗 4179'、'遗 4154'和'遗 4188'、'河农 215'、'郑太育 1 号'等；河南的'洛阳 851'、'辐自 7023'等；陕西的'洛夫林 13 号'、'咸农 151'和'咸农 683'、'武农 99'、'77 (2) -7'、'西育 7 号'和'陕旱 8675'等；国外如波兰的'Sawa'、'Beta'和'Sappo'等；捷克的'Sparta'和'Mephisto'等（邢克志等，1986；张克斌等，1988；李迎刚等，1992；孙京瑞等，1995；成卫宁等，1996；韩桂仲等，1990；李素娟等，2001；李建军，2004；温树敏等，2008；蒋月丽等，2010）。但是，尽管不乏抗虫资源，但总体上一直缺乏以抗吸浆虫为目标的抗性育种计划。

2007 年 12 月，我国启动了国家小麦产业技术体系，小麦科研人员开始鉴定我国主要生产品种对吸浆虫的抗性，以期了解我国小麦品种抗性状况、品种布局与吸浆虫发生的关系、筛选抗性种质。

2008～2010 年在河南对全国 276 余份生产品种进行抗性鉴定，分别由农业部小麦产业体系各功能研究室提供。

试验点设于河南省洛阳市洛宁县郊区吸浆虫常年发生的地块，虫口密度每小方 15～25 头，试验于 2008～ 2010 年进行。每个品种播种两行，行长 1.0m，行距 0.25m，每隔 20 个品种种植一个感虫品种作对照，重复三次，第一次重复顺序排列，第二、第三重复随机排列。田间管理同大田一致，试验区不使用任何化学农药。在小麦抽穗后，调查记载各小区抽穗期和扬花期，并调查成虫羽化情况，观察抽穗期与吸浆虫羽化期的吻合程度。

田间调查结果表明，2010 年洛宁小麦抽穗期为 4 月 29 日～5 月 9 日，麦红吸浆虫羽化盛期为 4 月 25 日～5 月 15 日。二者吻合程度很高，麦红吸浆虫发生较重，试验区内所有参试品种全部受害。小麦品种抗性级别划分采用相对定级标准（郭予元，1989），鉴定小麦品种对吸浆虫的抗性，见表 6.3。鉴定分析结果表明，参试的 276 个品种对麦红吸浆虫的抗性可划分为 5 个等级。其中抗虫（HR）小麦品种 21 个，占 7.61％；中抗（MR）品种 58 个，占 21.01％；居中的（M）品种 77 个，占 27.90％；中感（MS）品种 44 个，占 15.94％；高感品种 76 个，占 27.54％。参试品种中没有免疫品种。对麦红吸浆虫表现抗性的品种共 79 个，见表 6.4，这些品种可供生产上参考利用（彩图 6.1）。

表 6.4　小麦品种对麦红吸浆虫表现为抗性的品种（2008～2010 年）

抗级	抗性	小麦品种
1	高抗（HR）	'济麦 21'、'邯麦 11 号'、'皖麦 36'、'皖麦 38'、'襄麦 25'、'汶农 6 号'、'豫麦 38'、'太空 6 号'、'烟农 24'、'42768'、'鄂麦 16'、'洛麦 24'、'烟农 23'、'绵麦 42'、'烟农 2415'、'襄麦 55'、'荆麦 66'、'观 0010'、'M107'、'临优 8067'、'MR168'
2	中抗（MR）	'济麦 22'、'石 H06-032'、'中麦 9 号'、'衡观 115'、'衡观 111'、'新麦 18'、'XK0106-1-08D6'、'烟 5286'、'华麦 8 号'、'观 0033'、'徐麦 27'、'小偃 6 号'、'淮麦 18'、'宁麦 11'、'兰天 23 号'、'郑麦 9023'、'荔星 2 号'、'扬 07-141'、'衡 7228'、'新麦 19'、'鄂 50311'、'绵麦 37'、'百农 160'、'安农 0841'、'秦农 142'、'山东 16'、'丰抗 38'、'连麦 2 号'、'泰山 21'、'良星 99'、'扬 07-49'、'衡观 136'、'鲁麦 21 号'、'临 Y867'、'BL228'、'荷农 98-3'、'平安 6 号'、'陕 159'、'襄麦 36'、'长 6359'、'西农 88'、'陕麦 139'、'陕麦 175'、'70222-24'、'安农 0806'、'豫麦 49-168'、'郑麦 004'、'扬 07-44'、'内麦 8 号'、'内麦 9 号'、'绵 1971－98'、'绵 05－164'、'邯 00－7095'、'9987'、'西农 979'、'小偃 22'、'邯麦 13 号'

　　鉴定结果初步表明，小麦生产品种的抗性与吸浆虫的成灾存在一定的关系。例如，2007 年河南、河北等主产区吸浆虫在许多地块造成毁产，而在陕西吸浆虫老发生区的关中平原，2007 年三大主导'西农 979'、'小偃 22'、'武农 148'在 2008～2010 年鉴定中具有不敏感性，在这个年度小麦吸浆虫并不是关中平原小麦生产的主要问题。山东省作为吸浆虫的适生区，1992 发生面积 686 万亩（彭元馥等，1992），2000 年以来由于'烟农 24'、'济麦 21'、'济麦 22'为主导品种，吸浆虫一直没有成为生产上的主要问题，2011 年据全国农技中心资料，山东省发生面积仅 160 万亩，而 2007 年以来河南的'矮抗 58'、河北的'邯 6172'等主导品种为感虫品种，这两省的吸浆虫发生面积均在 1000 万亩左右。

　　一些品种在生产上对小麦吸浆虫抗性的表现在不同地区具有差异性，如石家庄农科院培育的'石 H06-032'在河北大面积种植中具有优良的抗性表现，在黄淮海南部品种鉴定表现中抗，所以小麦吸浆虫抗性必须进行多点鉴定。另外，小麦吸浆虫是否存在生物型的变异也是亟待开展的工作。

　　20 世纪 90 年代以来，加拿大在小麦品种对吸浆虫的抗性方面，强调通过向最近发布的品种转移必要的基因。但是加拿大春小麦还没有商业化生产，因此抗虫品种对小麦吸浆虫种群上还没有选择压，一旦抗虫品种发布，吸浆虫毒力基因（生物型）的变异将会显现。

　　目前报道的加拿大从冬小麦中导入春小麦的抗吸浆虫基因 $Sm1$ 是单因子遗传，并完成了 $Sm1$ 基因标记工作。具有抗虫基因，则有可能鉴定出小麦红吸浆虫的非致害基因，也就是小麦红吸浆虫的基因型的变异。只有在大量的抗虫品种运用的情况下，致害基因型才具有意义。在黑森麦瘿蚊研究应用中，由于抗虫品种和致害基因型的存在，基因对基因理论显示出了在生产上的价值，

19 世纪末期，在影响小麦吸浆虫致害力的方面，北美抗性的冬小麦的作用并不明确。当时来自加拿大东部的一个农民确定他的冬小麦是抗小麦吸浆虫的，这个称作'Democrat'的冬小麦也被认为与当时种植的大多品种相比是很少敏感的（Fletcher，1902）。这些早期冬小麦抗性品种，在北美东部被广泛种植。

在加拿大春小麦中，影响幼虫存活的抗性品种的抗性将会引起吸浆虫高的死亡率，因此小麦吸浆虫可能在高的选择压上来发展致害力。在大块试验田里，小麦吸浆虫在抗性品种上比来自易感品种上的适合度少于 0.5%（Lamb et al. ，2000a），一些幼虫存活下来。

维持小麦品种对吸浆虫抗性的重要目的，是有效控制寄主植物抗性的作用。目前正在尝试两种方法。第一种方法是，抗生性和产卵排拒性结合（Lamb et al. ，2000a），基丁呈金字塔形状的两种抗性类型的假设将会延迟任一种致害力演尖（Gould，1986）。这个方法依靠未试验的假设，即两个抗性机制是独立的。在同一时间选择两种抗性类型是困难的，因为产卵是个很高的变量过程（Smith and Lamb，2001），如果没有产卵，抗生基因型就不能被识别。紧密相连的传统的表型标记和分子标记将是有用的。第二种方法是，通过维持吸浆虫种群无致害基因的充足水平，应用种群遗传学法则来稀释害虫致害基因（Gould，1986）。展开易感植物和抗性植物基因型，可以允许致害吸浆虫和无致害吸浆虫交配产生杂交子。因此，假设致害基因是隐性性状，大多吸浆虫致害将会是杂合的，致害基因将会有选择地被每一代抗性植物淘汰。这可能是一个对小麦吸浆虫特别有利的方法，因为雌虫把它们的卵分成小块到一些不同植物上，取食阶段限于储存卵的植物上。因此，吸浆虫行为将确保致害和无致害吸浆虫最初分散贯穿于抗性和感性的混合植物。随后，它们会暴露在个别抗性品种上或者易感品种上。初步的数据表明5%的易感种子混合95%抗性种子能免受经济阈值外的损失，和有毒吸浆虫相比，能产生两个数量级以上无致害吸浆虫。对于一个低价值的作物如小麦，5%易感和95%抗性的种子混合可能是实用的。

参 考 文 献

陈巨莲，倪汉祥. 1998. 小麦吸浆虫研究进展. 昆虫知识，35 (4)：240-243.

成卫宁，李修炼，吴兴元. 1996. 小麦品种抗麦红吸浆虫鉴定. 陕西农业科学，(3)：37.

丁红建，郭予元. 1993. 麦穗形态学与吸浆虫的关系研究. 植物保护学报，20 (1)：19-24.

丁红建，郭予元. 1993. 小麦籽粒内含物及组织学结构与抗吸浆虫关系的研究. 中国农业科学，26 (1)：56-62.

郭予元. 1989. 用相对定级标准鉴定小麦品种对吸浆虫的抗性. 植物保护, 15 (6)：33.

韩桂仲, 高九思, 王胜亮, 等. 1990. 小麦品种对麦红吸浆虫抗性的研究. 植物保护学报, 17 (3)：200, 208.

蒋月丽, 刘顺通, 段爱菊, 等. 2010. 小麦品种对麦红吸浆虫抗性的初步鉴定结果. 见：吴孔明. 公共植保和绿色防控. 北京：中国农业科学技术出版社：248-253.

李建军, 李修炼, 成卫宁. 2004. 小麦种质材料对麦红吸浆虫的抗性鉴定与分析. 西北农业科技大学学报, 32 (2)：17-20.

李素娟, 刘爱芝, 武予清, 等. 2001. 不同小麦品种 (系) 对小麦吸浆虫田间抗性鉴定. 植物保护, 27 (3)：19-20.

李修炼, 吴兴元, 成卫宁, 等. 1993. 根据小麦穗部特征建立判别品种对麦红吸浆虫抗性数学模型的研究. 西北农业学报, (2)：78-82.

李迎刚, 宋美英, 蔡成来. 1992. 小麦品种 (系) 对吸浆虫抗性田间鉴定结果. 河南农业科学, (4)：16-17.

刘志连. 2008. 小麦品种河农 215 抗麦红吸浆虫基因 QTL 定位及资源鉴定. 河北农业大学硕士学位论文.

倪汉祥, 丁红建. 1994. 小麦吸浆虫发生动态及综合治理对策. 中国农学通报, (3)：20-23.

彭元馥, 宋国春, 辛相启, 等. 1992. 山东省麦红吸浆虫发生环境的初步分析. 华东昆虫学报, 1 (2)：50-52.

孙京瑞, 丁红建, 倪汉祥, 等. 1995. 小麦品种抗吸浆虫鉴定. 植物保护, 21 (2)：22-23.

孙四台, 丁红建, 屈振刚, 等. 1998. 小麦对麦红吸浆虫生化抗性机制的研究. 中国农业科学, 31 (2)：24-29.

温树敏, 赵玉新, 屈振刚, 等. 2008. 小麦品种抗麦红吸浆虫鉴定及抗性评价. 河北农业大学学报, 30 (5)：71-74.

邢克志, 郭予元, 张治体. 1986. 小麦品种对小麦吸浆虫抗性初步分析. 河南农业科学, (9)：17-20.

曾省. 1965. 小麦吸浆虫. 北京：农业出版社.

张克斌, 宁毓华, 胡木林, 等. 1988. 小麦品种对麦红吸浆虫抗性鉴定结果分析. 西北农业大学学报, 16 (增刊)：43-49.

朱象三. 1961. 小麦抗吸浆虫性能的研究. 中国植物保护科学. 北京：科学出版社：374-385.

Barker P S, McKenzie R I H. 1996. Possible sources of resistance to the wheat midge in wheat. Can J Plant Sci, 76：689-695.

Barnes H F. 1932. Studies of fluctuations in insect populations. I. The infestation of board-balk wheat by the wheat blossom midges (Cecidomyidae). J Animal Ecol, 1：12-31.

Basedow T. 1977. Susceptibility of different spring wheat varieties to infestation by the two wheat blossom midge specied. Bulletin for Pest Research and Environment Protection, 50：129-131.

Basedow T, Schiitte F. 1974. Susceptibility of different spring wheat varieties to infestation by the two wheat blossom midge species (Diptera, Cecidomyiidae) (in German with English summary). Bul German Plant Prot Serv, 26：122-125.

Cagné R J, Doane J F. 1999. The larval instars of the wheat midge, *Sitodiplosis mosellana* (Géhin) (Diptera：Cecidomyiidae). Proc Entomol Soc Washington, 101：57-63.

Dexter J E, Preston K R, Cooke L A, et al. 1987. The influence of orange wheat blossom midge (*Sitodiplosis mosellana* Géhin) damage on hard red spring wheat quality and effectiveness of insecticide treatments. Can J Plant Sci, 67：697-712.

Ding H, Lamb R J, Ames N. 2000. Inducible production of phenolic acids in wheat and antibiotic resistance to *Sitodiplosis mosellana*. J Chem Ecol, 26：969-985.

Ding H, Lamb R J. 1999. Oviposition and larval establishment of *Sitodiplosis mosellana* (Diptera：Cecidomyiidae) on wheat at different growth stages. Can Entomol，131：475-481.

Ding H，Ni H. 1994. Study on the technique for evaluation of resistance of wheat varieties to wheat midge (in Chinese with English abstract). J Crop Genet Res，4：34-36.

Elliott R H. 1988a. Evaluation of insecticides for protection of wheat against damage by the wheat midge，*Sitodiplosis mosellana* (Géhin) (Diptera：Cecidomyiidae). Can Entomol，120：615-626.

Elliott R H. 1988b. Factors influencing the efficacy and economic returns of aerial sprays against the wheat rnidge，*Sitodiplosis mosellana* (Géhin) (Diptera：Cecidomyiidae). Can Entomol，120：941-954.

Elliott R H，Mann L W. 1996. Susceptibility of red spring wheat，*Triticum aestivum* L. cv. Katepwa，during heading and anthesis to damage by wheat midge，*Sitodiplosis mosellana* (Géhin) (Diptera：Cecidomyiidae). Can Entomol，128：367-375.

Fletcher J. 1902. Experionental form reports for 1901 No. 16. Goverment of canada，offorna，ON，Canada：212

Floate K D，Elliott R H，Doane J F，et al. 1989. Field studies evaluating the effects of insecticide applications on carabid (Coleoptera：Carabidae) predators of the wheat midge，*Sitodiplosis mosellana* (Géhin). J Econ Entomol，82：1543-1547.

Ganud F，1986，Simulation model for predicting durability of insect-resistant germ plasm；Hessianfly (Diptera：Cecidomyiidae) -resistant wheat. Environ Entomol，15：11-23.

Golebiowsks Z，Walrowsri W. 1993. Occurrence of Contariniatriticikirby and *Sitodiplosis mosellana* Gehin (Dipetera：Cecidomyiideae) on wheat in Poland. Prace Nawrowe Instytuta Ochromy Roslin，33 (1/2)：78-86.

Gupta P K. 1991. Cytogenetics of wheat and relater wild relatives-Triticumand *Agilops*. *In*：Gupta P K，Tsuchiy T. chromosome engineerirg in plant：genetics，breeding，evdution，part A. Elsevier Scienle Publishers：243-262.

Helenius J，Kurppa S. 1989. Quality losses in wheat caused by the orange wheat blossom midge，*Sitodiplosis mosellana*. Ann Appl Biol，114：409-417.

Hinks C F，Doane J F. 1988. Observations on rearing and diapause termination of *Sitodiplosis mosellana* (Diptera：Cecidomyiidae). J Econ Entomol，81：1816-1818.

Kurppa S. 1989. Susceptibility and reaction of wheat and barley varieties grown in Finland to damage by the orange wheat blossom midge，*Sitodiplosis mosellana* (Géhin). Ann Agric Fenniae，28：371-383.

Lamb R J，Wise I L，Smith M A H，et al. 2002. Oviposition deterrence against *Sitodiplosis mosellana* (Diptera：Cecidomyiidae) in spring wheat (Gramineae). Can Entomol，134：85-96.

Lamb R J，Mckenzie R I H，Wise I L，et al. 2000a. Resistance to wheat midge，*Sitodiplosis mosellana* (Diptera：Cecidomyiidae)，in spring wheat (Gramineae). Can Entomol，132：591-605.

Lamb R J，Smith M A H，Wise I L，et al. 2001. Oviposition deterrence to *Sitodiplosis mosellana* (Diptera：Cecidomyiidae)：a source of resistance for durum wheat (Gramineae). Can Entornol，133：579-591.

Lamb R J，Tucker J R，Wise I L，et al. 2000b. Trophic interaction between *Sitodiplosis mosellana* (Diptera：Cocidomyiidae) and spring wheat：implications for seed production. Can Entomol，132：607-625. .

Lamb R J，Wise I L，Olfert O O，et al. 1999. Distribution and seasonal abundance of the wheat midge，*Sitodiplosis mosellana* (Diptera：Cecidomyiidae)，in Manitoba. Can Entomol，131：387-398.

Miller B S，Halton P. 1961. The damage to wheat kernels caused by the wheat blossom midge *Sitodiplosis mosellana*.

J Sci Food Agr, 12: 391-398.

Mongrain D, Couture L, Dubuc J P, et al. 1997. Occurrence of the orange wheat blossom midge (Diptera: Cecidomyiidae) in Quebec and its incidence on wheat grain microflora. Phytoprotection, 78: 17-22.

Morris R, Sears E R. 1967. The cytogenetics of wheat and its relatives. *In*: Quisenberry K S, Reitz L F, Wheat and Wheat Improvement. Madison: Ametican Sociaty of Agronomy: 19-88.

Morrison L A. 1993. Taxonomy of the wheat: a commentary. *In*: Liz s, Xin Z Y. Proceedings of the 8th International Wheat Genetics Symposium. Volume1. Beijing: China Agricaltural Scientech Press: 65-71.

Mukerji M K, Olfert O O, Doane J F. 1988. Development of sampling designs for egg and larval populations of the wheat midge, *Sitodiplosis mosellana* (Géhin) (Diptera: Cecidomyiidae), in wheat. Can Entomol, 120: 497-505.

Oakley J N, Cumbleton P C, Corbett S J, et al. 1998. Prediction of orange wheat blossom midge activity and risk of damage. Crop Prot, 17: 145-149.

Olfert O O, Mukerji M K, Doane J F. 1985. Relationship between infestation levels and yield loss caused by wheat midge. *Sitodiplosis mosellana* (Géhin) (Diptera: Cecidomyiidae), in spring wheat in Saskatchewan. Can Entomol, 117: 593-598.

Pivnick K A, Labbe E. 1993. Daily patterns of activity of females of the orange wheat blossom midge, *Sitodiplosis mosellana* (Géhin) (Diptera: Cecidomyiidae). Can Entomol, 125: 725-736.

Reehar M M. 1945. The wheat midge in the Pacific Northwest. USDA Circular No. 732. 8 p.

Sedivy J. 1994. Seasonal of migration of wheat blossom midges, *Contarinia tritici* (Kirby) and *Sitodiplosis mosellara* (Gehin) (Diptera: Cecidomyiidae). Ochrana Roslin, 30 (1): 1-9.

Smith M A H, Lamb R J. 2001. Factors influencing oviposition by *Sitodiplosis mosellana* (Diptera: Cecidomyiidae) on wheat spikes (Gramineae). Can Entomol, 133: 533-548.

Volkmar C. 1989. On the incidence and Control of Pest of theear of winter wheat under practical Conditions in Cer DDr. , 43 (1): 14-17.

Waltes K F A. 1993. Orange wheat bolssom midge: the scourge of 1993. Bislogist (London), 40 (5): 215.

Webster F M. 1891. The wheat midge, *Diplosis tritici* Kirby. Bul Ohio Agr Expt Sta, Ser. 2, 4: 99-414.

Wise I L, Lamb R J, Smith M A H. 2001. Domestication of wheats (Graznineae) and their susceptibility to herbivory by *Sitodiplosis mosellana* (Diptera: Cecidomyiidae). Can Entomol, 133: 255-267.

Wright A T, Doane J F. 1987. Wheat midge infestation of spring cereals in northwestern Saskatchewan. Can J Plant Sci, 67: 117-120.

第七章　麦红吸浆虫化学生态学研究进展与展望

　　昆虫化学生态学主要以现代分析手段研究昆虫种内、种间以及与其他生物之间的化学信息联系、作用规律和昆虫对各种化学因素的适应性等，是昆虫的神经生理和感觉生理、生物化学及生态学的交叉学科，也是当前国际昆虫学界最活跃的研究领域之一。昆虫因营养、繁殖、防卫、扩散等需要而与植物发生密切的联系。植物不仅为昆虫提供营养成分和居住场所，还提供了其他重要的物质或原料，包括激素信息和化学防御因素。昆虫则通过各种行为反应和生理解毒机制的演化与发展，克服和适应植物的化学防御因素（朱麟和古德祥，2000；庞雄飞，1999）。

　　麦红吸浆虫在其化学生态学领域的研究一直进展缓慢，但是也取得了一定的成果，主要集中在小麦吸浆虫性信息素的研究和小麦吸浆虫对麦穗挥发物气味反应两个方面。

第一节　麦红吸浆虫性信息素的研究

　　随着人们对化学农药危害认识的深入和害虫耐药性的增强，利用昆虫生理生化特性和行为学特点进行对害虫生物防治的新技术日益受到农业科学工作者的重视。昆虫信息素具有一些突出的优点，它生物活性高、专一性强、害虫不产生耐药性、对天敌无害、减少农药使用量与环境污染、减少农产品中农药残留量、使用简便、防治成本低。昆虫性信息素生物杀虫剂的使用对食品安全和环境保护有着重要的意义（范晓军等，2010）。

　　应用昆虫性信息素防治害虫，由于其具有灵敏度高、选择性强、对天敌无害、不造成环境污染等特点而受到欢迎（向玉勇和杨茂发，2006）。瘿蚊科昆虫全世界已知近5000 种（雷朝亮和荣秀兰，2006），目前有近 12 种瘿蚊科昆虫性信息素化学结构被鉴定合成（Hillbur et al.，1999；ross and Hall，2008；Foster et al.，1991；Gries et al.，1993；Gries et al.，2002；Choi et al.，2004；Hillbur et al.，2005；Gries et al.，2005；Tanaskovic and Milenkovic，2010；Liu et al.，2009；Molnar et al.，2009a；Molnar et al.，2009b），其中麦红吸浆虫和豌豆瘿蚊人工合成性信息素已成功应用于虫情测报（Biddle et al.，2002；Bruce et al.，2007）。

　　关于麦红吸浆虫性信息素研究国内一直处于空白，在国外关于麦红吸浆虫性信息素的研究从 1993 年已经开始。Pivnick（1993）研究了麦红吸浆虫雄虫对小麦吸浆虫雌性性信息的反应。加拿大的 Grise 等（2000）从麦红吸浆虫中提取了雌性信息素，通过分析测定，其有效成分为 2，7-壬二醇二丁酸（2，7-nonadiyl dibutyrate）。在萨斯卡切温省的麦田中进行了试验，证明能诱集大量的雄性成虫，并且其他异构体并不影响诱集效果。他们也成功合成麦红吸浆虫性信息素（图 7.1），这些将促进以信息素为基础的监测和防治麦红吸浆虫的技术发展，也为将来麦红吸浆虫监测和防治方法提供一种宝贵的储备手段。

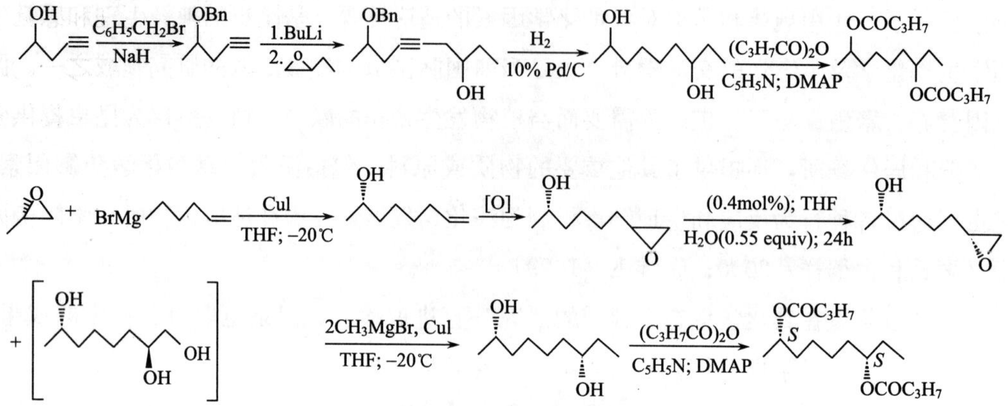

图 7.1　麦红吸浆虫性信息素合成的两条途径

（Gries et al.，2000）

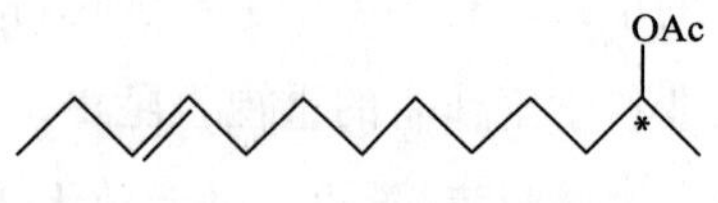

图 7.2　（2S）-（E）-10-十三碳烯-2-基醋酸酯

（Foster et al.，1991）

瘿蚊科其他性信息素的研究开始的比较早，研究的也比较多。在此之前，两种瘿蚊科昆虫性信息素的成分已被报道，Foster 等（1991）鉴定出了小麦黑森瘿蚊（*Mayetiola destructor*）的性信息素成分为（2S）-（E）-10-十三碳烯-2-基醋酸酯［（2S）-（E）-10-Tridecen-2-ylacetate］（图 7.2）；Hillbur 等（1999）鉴定出了豌豆瘿蚊（*Contarinia pisi*）的性信息素成分为乙酰氧基十三烷［2-acetoxytridecane］，（2S，11S）-乙酰氧基十三烷［（2S，11S）-diacetoxytridecane］和（2S，12S）-二乙酰氧基十三烷［（2S，12S）-diacetoxytridecane］。这些开创性的研究为瘿蚊科性信息素的研究打下了重要的基础。

随后，英国的 Hooper 等（2007）报道合成了麦红吸浆虫雌性性信息素 2，7-壬二醇二丁酸，Bruce 等（2007）用合成的麦红吸浆虫雌虫的性信息素 2，7-壬二醇二丁酸进行了田间诱集试验，证实诱集雄成虫是高效的并且不诱集其他有机体。他们测试了不同的缓释速度剂型和配方类型，并发现外旋性信息素和对映体（2S，7R）-2，7-壬二醇二丁酸［（2S，7R）-2，7-nonadiyl dibutyrate］同样有效，制剂为每诱芯 1mg，可以有效监测成虫羽化高峰、飞行活动和整个生长季节的成虫密度。雄成虫的诱集数量和小麦的被害水平有极显著的相关性。在加拿大等国家麦红吸浆虫信息素已成功应用于虫情监测（图 7.3）。

图 7.3 性信息素监测麦红吸浆虫（Hooper et al.，2007）

第二节 麦红吸浆虫对小麦挥发物气味的反应

植物所释放的气味是由多种微浓度的挥发性次生物质组成的复杂混合物。植物挥发性物质离开植物组织表面传向四周，植食性害虫及其寄生性天敌的嗅觉器官在协调进化过程中逐渐能识别这些挥发性物质，进而使这些挥发性物质在害虫及其天敌对寄主识别过程中起重要作用（严善春等，2003）。近年来，国内外对植物挥发性物质的组分、基本特性、释放机制，以及昆虫对植物挥发性物质的接收器官、反映机制和植物挥发性物质对昆虫行为的作用进行了大量研究。植物挥发性物质对昆虫行为的影响主要表现在三个方面，即对害虫的驱避作用、引诱作用和对天敌的引诱定位作用。

昆虫利用植物挥发性物质进行寄主的远程定位，表现为植物挥发物对昆虫的引诱作用，是昆虫在长期进化中对环境适应的结果。人们根据这一观点，开始研究各种植物对其害虫有引诱作用的有效成分，并期望这些有效成分在害虫的无公害综合治理中发挥作用。为了弄清植物挥发性物质对昆虫的引诱作用及其有效成分，人们对各种植物及其害虫进行了研究（严善春等，2003）。Galanihe（1997）利用风洞观察了苹果叶瘿蚊（*Dasineura mali*）已交配雌虫对寄主和非寄主植物叶片挥发性物质的反应。结果表明，较之苹果成熟叶片和梨树叶片，这种害虫趋向于苹果树的嫩芽和幼叶，引起这种定向行为的有效成分存在于苹果嫩叶的二氯甲烷提取物中。

关于麦红吸浆虫对小麦挥发物气味的反应研究比较少，在国内目前还未见报道。在英国，Birkett 等（2004）报道研究了麦红吸浆虫雌成虫对小麦挥发物气味的反应。研究结果显示，小麦挥发物气味对麦红吸浆虫雌成虫具有引诱作用。在小麦［麦红吸浆虫易感品种'Lynx'（*Triticum aestivum*）］露脸期，从未被危害的麦穗上抽取麦穗挥发物气体，通过嗅觉测定可知，这些气体与麦穗一样能够吸引雌性麦红吸浆虫（图 7.4）。经气质谱分析测试，这些气体主要成分为苯乙酮（acetophenone）、（*Z*）- 3 -乙酸叶醇酯［（*Z*）-3-hexenyl acetate］、3 -蒈烯（3-carene）、2 -十三烷酮（2-tridecanone）、2 -乙基- 1 -己醇（2-ethyl-1-hexanol）、1 -辛烯- 3 -醇（1-octen-3-ol）。这 6 种化合物中的每一单个化合物在与麦穗挥发物原始浓度相同的情况下测试时，没有一种化合物是有活性的，但是苯乙酮（acetophenone）、（*Z*）- 3 -己烯酯［（*Z*）-3-hexenyl acetate］、3 -蒈烯（3-carene）在浓度达到剂量为 100ng 时是有活性的（表 7.1）。然而这 6 种化合物混合和这三种化合物混合时，按照相同的浓度混合或者按照抽取气体的原始成分混合的时候都与麦穗一样能够吸引雌性麦红吸浆虫。

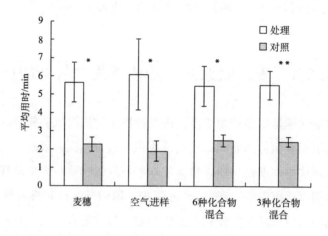

图 7.4　麦红吸浆虫雌成虫对麦穗挥发物气味反应的嗅觉测定（Birkett et al.，2004）

表 7.1　麦红吸浆虫雌成虫对单个气味挥发物（定量滤纸上浓度剂量为 100ng）

反应的嗅觉生物测试（*N*=8）（Birkett et al.，2004）

化合物	处理时间/min	误差	对照/min	误差	*P* 值（*t* 测验）
（*Z*）-3-乙酸叶醇酯	5.31	（±0.79）	2.75	（±0.19）	0.009*
2-乙基-1-己醇	3.61	（±1.04）	2.96	（±0.46）	0.656
2-十三烷酮	2.84	（±0.50）	2.91	（±0.25）	0.897
（十）-3-蒈烯	4.67	（±0.41）	2.58	（±0.54）	0.026*
苯乙酮	5.80	（±1.07）	2.46	（±0.25）	0.017*
1-辛烯-3-醇	3.94	（±1.54）	3.34	（±0.47）	0.771

＊处理与对照有显著差异（*P*<0.05）。

　　该研究可以为麦红吸浆虫通过植物挥发性物质线索寻找寄主提供了首要的证据。然而，令人惊讶的是谷物麦红吸浆虫的特殊性质，即电生理学和行为调解这种相互作用的活性化合物无处不存在于植物/花卉挥发物（Knudsen et al.，1993）中。3-蒈烯的发生没有（Z）-3-乙酸叶醇酯和苯乙酮广泛，但仍有不少记载，如在苹果花（Buckbauer et al.，1993）、油菜花（Blight et al.，1997）、柑橘叶（Lota et al.，2001）、松针（Roussis et al.，1995）等中。

　　寄主植物的植食性昆虫选择可以被看做是一个连续的统一体，在一端，昆虫从远距离发现寄主，另一端在获得联系之后寄主识别昆虫（Visser，1988）。在昆虫进化的自然生态系统中，寄主植物往往隐藏在一系列复杂的寄主和非寄主植物之间。虽然一些学者质疑挥发性化学信息素的作用（Finch and Collier，2000），但是有大量和长期的证据证明它们在寄主定位中的作用（Kennedy，1965；Dethier，1982；Visser，1986；Bernays and Chapman，1994；Zhang et al.，1999；Bruce and Cork，2001；Nojima et al.，2003）。

　　产卵选择测试和产卵行为观察发现，麦穗生育期和小麦基因型不但对吸浆虫卵量有较大影响，也对成虫产卵器的探测行为有显著影响，说明成虫在探测植物的过程中，植物的信息物质起了重要作用，并直接影响植物的落卵量，而在这个过程中，成虫的嗅觉和味觉起着重要的作用（Ganehiarachchi and Harris，2007）。

　　Visser（1986）提出两个关于植物挥发性物质在昆虫对寄主植物定位线索中作用的假说。①植物的气味非常特殊，其化合物组成不会在不相关的植物种类中发现；②植物气味的特异性是由分布在植物上按一定比例组合的气味所决定的。Birkett 等（2004）的研究为第二种假说提供了证据，然而进一步的研究需要确定气味化合物的比例在昆虫识别寄主植物定位中的作用。

　　麦红吸浆虫是一种严重的零星发生的小麦害虫，由于其隐蔽性，预测风险比较困难，因此许多农民仍然采用化学防治，因为见效比较快。有一些特殊区域采用性信息素诱捕器诱集麦红吸浆虫雄虫（Grise et al.，2000），其为害水平与产卵雌虫的数量有较好的相关性，这些能为蚊类昆虫的监测和防治提供一些相关的信息。事实上，洛桑试验站的田间试验显示，用性信息素诱捕器诱集的雄性麦红吸浆虫数量与附近田块的麦红吸浆虫感染水平没有直接的相关性。利他素在妊娠的雌虫寻找寄主中发挥作用，它的发现对于利用信息素诱捕器监测成虫的出现和开发能够使专性寄主度过敏感时期的植物源信息化合物具有很大的促进作用。

第三节　麦红吸浆虫化学生态学研究展望

　　麦红吸浆虫是小麦上的重要害虫，一年发生一代，其本身又比较脆弱，因此对于其化学生态学的研究也比较困难，所以关于麦红吸浆虫化学生态学研究一直进展缓慢，尤其在国内目前基本没有进展。整个瘿蚊科昆虫关于化学生态学研究的也不多，主要集中在性信息素的研究，关于植物与昆虫间的化学通讯研究的也非常少。但是，同样是小麦的小型害虫——蚜虫的化学生态学研究却非常多，关于麦蚜与寄主植物之间的化学通讯、蚜虫与天敌之间的化学通讯、蚜虫种内的化学通讯以及植物—蚜虫—天敌之间的互作关系很早已有人研究（韩宝瑜和陈宗懋，1999）。另外，麦蚜的嗅觉生理和分子机制研究、G蛋白信号转导与嗅觉反应研究、嗅觉相关蛋白的基因克隆等研究都已有报道（范佳等，2008，2009）。以此为借鉴，对于开展麦红吸浆虫化学生态学方面的研究提出以下几个问题可探索研究：①如何有效地利用信息素，可以研制性信息素与杀虫剂结合的实用技术；②进一步探索小麦挥发性物质与麦红吸浆虫之间的化学通讯联系，挥发物的类型、来源、形成机制以及与麦红吸浆虫作用形式，另外，如何有效利用小麦挥发性物质对麦红吸浆虫的控制作用；③小麦—麦红吸浆虫—天敌之间的互作关系；④麦红吸浆虫气味结合蛋白和分子机制研究。这些都是值得研究和探讨的。

参 考 文 献

范佳，陈巨莲，程登发，等. 2008. 蚜虫嗅觉行为及昆虫嗅觉信号转导途径研究进展. 植物保护，34（5）：6-11.

范佳，陈巨莲，程登发，等. 2009. 麦长管蚜嗅觉相关蛋白 Gqα 基因的克隆及真核表达. 农业生物技术学报，17（1）：78-83.

范晓军，李瑜，李瑶，等. 2010. 昆虫性信息素研究进展. 安徽农业科学，38（9）：4636-4638.

韩宝瑜，陈宗懋. 1999. 蚜虫化学生态学研究进展及展望. 生态学杂志，18（3）：39 -45.

雷朝亮，荣秀兰. 2006. 普通昆虫学. 北京：中国农业出版社.

庞雄飞. 1999. 植物保护剂与植物免害工程——异源植物次生化合物在害虫防治中的应用. 世界科技研究与发展，21（2）：24.

向玉勇，杨茂发. 2006. 昆虫性信息素研究应用进展. 湖北农业科学，45（2）：250-256.

严善春，张丹丹，迟德富. 2003. 植物挥发性物质对昆虫作用的研究进展. 应用生态学报，14（2）：310- 313.

朱麟，古德祥. 2000. 昆虫对植物次生性物质的适应策略. 生态学杂志，19（3）：36-45.

Bernays E A, Chapman R F. 1994. Host-Plant Selection by Phytophagous Insects. In：Contemporary Topics in Entomology，(Vol. 2). New York：Chapman & Hall.

Biddle A J, Ward R L, Hillbur Y. 2002. A pheromone monitoring system for pea midge, Contarinia pisi in vining peas. The BCPC Conference：Pests and Diseases. Farnham, U K：British Crop Protection Council ：243-248.

Blight M M, Lemetayer M, Pham Delegue M H, et al. 1997. Identification of floral volatiles involved in recognition of oilseed rape flowers, *Brassica napus* by honeybees. Apis mellifera. J Chem Ecol, 23：1715-1727.

Birkett M A, Bruse T A, Marthn J L, et al. 2004. Responses of female orange wheat blossom midge, *Sitodiplosis mosellana*, to wheat panicle volatiles. Journal of Chemical Ecology, 30（7）：1319-1328.

Bruce T, Hooper A M, Ireland L, et al. 2007. Development of a pheromonetrap monitoring system for orange wheat blossom midge, *Sitodiplosis mosellana*, in the U K. Pest Management Science, 63: 1, 49-56.

Bruce T J A , Hooper A M, Ireland L, et al. 2007. Development of a pheromone trap monitoring system for orange wheat blossom midge, *Sitodiplosis mosellana*, in the UK. Pest Management Science, 63 (1): 49-56.

Bruce T J A, Cork A. 2001. Electrophysiological and behavioral responses of female *Helicoverpa armigera* to compounds identified in flowers of African marigold. Tageteserecta. J Chem Ecol, 27: 1119-1131.

Buckbauer G, Jirovetz L, Wasicky M, et al. 1993. Headspace and essential oil analysis of apple flowers. J Agric Food Chem, 41: 116-118.

Choi M, Khaskin G, Gries R, et al. 2004. (2R, 7S) -diace-toxyt ridecane : sex pheromone of the aphidophagous gall midge, Aphidoletes aphidimyza . Journal of Chemical Ecology, 30 (3): 659-670.

Dethier V G. 1982. Mechanism of host plant recognition. Entomol Exp Appl, 31: 49-56.

Finch S, Collier R, 2000. Host-plant selection by insects—a theory based on "appropriate/inappropriate" landings by pest insects of cruciferous plants. Entomol Exp Appl, 96: 91-102.

Foster S P, Harris M O, Millar J G. 1991. Identification of the sex pheromone of the Hessian fly, *Mayetiola destructor* (Say). Naturwissenschaf ten, 78 : 130-131.

Galanihe L D. 1997. Plant volatiles medite host-finding behavior of the apple leaf curling midge. J Chem Ecol, 23 (12): 2639- 2655.

Ganehiarachchi G A S M, Harris M O. 2007. Oviposition behavior of orange wheat blossom midge on low-vs. high-ranked grass seed heads. Entomologia Experimentalis et Applicata, 123 (3): 287-297.

Gries R, Gries G, Khaskin G. 1993. Sex pheromone of the orange wheat blossom midge, *Sitodiplosis mosellana*. Journal of Chemical Ecology, 19(8): 1677-1689.

Grise R, Gries G, Khaskin G, et al. 2000. Sex pheromone of orange wheat blossom midge, *Sitodiplosis mosellana*. Naturwissenschaften , 87: 450-454.

Gries R, Khaskin G, Bennett R G, et al . 2005. (S, S) -2, 12- (S, S) -2, 13-, and (S, S) -2, 14-diacetoxyheptadecanes : sex pheromone components of red cedar cone midge, Mayetiola thujae . Journal of Chemical Ecology, 31 (12) : 2933-2946.

Gries R, Khaskin G, Gries G, et al. 2002. (Z, Z) -4, 7-tridecadien-(S)-ylacetate : sex pheromone of *Douglas fir* cone gall midge, Contarinia oregonensis. Journal of Chemical Ecology, 28 (11) : 2283-2297.

Gross J V, Hall D R. 2008. Exploitation of the sex pheromone of apple leaf midae Dasineura mal Kieffer (Dipfera Cecidorngildae) for pest monitoring: Partl. Development of Lare and frop. Grop Protection, 28 (2): 139-144.

Hillbur Y, Anderson P, Arn H, et al. 1999. Identification of sex pheromone components of the pea midge, *Contarinia pisi* (Diptera : Cecidomyiidae). Naturwissenschaften, 86: 292-294.

Hillbur Y, Celander M, Baur R, et al. 2005. Identification of the sex pheromone of the swede midge, *Contarinia nasturtii*. Journal of Chemical Ecology, 31 (8) : 1807-1828.

Hooper A M, Dufour S, Willaert S, et al. 2007. Synthesis of (2S, 7S) -dibutyroxynonane, the sex pheromone of the orange wheat blossom midge, *Sitodiplosis mosellana* (Gehin) (Diptera: Cecidomyiidae), by diastereo selective silicon-tethered ring-closing metathesis. Tetrahedron Letters, 48: 34, 5991-5994.

Kennedy J S. 1965. Mechanisms of host plant selection. Ann Appl Biol, 56: 317-322.

Knudsen J T, Tollsten L, Tergstrom G. 1993. Floral scents—a checklist of volatile compounds isolated by head-space techniques. Phytochemistry, 33: 253-280.

Liu Y J, Hall D, Cross J, et al. 2009. (2S, 8Z) -2-butyroxy-8-heptadecene: major component of the sex pheromone of chrysanthemum gall midge. *Rhopalomyia longicauda*. Journal of Chemical Ecology, 35: 6, 715-723.

Lota M L, De Rocca Serra D, Tomi F, et al. 2001. Chemical variability of peel and leaf essential oils of 15 species of mandarins. Biochem. Syst. Ecol, 29: 77-104.

Molnar B, Boddum T, Szocs G, et al. 2009a. Occurrence of two pest gall midges, *Obolodiplosis robiniae* (Haldeman) and *Dasineura gleditchiae* (Osten Sacken) (Diptera: Cecidomyiidae) on ornamental trees in Sweden. Entomologisk Tidskrift, 130: 2, 113-120.

Molnar B, Karpati Z, Szocs G, et al. 2009b. Identification of female-produced sex pheromone of the honey locust gall midge. *Dasineura gleditchiae*. Journal of Chemical Ecology, 35: 6, 706-714.

Nojima S, Linn C J R, Roelofs W. 2003. Identification of host fruit volatiles from flowering dog wood (*Cornus florida*) attractive to dog wood-origin *Rhagoletis pomonella* flies. J Chem Ecol, 29: 2347-2357.

Pivnick K A. 1993. Response of males to female sex pheromone in the orange wheat blossom midge, *Sitodiplosis mosellana* (Géhin) (Diptera: Cecidomyiidae). J Chem Ecol, 91: 1677-1689.

Roussis V, Petrakis P V, Ortiz A, et al. 1995. Volatile constituents of needles of five *Pinus* species grown in Greece. Phytochemistry, 39: 357-361.

Tanaskovic S, Milenkovic S. 2010. Monitoring of flight phenology of raspberry cane midge *Resseliella theobaldi* Barnes (Diptera: Cecidomyiidae) by pheromone traps in Western Serbia. Acta Entomologica Serbica, 15 (1): 81-90.

Visser J H. 1986. Host odour perception in phytophagous insects. Annu Rev Entomol, 31: 121-144.

Visser J H. 1988. Host-plant finding by insects: Orientation, sensory input and search patterns. J Insect Physiol, 34: 259-268.

Zhang A, Linn C, Wrights C, et al. 1999. Identification of a new blend of apple volatiles attractive to the apple maggot, *Rhagoletis pomonella*. J Chem Ecol, 25: 1221-1232.

第八章 麦红吸浆虫分子生物学研究进展

随着现代生物科学的迅速发展，新兴交叉学科和新生物学技术的不断涌现，分子生物学在昆虫学领域的应用越来越广泛。近些年来，昆虫分子生物学与昆虫群体遗传学、分子生态学、分子系统学、昆虫生理与免疫学、生物信息学、比较基因组学与分子进化等的联系日益紧密，并且在解决昆虫的生长、发育、生理、生化、遗传、免疫和进化等生命现象过程中发挥着重要作用。目前，昆虫分子生物学的研究内容不仅涉及昆虫的基础生物学、昆虫近似种的分子鉴定、系统发育研究，而且在昆虫共生菌的分子检测、害虫扩散成灾的分子机制与综合防治、种群的遗传结构与基因流分析、天敌—昆虫—植物一共生菌的协同进化关系（李鸣光等，2000，李志红等，2002；赵朔等，2009）等方面也发挥了重要的作用。

小麦吸浆虫是麦类作物上的一种重要害虫，在世界范围内广泛地分布于各主要小麦生产区（袁锋等，2003；仵均祥等，2004a）。我国历史上曾出现几次小麦吸浆虫的大暴发，给小麦生产造成了严重威胁。目前，仅从昆虫生态学或生理学的角度对其开展研究工作，已远远不能满足实际的需要。随着昆虫分子生物学的发展和人们认识程度的提高，从分子水平上开展小麦吸浆虫基础生物学、扩散成灾规律、预测预报及综合防治等方面的研究，已逐渐成为科学发展的必然趋势。

目前有关小麦吸浆虫分子生物学方面的研究报道还相对较少，且主要集中在对麦红吸浆虫的研究上。从现有资料看，国内外开展麦红吸浆虫分子生物学方面的研究仅有十年左右的时间，且主要集中在美国、英国和中国等少数国家，主要内容包括麦红吸浆虫的蛋白酶、转座子、滞育、种群遗传结构分析、cDNA 文库构建、EST（表达序列标签）测序及唾腺 EST 序列的生物信息学分析等。目前仅能从 NCBI 上检索到来自麦红吸浆虫的 6 种氨基酸序列（表 8.1）和 1217 条来自唾腺的 EST 序列（Mittapalli et al.，2006a）。这些研究结果对于今后开展相关的研究工作具有重要意义。

第一节 麦红吸浆虫蛋白酶的研究

蛋白酶在昆虫的生长、发育及免疫过程中发挥着重要作用。近些年来，对昆虫蛋白酶的研究主要集中在两个方面：①研究蛋白酶本身对昆虫生长发育和免疫防御的作用；

②研究与昆虫蛋白酶相关的蛋白酶抑制剂对昆虫生长发育和免疫的影响。丝氨酸蛋白酶是昆虫肠道中的主要蛋白酶，同时也是双翅目昆虫的主要消化酶（Mittapalli et al.，2006a）。这些酶不仅在昆虫的生长发育和代谢过程中起重要作用，同时在阻止昆虫吸收毒素和免疫防御过程中也发挥着重要作用。目前，将昆虫的丝氨酸蛋白酶作为代谢靶标，用于抑制昆虫生长和发育方面的研究已成为昆虫学的热点之一，且国内外已对来自于家蚕、沙漠蝗虫和棉铃虫等昆虫的丝氨酸蛋白酶抑制剂进行了相关的研究报道（Fujii et al.，1996；Boigegrain et al.，2000；张艳等，2010）。

表 8.1　GenBank 中已登录的来自麦红吸浆虫的氨基酸序列

蛋白名称	GenBank 登录号	氨基酸长度	来源
转座酶	ABC41933.1	101	Mittapalli et al, 2006a
丝氨酸羧肽酶	AAY27740.1	461	Mittapalli et al, 2006a
烟酰胺脱氢酶亚基Ⅳ	ΛΛX11224-45	109	He et al, 2006
丝氨酸消化酶	ADR80134.1	258	Arrueta et al, 2010
糜蛋白酶样丝氨酸蛋白酶	ADR80135.1	278	Arrueta et al, 2010
细胞色素氧化酶Ⅰ	CBM40527.1	157	King et al, 2010

麦红吸浆虫是一种较为专性的植食性昆虫，通常以幼虫来取食植物的籽粒。幼虫在取食的同时，体内会分泌一些消化酶。这些酶不仅可以消化取食的寄主植物，同时也能应对植物的防御性反应。因此，研究麦红吸浆虫体内的消化酶，对于从分子水平上了解麦红吸浆虫的生长发育调控机制和免疫防御机制等都具有重要意义。同时，这些研究对阐明小麦吸浆虫和植物的协同进化关系、不同生物型的形成机制、害虫的致害机理以及指导害虫防治等也会有很大的帮助。

目前，在麦红吸浆虫中研究的蛋白酶主要为丝氨酸蛋白酶。这类酶是以丝氨酸为活性中心的水解酶，通过对蛋白酶原的激活或抑制而起调节因子的作用。目前人们对该类蛋白酶的结构、功能及重组表达等都进行了深入的研究（Hedstrom，2002；汪世华等，2007）。针对麦红吸浆虫，这方面的研究主要集中在三种酶上，分别为丝氨酸羧肽酶（serine carboxypeptidase，SCP）（Mittapalli et al.，2006a）、糜蛋白酶样丝氨酸蛋白酶（chymotrypsin-like serine protease，CTLP）和丝氨酸消化酶（digestive serine protease）（Arrueta et al.，2010）。

一、丝氨酸羧肽酶

丝氨酸羧肽酶是一种分泌型的蛋白酶，能够催化水解多肽链含羧基末端的氨基酸。

研究表明，该酶在生物体中参与多种生理和细胞过程，能够发挥多种作用，如在动物肠道中起消化的作用（Bown et al.，1998），在昆虫中起代谢寄主种子中贮藏蛋白的作用（Mikola，1986），在蚊子卵巢中起消化卵黄蛋白（Cho et al. 1991）和参与其他酶类的翻译后加工过程等作用（Galjart et al.，1990）。目前，已知的丝氨酸羧肽酶都具有与丝氨酸蛋白酶类似的保守的 Ser-Asp-His 结构（Lehfeldt et al.，2000）。

　　SmSCP-1 是在麦红吸浆虫中发现的编码丝氨酸羧肽酶的基因，共编码 461 个氨基酸（GenBank 登录号：AY962406），并且氨基酸序列中有个保守区域 VTGESYGG（Mittapalli et al.，2006a）。研究表明，麦红吸浆虫中的丝氨酸羧肽酶与来自其他昆虫、哺乳动物、植物和酵母中的酶都具有很高的同源性。BLAST 结果表明，其与来自黑腹果蝇和冈比亚按蚊酶的氨基酸同源性分别为 65％和 58％。*SmSCP-1* 的 mRNA在麦红吸浆虫的各个发育阶段都能表达，并在雌虫的唾腺和脂肪体中都发现了该蛋白质的表达（中肠中未发现）。通过实时定量 PCR 的方法，研究 *SmSCP-1* 的 mRNA在麦红吸浆虫雌/雄成虫中的表达情况，结果发现，其在雌虫中的表达量是在雄虫中的 4 倍左右；且在雌虫脂肪体中的表达量是在雄虫中的 2 倍左右。进一步研究还发现，该酶在麦红吸浆虫中可能起双重作用，一是作为一种分泌型的消化酶，在代谢植物种子中的蛋白质方面发挥作用，以利于幼虫的取食和消化；二是作为一种外肽酶，在麦红吸浆虫的脂肪体中，它可能在降解卵黄蛋白原和（或）在其他酶的翻译后加工过程中发挥作用。

二、糜蛋白酶样丝氨酸蛋白酶和丝氨酸消化酶

　　Arrueta 等（2010）等通过构建麦红吸浆虫中肠的 cDNA 文库、EST 序列分析和PCR 方法，获得了两种丝氨酸蛋白酶（基因名分别为 *SmPROT-1* 和 *SmPROT-2*）的全长 cDNA 序列（GenBank 登录号分别为 GU942436 和 GU942437）。它们的 ORF 长度分别为 777bp 和 837bp，由其推导的编码氨基酸分别命名为 SmPROT-1 和SmPROT-2，长度分别为 258 个氨基酸和 278 个氨基酸。经氨基酸序列分析发现，它们 N 端的前 16 个和前 18 个氨基酸分别为信号肽部分。结构分析表明，它们都具有保守的催化基团、结合基团和活性中心。BLAST 的结果表明，由它们推导的氨基酸序列，与来自昆虫和其他生物体的丝氨酸蛋白酶都具有很高的同源性。其中，SMPROT-1 与来自埃及伊蚊、冈比亚按蚊和黑森瘿蚊的同源性最高，分别达 52％、51％和 51％；SMPROT-2 与来自黑森瘿蚊、丽蝇蛹集金小蜂和达氏按蚊的同源性分别为 47％、46％和40％。利用这两种蛋白酶的氨基酸序列，分别与来自其他昆虫的胰蛋白酶和胰凝乳蛋白

酶构建系统进化树。结果表明，SMPROT-1 和 SMPROT-2 分别被归类到胰蛋白酶和糜蛋白酶的家族中（图 8.1）。实时定量 PCR 分析表明，编码这两种蛋白酶的基因在麦红吸浆虫中肠中的表达水平，均明显地高于在其他组织（如脂肪体和丝腺）中的表达水平（图 8.2）。同时研究还发现，它们的 mRNA 在麦红吸浆虫幼虫取食阶段的一、二龄的表达量明显高于在其他发育阶段（如三龄、蛹和成虫）的表达量（图 8.3）。

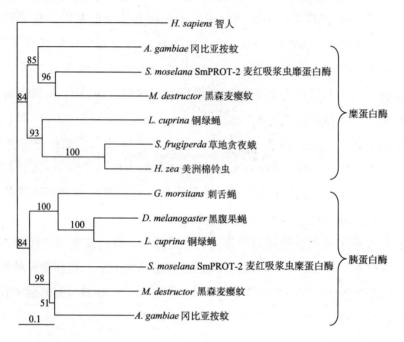

图 8.1　麦红吸浆虫中 SmPROT-1 和 SmPROT-2 的系统发育分析

（Arrueta et al.，2010）

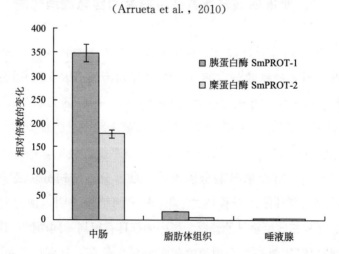

图 8.2　SmPROT-1 和 SmPROT-2 在麦红吸浆虫幼虫组织中的表达情况

（Arrueta et al.，2010）

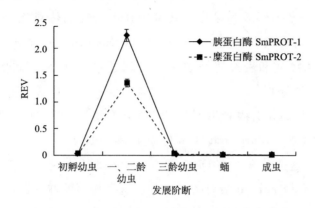

图 8.3　SmPROT-1 和 SmPROT-2 在麦红吸浆虫不同发育时期的表达情况

（Arrueta et al.，2010）

以上对麦红吸浆虫三种蛋白酶的研究表明，这三类酶在该虫中主要起消化作用。它们主要在麦红吸浆虫的特定组织（中肠或唾腺）和幼虫取食阶段高效表达，而在其他组织或其他发育阶段的表达量很低。这些结果不仅为开展麦红吸浆虫的生物学研究提供了新的思路，同时也可以成为研究昆虫－植物蛋白酶抑制剂的很好靶标，为研究麦红吸浆虫新的防治技术提供有价值的参考。同时，随着国外对黑森瘿蚊消化酶类研究的深入，以及对麦红吸浆虫相关分子生物学研究的重视，今后开展麦红吸浆虫蛋白酶类的相关研究具有很好的前景。

第二节　麦红吸浆虫转座子的研究

Mariner 转座子在昆虫中广泛存在（Robertson，1993），最早是由 Jacobason 等在毛里求斯果蝇中发现的（Jacobason et al.，1986）。此后在其他昆虫、酵母、扁虫以及人类基因组中也发现了大量的 Mariner 类元件（Mariner like element，MLE）。Mariner 是一类由 DNA 介导的转座子，其末端为一小段反向重复序列，全长约 1300bp，编码 346 个氨基酸。Mariner 转座原件能够编码一个与转座有关的酶——Mariner 转座酶。这种转座子能够通过在基因组内的剪切和插入作用，致使插入处基因发生突变或使邻近插入处基因的表达活性发生改变。因此，它的存在是导致生物体基因组遗传不稳定性的因素之一，也是构成生物体生长、发育和遗传的重要调节因子（Robertson and Lampe，1995）。

随着对昆虫转座子研究的深入，Mariner 转座子已成为一种具有良好发展前景的转基因载体。它可以在异源昆虫甚至跨界物种之间进行转座，并达到稳定的整合。近些年来，Mariner 转座子已逐渐成为昆虫中转基因技术研究的热点之一。在瘿蚊科中，Mariner 最早是在黑森瘿蚊中发现的（Shukle and Russell，1995；Russell and Shukle，1997），随后在水稻瘿蚊和麦红吸浆虫中也发现了它的存在（Behura et al.，2001；Mittapalli et al.，2006b）。

　　Mittapalli 等利用简并引物 PCR 扩增的方法，在麦红吸浆虫中共发现了 4 类 Mariner 转座子。结果表明，Mariner 转座酶的核苷酸全长 303bp，编码 101 个氨基酸。BLAST 结果显示，这类转座酶在 DNA 和氨基酸水平上，与来自黑森瘿蚊的同源性分别达 80％和 67％。Southern 杂交结果显示，这类转座酶在麦红吸浆虫基因组中以高拷贝的形式存在，该研究结果与在毛里塔尼亚果蝇和黑森瘿蚊中的结果类似。利用麦红吸浆虫中的 Mariner 的氨基酸序列与来自其他昆虫的同源序列构建系统发育树，结果表明麦红吸浆虫中的 Mariner 和黑森瘿蚊中的 Mariner 都属于 Mauritiana 家族（图 8.4）。

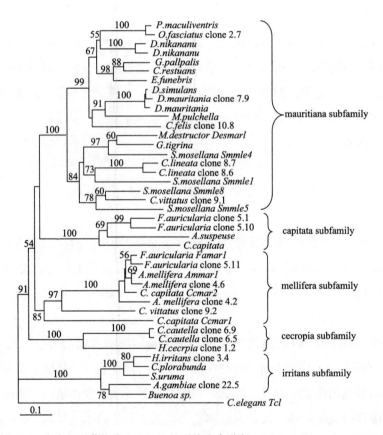

图 8.4　小麦红吸浆虫中 Mariner 的系统发育分析（Mittapalli et al.，2006a）

　　随着对麦红吸浆虫 Mariner 研究的深入，将来这类转座子不仅可以作为一种遗传工具用于生殖转化或遗传作图，同时在麦红吸浆虫的生物防治中也可能发挥重要的作用。

第三节　分子标记技术在麦红吸浆虫研究中的应用

　　近 20 年来，随着现代分子生物学技术的迅猛发展，尤其是 PCR 的出现，大大加速了分子标记技术的快速发展和在昆虫学领域的广泛应用。目前，分子标记技术已发展成为昆虫分子生物学领域的一项重要技术，为从事昆虫学研究提供了新的途径和方法。与形态学标记、细胞学标记、生化标记等标记方法相比较，分子标记技术具有受外界环境干扰少、操作简便和结果重复性好等优点（单雪等，2005）。目前，分子标记技术已被广泛应用到昆虫的种群遗传学、分子生态学和进化生物学等领域，并在害虫的分子鉴定、系统进化、天敌—害虫—植物的协同进化、害虫扩散成灾机制和综合防治等方面取得了一些研究成果（Simon，1991；Kim et al.，2000；贺春贵和袁锋，2001；贺虹，2004；何恒果，2008）。

　　近几年来，随着对麦红吸浆虫研究的深入，分子标记技术在其研究中也发挥了重要作用。目前，在麦红吸浆虫中应用的分子标记主要有同工酶、重复序列引物、RAPD、SSR 和 mtDNA 等 DNA 分子标记；主要内容涉及麦红吸浆虫不同滞育状态下 DNA 多态性的研究、不同滞育虫态的 RAPD 研究和不同地理种群的遗传结构分析等（贺春贵和袁锋，2001；贺虹，2004；王洪亮，2008）。这些研究结果为进一步解决麦红吸浆虫中存在的疑难问题提供了帮助。

第四节　麦红吸浆虫滞育的分子生物学研究

　　滞育是麦红吸浆虫生长发育过程中的一个重要阶段，是其长期适应不良环境而形成的一种遗传特性。麦红吸浆虫的滞育机制十分复杂，既受到光周期、温度、湿度等生态因素的影响，同时也受到激素、酶等内在因素的调控（仵均祥等，2004a）。研究表明，麦红吸浆虫老熟幼虫在土壤中具有隔年或多年滞育的习性，是一种典型的具有延长滞育习性的昆虫（Barnes，1952；Mukerji et al.，1988；Wise and Lamb，2004）。因此，滞育在吸浆虫种群的延续方面具有极为重要的作用，同时也可能是其引起间歇性、局域性、团块不均匀性成灾的主要原因之一（仵均祥等，2004a）。

　　近些年来，分子生物学技术在揭示昆虫滞育的分子机制方面发挥了重要作用，尤其是在家蚕和棉铃虫等昆虫的研究上已取得了一些进展（黄君霆，2003；朱佳等，2010）。但是，近几年来在麦红吸浆虫的相关研究方面，国内外进展还相当缓慢，且仅有我国的少数研究报道（仵均祥等，2004a；侯娟娟等，2006；王洪亮，2008）。

　　侯娟娟等应用 44 条随机引物，对麦红吸浆虫 10 个不同滞育阶段（3 月圆茧幼虫、7 月裸露幼虫、10 月圆茧幼虫、10 月裸露幼虫、1 月圆茧幼虫、1 月裸露幼虫、4 月裸露幼虫、3 月裸露幼虫、5 月圆茧幼虫、5 月裸露幼虫）的个体进行了 RAPD 检测。结果共筛选出 6 条随机引物，可以扩增出 81 条清晰稳定的多态性片段。对多态性片段进行聚类分析和构建树状图（表 8.2 和图 8.5）。结果表明，在各滞育阶段，裸露幼虫之间的遗传距离和亲缘关系比较近，具有比较同质的遗传背景，而不同阶段的结茧幼虫之间的关系比较复杂。但是，其研究在关于麦红吸浆虫不同滞育虫态受环境影响作用上没有得出较为明显的规律。因此，今后还需对这方面的工作进行深入的研究。

表 8.2　不同滞育虫态的遗传距离 D 和遗传相似性系数 I（侯娟娟等，2006）

I\D	1	2	3	4	5	6	7	8	9	10
1	—	0.3934	0.6000	0.5085	0.2791	0.5306	0.4839	0.5000	0.2174	0.5116
2	0.7097	—	0.5373	0.6316	0.3667	0.4545	0.5570	0.5753	0.3492	0.5667
3	0.6923	0.6471	—	0.5846	0.3673	0.4364	0.5000	0.4516	0.3846	0.4490
4	0.7429	0.5263	0.6842	—	0.4138	0.6250	0.5714	0.5634	0.3607	0.4828
5	0.8966	0.7778	0.8125	0.7692	—	0.4167	0.3607	0.2545	0.3356	0.3810
6	0.7500	0.7632	0.8286	0.6216	0.7813	—	0.6269	0.5902	0.3530	0.4167
7	0.7714	0.5897	0.7436	0.6279	0.7949	0.5714	—	0.6216	0.4375	0.4918
8	0.7419	0.6216	0.7838	0.6585	0.8974	0.6471	0.5790	—	0.4138	0.5091
9	0.9355	0.7838	0.7813	0.8049	0.8438	0.8235	0.7368	0.7778	—	0.4444
10	0.7917	0.6333	0.7931	0.7500	0.8214	0.8387	0.7059	0.7097	0.7407	—

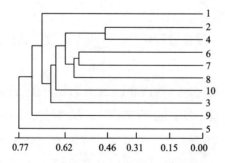

图 8.5　10 种不同滞育虫态小麦吸浆虫的

UPGMA 聚类图（侯娟娟等，2006）

后来，王洪亮等应用重复序列引物 PCR 扩增的方法，研究了麦红吸浆虫 9 种不同滞育状态（2004 年 5 月裸露滞育幼虫；2004 年 7 月圆茧滞育幼虫；2004 年 10 月裸露滞育幼虫；2004 年 10 月圆茧滞育幼虫；2004 年 7 月裸露滞育幼虫；2005 年 1 月圆茧滞育幼虫；2005 年 3 月裸露滞育幼虫；2005 年 3 月圆茧滞育幼虫；2005 年 5 月圆茧滞育幼虫）的 DNA 多态性（王洪亮等，2007）（表 8.3 和图 8.6）。结果表明：①5 个重复序列引物共扩增出 104 条核酸条带，有些核酸条带是不同滞育类型所特有的；②不同滞育状态下麦红吸浆虫的 DNA 多态性存在明显差异，且当年滞育群体与第二年滞育群体之间的遗传距离较大，当年滞育群体之间虽然遗传距离较小，但群体之间出现了分化；③根据遗传距离的聚类分析，结果将其分为两大类型，由此可推测麦红吸浆虫可能存在着不同的生物型，以适应不同的生存环境；④从分子水平上，将麦红吸浆虫的滞育类型分为三类，即越夏滞育、越夏－越秋－越冬滞育和多年滞育，此结果与通过田间调查推测的结果相一致。这些研究结果不仅为麦红吸浆虫不同

表 8.3　不同滞育状态麦红吸浆虫的平均相似性指数（王洪亮等，2007）

	1	2	3	4	5	6	7	8	9
1	1								
2	0.737	1							
3	0.915	0.749	1						
4	0.893	0.756	0.936	1					
5	0.812	0.774	0.846	0.857	1				
6	0.717	0.743	0.720	0.728	0.740	1			
7	0.653	0.728	0.708	0.711	0.720	0.821	1		
8	0.686	0.735	0.700	0.720	0.729	0.854	0.837	1	
9	0.573	0.634	0.602	0.620	0.616	0.657	0.748	0.726	1

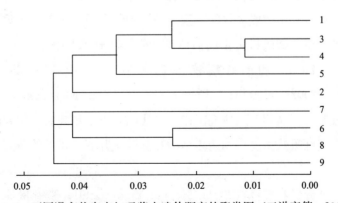

图 8.6　不同滞育状态麦红吸浆虫遗传距离的聚类图（王洪亮等，2007）

滞育类型的准确鉴定提供了新方法，同时也为其在田间的种群数量以及来年的发生趋势预测提供了分子基础。

在麦红吸浆虫的滞育方面，Barnes 早在 1943 年就对其进行了研究。我国在麦红吸浆虫滞育的生理、生化基础方面也进行了大量的研究工作，并取得了一些研究结果（袁锋等，2003；仵均祥等，2004a，2004b；侯娟娟等，2006；王洪亮，2008；成卫宁等，2008a，2008b；成卫宁等，2010）。但是，相对而言，国内外在麦红吸浆虫滞育的分子机制方面的研究还很少，目前仍有许多问题尚未解决，如麦红吸浆虫滞育类型的鉴定、与其滞育相关的分子调控机制、滞育的解除机制、与滞育相关的酶类和代谢过程等。这些还需从遗传学和分子生物学的角度进行深入的研究。

前人的研究结果已经证明，从分子水平上研究麦红吸浆虫滞育的分子机制，一方面，可以克服小麦吸浆虫的虫体小、试验观察和化学成分分析难度大等难题，同时对于了解其成灾规律、指导综合防治也具有重要意义；另一方面，随着对麦红吸浆虫滞育分子机制的深入了解，寻找解除滞育的方法，对于今后进行麦红吸浆虫的人工饲养和开展更多的研究工作也会有很大的帮助。

第五节　麦红吸浆虫种群遗传结构的研究

近几年来，小麦吸浆虫在世界上多个国家发生危害的趋势又有显著回升，而在我国局部地区暴发成灾和扩散蔓延的趋势更加明显（吕印谱等，2006；魏长安等，2007；乔日红，2007；Zilvinas et al.，2009）。这不仅与其自身具有迁飞扩散能力有关，同时还受到全球气候变化、农药与小麦品种的更新，以及耕作方式改变等环境因素的影响。因此，从分子水平上加强对麦红吸浆虫种群遗传结构及变异状况、遗传多样性水平和基因流分析、物种形成与分化的内在机理及系统发育分析等的研究工作，对于分析其种群数量波动的原因、揭示其扩散成灾规律、预测预报和综合治理等都具有重要意义。

目前，国外在研究瘿蚊科害虫的遗传结构和多样性水平方面，主要集中在稻瘿蚊（Katiyar et al.，2000）和黑森瘿蚊（Black et al.，1990；Naber et al.，2000；Mezghani et al.，2002a，2002b；Johnson et al.，2004；Mezghani et al.，2005）上，而尚未对麦红吸浆虫开展相关的研究工作。在我国，近十年来袁锋领导的研究团队利用分子标记技术对麦红吸浆虫种群的遗传结构和基因流开展了相关的研究，并取得了一些进展。

贺春贵等（贺春贵和袁锋，2001；He and Yuan，2001；贺春贵等，2003）利用酯酶同工酶 PAGE 和 RAPD-PCR 技术对中国中、西部 10 个地理种群的麦红吸浆虫的遗

传多样性和基因流水平进行研究（表 8.4）。结果表明：①从 75 种引物及引物组合中共
筛选出 5 种引物；②利用这 5 种引物对 10 个种群进行 PCR 扩增，结果共产生了 326 个
RAPD 标记，不同引物在不同种群中产生的片段数目不同；③各地理种群之间没有产
生各自的特征标记；④不同种群间的遗传相似程度与其地理间距呈反比；⑤种群内的遗
传相似程度比种群间的高；⑥利用 UPGMA 的聚类分析结果表明，可将麦红吸浆虫聚
为冬麦区和春麦区两大类群（图 8.7）。结合生物学、生物地理学及影响其迁移扩散的
环境因素，提出了该虫在中国中、西部地区的基因流模型，为该虫的成灾规律和大面积
综合治理研究提供依据。同时，结合数据分析，作者认为冬、春麦区麦红吸浆虫的种群
间虽有一定的基因流，但同时也存在着阻断基因流的机制，使得遗传漂变能发挥作用，
造成了边缘种群的基因丢失和纯合度增加。因而，麦红吸浆虫种群因所在的地理位置不
同，而表现为不同的基因流（扩散）模型。

表 8.4 麦红吸浆虫样本采集地点（贺春贵等，2003）

麦区	采集地点	地理位置	种群代码
春麦区	青海循化	N35.8°，E102.4°	QX
	甘肃皋兰	N36.5°，E104°	GG
	甘肃武威	N38°，E103°	WW
	宁夏惠农	N39°，E106.5°	NH
冬麦区	安徽阜阳	N32.8°，E115.8°	AF
	安徽宿州	N33.6°，E116.9°	AS
	河南项城	N33.4°，E114.8°	HX
	河南栾川	N33.8°，E111.6°	HL
	陕西长安	N34.2°，E109°	SC
	河北邢台	N37°，E114.5°	HB

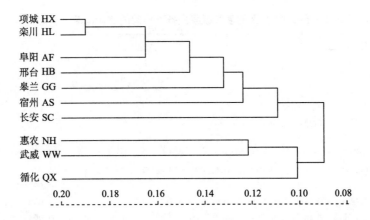

图 8.7 用 UPGMA 法对麦红吸浆虫 10 个地理种群聚类分析树状图（贺春贵等，2003）

贺虹采用线粒体 DNA 细胞色素 c 氧化酶亚基 2 和 NADH 脱氢酶亚基 4（ND4），同时结合微卫星引物 PCR 的多态性分析，对我国 12 个地区的麦红吸浆虫种群进行了研究（表8.5），并取得了以下研究结果（贺虹，2004；He et al.，2006）。

表 8.5　麦红吸浆虫样本采集地点（贺虹，2004）

序号	采集地	经度/纬度	虫态	采集日期
1	甘肃皋兰	N36.3°，E103.9°	成虫	6/13/2002
2	甘肃武威	N37.9°，E102.6°	成虫	6/10/2001
3	甘肃天祝	N37°，E103°	成虫	6/13/2001
4	青海循化	N35.8°，E102.4°	成虫	6/10/2001
5	宁夏惠农	N39.0°，E106.5°	成虫	6/6/2001
6	陕西长安	N34.2°，E109°	成虫	4/24/2001
7	河南项城	N33.4°，E114.8°	成虫	4/25/2001
8	河南栾川	N33.8°，E111.6°	成虫	5/2/2002
9	安徽阜阳	N32.8°，E115.8°	成虫	4/25/2002
10	安徽宿州	N33.6°，E116.9°	成虫	4/23/2001
11	河北邢台	N37.0°，E114.5°	成虫	4/24/2001
12	河北南和	N37°，E114.7°	蛹	4/25/2002

第一，成功地扩增出线粒体 COII 和 ND4 基因片段，序列长度分别为 550bp 和 450bp。PCR 扩增结果显示，在麦红吸浆虫的 11 个地理种群中，共得到 11 条 COII 同源序列，共检测到 7 个变异位点（约占核苷酸总数的 1.6%），获得 7 个单倍型；在 12 个种群中共得到 43 条 ND4 同源序列，共发现 21 个变异位点（约占分析位点数的 6.4%），获得 21 个单倍型。由此得出，在麦红吸浆虫中线粒体 ND4 基因片段的变异程度高于 COII 基因片段的。因此，ND4 基因片段更适合于研究麦红吸浆虫不同地理种群的遗传结构（表8.6）。

表 8.6　基于 COII 基因的麦红吸浆虫各种群间的遗传距离（贺虹，2004）

	1	2	3	4	5	6	7	8	9	10
1QX										
2GT	0									
3GW	0	0								
4NH	0	0	0							
5GG	0.002	0.002	0.002	0.002						
6SC	0.002	0.002	0.002	0.002	0.004					
7HX	0.011	0.011	0.011	0.011	0.014	0.009				
8AF	0.011	0.011	0.011	0.011	0.014	0.009	0			
9AS	0.014	0.014	0.014	0.014	0.016	0.011	0.002	0.002		
10HL	0.009	0.009	0.009	0.009	0.011	0.007	0.002	0.002	0.004	
11HT	0.007	0.007	0.007	0.007	0.009	0.004	0.004	0.004	0.007	0.002

第二，利用 mtDNA *COII* 和 *ND4* 基因序列构建的各地理种群单倍型的分子系统树显示（图 8.8 和图 8.9），单倍型的系统发育关系与各种群在地理分布上相对应。所有分布在春麦区的地理种群拥有的单倍型聚为一枝；分布于冬麦区的绝大部分单倍型聚为一枝，而其中的陕西长安种群（SC）拥有的单倍型则在两枝中均有出现，成为单倍型分布的一种过渡区域。

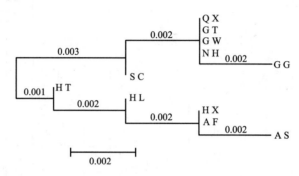

图 8.8 麦红吸浆虫不同地理种群 *COII* 基因的 NJ 分析系统树（贺虹，2004）

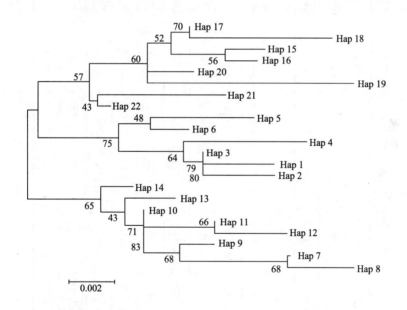

图 8.9 小麦红吸浆虫 mtDNA *ND4* 的 22 个单倍型的 NJ 分子系统树（He et al.，2006）

第三，种群遗传分化和基因流水平的分析结果表明（表 8.7），在同一类型的耕作区内，麦红吸浆虫各种群间存在着较强的基因交流；但在不同类型的耕作区种群之间遗传分化较大，遗传漂变是影响其分化的主要因素。同时，分析结果还表明，陕西长安种群所在的区域是麦红吸浆虫在我国冬麦和春麦两种类型耕作区的过渡地带。

表 8.7　小麦红吸浆虫 12 个地理种群中 F_{ST} 值和遗传距离分析(He et al.,2006)

	1AS	2HT	3AF	4HX	5HN	6HL	7SC	8GG	9GW	10QX	11GT	12NH
1AS	0.0145	-0.2632	0.1282	-0.2157	-0.0980	0.0303	0.2482	0.4519	0.5333	0.4519	0.3583	0.5333
2HT	0.0107	0.0124	-0.2113	-0.2000	-0.2632	0.1111	0.1776	0.5294	0.7241	0.5294	0.4444	0.7241
3AF	0.0099	0.0076	0.0031	0.4286	0.2917	0.5556	0.4959	0.7561	0.8889	0.7561	0.8000	0.8889
4HX	0.0102	0.0092	0.0107	0.0103	-0.2157	-0.0526	0.2269	0.4836	0.6190	0.4836	0.4052	0.6191
5HN	0.0130	0.0107	0.0122	0.0102	0.0145	0.0303	0.1783	0.3509	0.4167	0.3509	0.2258	0.4167
6HL	0.0126	0.0122	0.0149	0.0097	0.0126	0.0103	0.2857	0.4775	0.5833	0.4775	0.4172	0.5833
7SC	0.0180	0.0153	0.0157	0.0150	0.0164	0.0161	0.0129	-0.0794	0.0741	0.0145	0.1077	0.0741
8GG	0.0172	0.0145	0.0157	0.0135	0.0145	0.0141	0.0080	0.0046	0.0000	-0.0909	-0.0602	0.0000
9GW	0.0153	0.0122	0.0138	0.0112	0.0122	0.0122	0.0069	0.0023	0.0000	0.0000	0.3846	0.0000
10QX	0.0172	0.0145	0.0157	0.0135	0.0145	0.0141	0.0088	0.0042	0.0023	0.0046	-0.3134	0.0000
11GT	0.0168	0.0138	0.0153	0.0127	0.0138	0.0138	0.0084	0.0038	0.0015	0.0031	0.0031	0.3846
12NH	0.0153	0.0122	0.0138	0.0112	0.0122	0.0122	0.0069	0.0023	0.0000	0.0023	0.0015	0.0000

第四，利用 4 个微卫星引物的分析结果表明，麦红吸浆虫在冬麦区种群的基因多样度和多态位点率均高于春麦区种群。结合酯酶同工酶、RAPD 技术的分析结果，作者认为冬麦区群体分布区应是麦红吸浆虫的遗传多样性中心，该区域的群体相对于春麦区群体来说，具有较大的适应环境变化的能力和快速进化的潜力。

第五，通过对 12 个地理种群的基因流分析，作者认为随机遗传漂变应是形成冬、春麦区麦红吸浆虫种群分化的最主要原因；其各种群间的基因流主要应是在水流和风的推助作用下进行种群扩散、传播后完成的（幼虫、蛹或圆茧主要随水流传播，而成虫则借助风力扩散）。麦红吸浆虫成虫扩散传播的方向是从东向西、由南向北进行的，而其中的主要影响因素是日照时间和温湿度。

以上的结果表明，我国在研究麦红吸浆虫种群的遗传结构和基因流方面，已取得了一些进展。但是，目前在揭示麦红吸浆虫扩散成灾规律方面，仍有许多问题尚未解决。同时，由于我国麦红吸浆虫的发生范围广、不同发生区间地形变化大、物候差异明显、耕作制度和方式明显不同，而且受全球气候变化的影响，近几年来各发生区的气象条件、栽培制度、生物因素和人为因素等均发生了较大程度的改变，致使麦红吸浆虫的发生范围不断扩大，部分地区的危害程度又有回升趋势。因此，今后继续开展麦红吸浆虫的种群遗传结构和多样性水平以及基因流的研究工作十分必要。

第六节 麦红吸浆虫唾腺 EST 序列的生物信息学分析

随着对昆虫基因组学和生物信息学研究的不断深入，利用软件和相关数据库对昆虫 EST 序列进行功能注释和序列分析，已成为当前昆虫功能基因组学研究中的一个热点（Wayne et al.，2009）。例如，从昆虫 EST 中开发新的功能基因，筛选新的分子标记，进行比较基因组学等方面的研究等。目前文献已报道，利用昆虫 EST 开发与昆虫滞育、生殖、免疫和习性等相关的重要功能基因，筛选新的分子标记，用于昆虫的遗传结构及多样性分析、基因流分析、虫源鉴定、揭示害虫扩散成灾规律等方面的研究（Casandra et al.，2004；Daniel et al.，2009；Matern et al.，2009）。同时，开展昆虫 EST 的生物信息学分析对于研究昆虫的抗逆性、杀虫剂基因组学和农业害虫的综合防治等都具有重要意义。

近几年来，EST 技术在瘿蚊科中的研究也取得了一些进展。目前，公共数据库中（http：//www. ncbi. nlm. nih. gov/dbEST-summary. html）已公布的来自瘿蚊科的 EST 数目共有 12 287 条。其中，来自于黑森瘿蚊中肠、稻瘿蚊唾腺和麦红吸浆虫唾腺的分别为 9811 条 (80.0%)、1259 (10.2%) 条和 1217 条 (9.8%)。并且，这些 EST 序列已被用于蛋白酶、气味结合蛋白和 EST-SSR 等方面的研究中 (Mittapalli et al.，2006a；Xu et al.，2009；Schemerhorn et al.，2009)，并取得了一些研究结果。

　　Mittapalli 等通过构建麦红吸浆虫唾腺 cDNA 文库的方法，获得了 1217 条 EST 序列，并将这些序列储存到 dbEST 数据库中 (序列号为 FD933783-FD934132 和 EW780256-EW781063)，但并未对其进行进一步的分析。

　　段云等 (2010) 以这些 EST 序列为研究对象，利用生物信息学的方法对其进行了初步分析。分析中所用的数据库、网址和软件见表 8.8，具体的分析结果如下。

表 8.8　小麦红吸浆虫唾腺 EST 的生物信息学分析所用数据库、网址和软件

数据库	网址	软件
NCBI	http：//www. ncbi. nlm. nih. gov	BLAST
	http：/www. phrap. org/phredphrap/phrap. html	phrap
	http：//www. gramene. org/db/markers/ssrtool	SSRIT
NCBI NT	http：//www. ncbi. nlm. nih. gov	blastn
NCBI NR	http：//www. ncbi. nlm. nih. gov	blastp (blastx)
SwissProt	http：//www. expasy. org/sprot/	blastp (blastx)
KEGG	http：//www. genome. jp/kegg/	blastp (blastx)
COG	http：//www. ncbi. nlm. nih. gov/COG	blastp (blastx)
Interpro	http：//www. ebi. ac. uk/interpro/	interproscan
GO (Gene Ontology)	http：//www. ebi. ac. uk/GO/index. html	interproscan

　　一是经过序列的前处理、聚类和拼接后，共获得 1195 条高质量的 EST 序列，占总数的 98.19%；低质量的 EST 序列为 22 条，占总数的 1.81%；共得到 1047 个 Unigenes 序列，总长度为 492.83kb，平均长度为 470.71bp，平均 GC 含量为 37.64%，其中包括 129 个 contigs (长度为 160～1225bp) 和 918 个 singletons (长度为 103～1362bp)，分别占总数的 12.39% 和 87.61%。

　　二是对 1047 个 Unigenes 进行可读框 (ORF) 的预测，结果共发现 785 个 ORF，占总数的 75%，ORF 的平均长度为 330.27bp。

　　三是根据序列的同源性分析，对获得的 1047 条 Unigenes 进行基因注释和功能分类研究，分析结果见表 8.9 和表 8.10。

表 8.9　麦红吸浆虫唾腺 EST 的注释分析结果

数据库	总 Unigene	注释类型	注释数	注释百分比/%	未注释数	未注释百分比/%
Smos	1047	Nt	231	22.1	816	77.9
		Nr	447	42.7	600	57.3
		Swissprot	342	32.7	705	67.3
		KEGG	393	37.5	645	62.5
		COG	195	18.6	852	81.4
		Interpro	398	38	649	62
		GO	291	27.8	756	72.2

　　从表 8.9 可知，利用不同数据库对麦红吸浆虫唾腺 EST 的基因注释和功能分类结果有所不同。在基因功能注释方面，以 KEGG 的通路数据库（PATHWAY database）的注释数量最多，达 393 个，占总数的 37.5%；注释最少的为 Nt 数据库，为 231 个，占总数的 22.1%。在功能分类上，以 Interpro 数据库的注释数最多，达 398 个，占总数的 38%；而 COG 数据库的注释数最少，只有 195 个，占总数的 18.6%。

表 8.10　小麦红吸浆虫唾腺 EST COG 注释基因的功能分类

功能类型	Unigenes 数量	占总数的百分数/%
翻译、核糖体的结构与合成	65	36.11
一般功能预测	31	17.22
翻译后修饰、蛋白质的翻转、分子伴侣	21	11.67
能量的产生与转化	17	9.44
碳水化合物的运输与代谢	6	3.33
氨基酸的运输与代谢	6	3.33
细胞骨架	6	3.33
脂类的运输与代谢	5	2.78
细胞内运输、分泌与小泡运输	4	2.22
信号转导机制	3	1.67
功能未知	3	1.67
其他	7	3.89

　　由表 8.10 可以看出，经 COG 数据库注释分析后发现，所注释的 Unigenes 中具有翻译、核糖体的结构与合成的一般功能预测，翻译后修饰、蛋白质的翻转、伴侣、能量的产生与转化、参与运输与代谢和功能未知的分别为 65 个、31 个、21 个、17 个、21 个和 3 个，分别占被注释总数的 36.11%、17.22%、11.67%、9.44%、11.67% 和 1.67%。

　　四是对麦红吸浆虫部分 EST 序列的同源性分析，经 Interpro 功能分类的结果分析表明，被分析的 Unigenes 中，以核糖体蛋白、代谢酶类及其相关蛋白、热激蛋白及分子伴侣和免疫相关蛋白所占比例较高，同时还有与蛋白质合成、转录、信号转导及气味结合等相关的蛋白质。参考此分析结果，并经 Blastn、Blastx 同源性分析，结果见表8.11。其中与细胞色素氧化酶、NADH 氧化还原酶、热激蛋白及分子伴侣、细胞色素P450、气味结合蛋白、免疫相关类蛋白及其他代谢相关的酶类同源的 Unigenes 分别为15个、7个、12个、2个、2个、5个和115个；同时还发现12个功能未知的 Unigenes。

表 8.11　麦红吸浆虫唾腺 EST 的部分比对分析结果

EST 收录号	同源基因及其序列号	物种来源	比对得分/bits	E 值	同源区长度/bp	同源性/%
EW780321	细胞色素氧化酶 I (8250921)	*Mayetiola destructor*	241	7e−75	621	81
EW780327	细胞色素氧化酶 I (ACA55445.1)	*Asteromyia chrysothamni*	299	1e−58	564	78
FD933979	细胞色素氧化酶 Vb COX4 (ADD18872.1)	*Glossina morsitans morsitans*	128	3e−28	266	66
FD933840	细胞色素氧化酶 II (ACT80219.1)	*Mayetiola destructor*	228	4e−58	623	73
FD934121	黄素蛋白 NADH 脱氢酶 2（线粒体）(EDS27971.1)	*Culex quinquefasciatus*	394	1e−107	719	77
EW780642	NADH 脱氢酶 5 (ACT80211.1)	*Rhopalomyia pomum*	136	1e−30	419	72
EW780499	细胞色素 P450 (ETA33065.1)	*Aedes aegypti*	278	1e−74	899	48
EW780313	推测的 ATP 酶 (ABF18033.1)	*Aedes aegypti*	191	9e−47	356	85
EW780356	ATP 酶 b (ADD20224.1)	*Glossina morsitans morsitans*	288	9e−76	740	57
EW780316	谷氨酰胺合成酶 (EDS30648.1)	*Culex quinquefasciatus*	384	1e−104	869	72
EW780344	糖苷水解酶 (AAB70258.1)	*Mayetiola destructor*	751	0	1121	99
FD934124	维生素 B$_6$-5′磷酸氧化酶 (ABF18370.1)	*Aedes aegypti*	273	2e−71	566	66
EW780388	磷酸受体 (ACB45781.1)	*Tribolium castaneum*	518	5e−145	760	99
EW780580	硫氧还蛋白 (ABG56083.1)	*Mayetiola destructor*	93.6	6e−23	140	91
EW780952	细胞表面抗原 (EDV46894.1)	*Drosophila erecta*	269	3e−70	548	66
EW780463	气味结合蛋白 99c (ABF18110.1)	*Aedes aegypti*	122	2e−26	314	51
EW780323	10 kDa 热激蛋白 (EEB15945.1)	*Pediculus humanus corporis*	150	7e−35	305	67
EW780403	热激蛋白 72 (AAA28626.1)	*Drosophila melanogaster*	295	5e−78	845	60
FD933922	热激蛋白 20.6 (ABC84493.1)	*Locusta migratoria*	242	4e−62	58	76
EW780738	热激蛋白 DnaJ N 端 (EDW72317.1)	*Drosophila willistoni*	167	4e−40	329	72
EW780924	伴侣蛋白 Cpn60 (EAT47156.1)	*Aedes aegypti*	324	4e−87	575	82

从表 8.11 的统计结果可以看出，在麦红吸浆虫唾腺的 EST 序列中，存在一些与具有重要生物学功能的蛋白质高度同源的序列，其同源性在 48%～99%，且比对分析时的得分都较高，为 93.6～751；E 值都较小，为 6e—23-0；同源片段的长度为 58～1121bp。

通过以上的 EST 序列分析，结果发现了多种参与代谢的蛋白酶类、热激蛋白、分子伴侣、免疫相关类蛋白和昆虫信息素/气味结合蛋白等具有重要研究价值的功能基因的同源序列。其中，除气味结合蛋白外（Xu et al.，2009），其他序列目前在麦红吸浆虫中尚未见相关的报道。希望这些研究结果能够对今后开展麦红吸浆虫的分子遗传学、进化生物学，以及进行与麦红吸浆虫滞育、防御机制、昆虫与寄主的关系、预测预报和综合防治等相关的研究提供帮助。

第七节　问题与展望

近些年来，昆虫分子生物学在揭示昆虫生命活动的本质，从基因水平上研究昆虫各类群之间的亲缘和进化关系，以及昆虫与环境之间的关系等方面都发挥了重要作用。这不仅促进了昆虫学研究在微观领域的发展，解决了昆虫学中的部分疑难问题，同时也为利用各种生物技术手段防治害虫提供了新的途径和策略。

瘿蚊科昆虫是双翅目中种类较多的昆虫类群之一，包括小麦吸浆虫、黑森瘿蚊、稻瘿蚊和食蚜瘿蚊等重要的农业害虫和天敌昆虫。目前，黑森瘿蚊和 *Rhopalomyia pomum* 的线粒体基因组测序均已经完成 ［GenBank 登录号分别为 GQ387648.1 和 GQ387649.1（Beckenbach et al.，2009）］；同时，黑森瘿蚊的全基因组测序工作正在进行（项目 ID：45867），这些都为今后开展麦红吸浆虫及其他瘿蚊科昆虫的分子生物学研究提供了很好的平台。

从现有资料来看，将分子生物学技术用于麦红吸浆虫的研究上来虽然仅有几年的时间，但已取得了一些进展，并为今后的进一步研究提供了重要参考。但是与其他昆虫相比，这方面的研究还相对较少，还有许多问题需要借助分子生物学的手段来解决。如与麦红吸浆虫生长、发育、生殖、代谢和滞育等相关的基础生物学问题，以及麦红吸浆虫的种群扩散、系统发育、分子进化、天敌-昆虫-寄主植物-共生菌的关系和害虫防治等方面的问题等。因此，继续开展麦红吸浆虫分子生物学方面的研究应成为今后工作的一个重要方向。

参 考 文 献

成卫宁，李怡萍，李建军，等. 2008a. 小麦吸浆虫滞育前后和滞育期蛋白质含量及其电泳分析. 植物保护学报，35（2）：155-159.

成卫宁，李怡萍，杨杰. 2010. 麦红吸浆虫滞育不同时期幼虫蛋白质双向电泳分析. 植物保护学报，37（1）：7-11.

成卫宁，王洪亮，李怡萍，等. 2008b. 麦红吸浆虫滞育发生和解除过程中保护酶活力动态. 应用生态学报，
　　19（8）：1764-1768.

段云，武予清，蒋月丽，等. 2010. 小麦红吸浆虫唾腺 EST 序列的生物信息学分析. 见：吴孔明. 公共植保与绿色
　　防控. 北京：中国农业科学技术出版社：240-247.

何恒果. 2008. 分子标记技术在昆虫种群遗传学研究中的应用. 西华师范大学学报（自然科学版），29（4）：
　　342-347.

贺春贵，袁锋. 2001. 中国西部麦红吸浆虫种群遗传结构的 RAPD 分析. 昆虫分类学报，23（2）：124-130.

贺春贵，袁锋，张雅林. 2003. 中国麦红吸浆虫不同地理种群的遗传结构. 昆虫学报，46（6）：783-787.

贺虹. 2004. 中国麦红吸浆虫种群遗传变异及基因流研究. 西北农林科技大学博士学位论文.

侯娟娟，仵均祥，王洪亮. 2006. 小麦吸浆虫不同滞育虫态的 RAPD 研究. 西北农业学报，15（4）：10-13.

黄君霆. 2003. 家蚕滞育分子机制的研究. 蚕业科学，29（1）：1-6.

李鸣光，周昌清，古德祥，等. 2000. 用现代分子生物学方法揭示植物与昆虫的相互关系. 生态学杂志，19（6）：
　　65-68.

李志红，龚鹏，陈洪俊，等. 2002. 桔小实蝇分子生物学研究进展. 植物检疫，16（3）：165-166.

吕印谱，吕国强，李建任，等. 2006. 河南省小麦吸浆虫严重回升状况及其原因分析. 中国植保导刊，26（5）：
　　15-18.

乔日红. 2007. 山西南部地区小麦吸浆虫显著回升原因分析及防治对策. 山西农业科学，35（6）：87-89.

单雪，王秀利，仇雪梅. 2005. 分子标记及其在海洋动物遗传研究中的应用. 生物技术通讯，16（4）：463-466.

汪世华，王文勇，黄益洲，等. 2007. 丝氨酸蛋白酶研究进展. 福建农业学报，22（4）：453-456.

王洪亮. 2008. 滞育麦红吸浆虫的化学物质变化与分子机理研究. 西北农林科技大学博士学位论文.

王洪亮，仵均祥，成为宁，等. 2007. 用重复序列引物 PCR 分析不同滞育状态麦红吸浆虫 DNA 多态性. 昆虫分类
　　学报，29（1）：67-73.

魏长安，徐梦萧，李霞. 2007. 临汾市小麦吸浆虫严重回升原因分析及防治策略. 山西农业大学学报，27（4）：
　　414-415.

仵均祥，李长青，李怡萍，等. 2004a. 小麦吸浆虫滞育研究进展. 昆虫知识，41（6）：499-503.

仵均祥，袁锋，苏丽. 2004b. 麦红吸浆虫幼虫滞育期间糖类物质变化. 昆虫学报，47（2）：178-183.

相辉，黄勇平. 2008. 肠道微生物与昆虫的共生关系. 昆虫知识，45（5）：687-693.

袁锋，花保祯，仵均祥，等. 2003. 小麦吸浆虫成灾规律与控制. 北京：科学出版社.

张艳，赵萍，王凌燕，等. 2010. 棉铃虫部分组织中蛋白酶抑制剂的调查与分析. 西南大学学报（自然科学版），
　　32（2）：13-18.

赵朔，李志红，秦萌. 2009. 书虱及其分子生物学研究进展. 植物保护，35（6）：17-21.

朱佳，杨靖，徐卫华. 2010. 棉铃虫滞育解除的相关基因鉴定. 中国科学技术大学学报，40（1）：48-52.

Arrueta L D, Shukle R H, Wise I L, et al. 2010. Gene characterization of two digestive serine proteases in *Sitodiplo-
　　sis mosellana*: implications for alternative control strategies. Can Entomol, 142（6）：532-545.

Avise J C, Arnold J, Ball R M J, et al. 1987. Intraspecific phylogeography: the mitochondrial bridge between popula-
　　tion genetics and systematics. Ann Rev Ecol Syst, 18：489-522.

Barnes H F. 1952. Studies of fluctuations in insect populations XII. Further evidence of prolonged larval life in the wheat-blossom midges. Annals of Applied Biology, 39: 370-373.

Barnes, H F. 1943. Studies of fluctuations in insect population X: prolonged larva life and delayed subsequent emergence of the adult midge. Journal of Animal Ecology, 12: 137-138.

Behura S K, Nair S, Madan M. 2001. Polymorphisms flanking the mariner integration sites in the rice gall midge (*Orseolia oryzae* Wood-Mason) genome are biotype-specific. Genome, 44 (6): 947-954.

Black W C, Hatchett J H, Krchma L J. 1990. Allozyme variation among populations of the Hessian fly (*Mayetiola destructor*) in the United States. Journal of Heredity, 81 (4): 331-337.

Boigegrain R A, Pugnière M, Paroutaud P, et al. 2000. Low molecular weight serine protease inhibitors from insects are proteins with highly conserved sequences. Insect Biochem Mol Biol, 30 (2): 145-152.

Bown D P, Wilkinson H S, Gatehouse J A. 1998. Midgut carboxypeptidase from *Helicoverpa armigera* (Lepidoptera: Noctuidae) larvae: enzyme characterization, cDNA cloning and expression. Insect Biochem Mol Biol, 28: 739-749.

Casandra J I, Andrew P N, Ruth A H, et al. 2004. Microsatellite isolation from the gall midge *Spurgia capitigena* (Diptera: cecidomyiidae), a biological control agent of leafy spurge. Molecular Ecology Notes, 4: 605-607.

ChoW, Deitsh K W, Raikhel A S. 1991. An extraovarian protein accumulated in mosquito oocytes is a carboxypeptidase activated in embryos. Proc Natl Acad Sci USA, 88: 10821-10824.

Daniel A H, Gregory J R, Shoemaker D D, et al. 2009. Gene discovery using massively parallel pyrosequencing to develop ESTs for the flesh fly *Sarcophaga crassipalpis*. BMC Genomics, 10: 234-243.

Fujii H, Aratake H, Doira H, et al. 1996. Genetic analysis of hemolymph chymotrypsin inhibitors in the silkworm, *Bombyx mori*. J Seric Sci Jpn, 65 (1): 334-341.

Galjart N J, Gilemans N, Meijer D, et al. 1990. Mouse "Protective Protein" cDNA clonning, sequence, comparision, and expression. J Biol Chem, 265: 4678-4684.

He C G, Yuan F. 2001. Esterase variation and genetic structure in three geographic populations of *Sitodiplosis mosellana* (Gehin) (Diptera: Cecidomyiidae) in Western China. Entomologia Sinica, 8 (1): 73-80.

He H, Yuan X Q, Wei C, et al. 2006. Genetic variation of the mitochondrial ND4 Region among geographical populations of *Sitodiplosis mosellana* (Gehin) (Diptera: Cecidomyiidae) in China. J Kans Entomol Soc, 79 (3): 211-221.

Hedstrom L. 2002. Serine protease mechanism and specificity. Chemical Reviews, 102 (12): 4501-4523.

Jacobason J W, Medhora M M, Hartl D L. 1986. Molecular structure of a somatically unstable transposable element in Drosophila. Proc Natl Acad Sci USA, 83 (22): 8684-8688.

Johnson A J, Schemerhorn B J, Shukle R H. 2004. A first assessment of mitochondrial DNA variation and geographic distribution of haplotypes in hessian fly (Diptera: Cecidomyiidae). Annals of the Entomological Society of America, 97(5): 940-948.

Katiyar S K, Chandel G, Tan Y, et al. 2000. Biodiversity of Asian rice gall midge (*Orseolia oryzae* Wood Mason) from five countries examined by AFLP analysis. Genome, 43(2): 322-332.

Kim C G, Zhou H Z, Imuray Y, et al. 2000. Pattern of morphological diversification in the leptocarabus ground beetles (Coleoptera: carabidae) as deduced from mitochondrial ND5 gene and 28S rDNAsequences. Mol Biol Evol, 17 (1): 137-145.

Lehfeldt C, Shirley A M, Meyer K, et al. 2000. Cloning of the SNG1 gene of *Arabidopsis reveals* a role for a serine carboxypeptidase-like protein as an acyltransferase in secondary metabolism. Plant Cell, 12 (8): 1295-1306.

Matern A, Desender K, Drees C, et al. 2009. Genetic diversity and population structure of the endangered insect species Carabus variolosus in its western distribution range: implications for conservation. Conservation Genetics, 10 (2): 391-405.

Mezghani M, Makni H, Marrakchi M, 2002a. Identification par PCR RFLP de marqueurs mitochondriaux spécifiques de *Mayetiola destructor* et Mayetiola hordei (Diptère : Cécidomyiidae) chez les cultures de céréales. Annales de la Société Entomologique de France, 38: 277-282.

Mezghani M, Makni H, Pasteur N, et al. 2002b. Species distinction and population structure in Mayetiola species (Diptera: cecidomyiidae) based on nuclear and mitochondrial sequences. Int J Dipterol Res, 13: 93-107.

Mezghani M, Marrakchi M, Makni H. 2005. Genetic diversity of *Mayetiola destructor* and *Mayetiola hordei* (Diptera: Cecidomyiidae) by intersimple sequence repeats (ISSRs). African journal of Biotechnology, 4 (7): 601-606.

Mikola L. 1986, Acid carboxypeptidases in grains and leaves of wheat, *Triticum aestivum* L. Plant Physiol, 81, 823-829.

Mittapalli O, Shukle R H, Wise I L. 2006b. Identification of Mariner-like elements from *Sitodiplo-sis mosellana* (Diptera: Cecidomyiidae). Entomological Society of Canada, 138: 138-146.

Mittapalli O, Wise I L, Shukle R H. 2006a. Characterization of a serine carboxypeptidase in the salivary glands and fat body of the orange wheat blossom midge, *Sitodiplosis mosellan*a (Diptera: Cecidomyiidae). Insect Biochem. Mol Biol, 36 (2): 154-160.

Mukerji M K, Olfert O, Doane J F. 1988. Development of sampling designs for egg and larval populations of the wheat midge, *Sitodiplosis mosellana* (Géhin) (Diptera: Cecidomyiidae), in spring wheat in Saskatchewan. The Canadian Entomologist, 120: 497-505.

Naber N, El Bouhssini M, Labhilili M, et al. 2000. Genetic variation among populations of the Hessian fly *Mayetiola destructor* (Diptera: Cecidomyiidae) in Morocco and Syria. Bulletin of Entomological Research, 90 (3): 245-252.

Robertson H M. 1993. The mariner transposable element is widespread in insects. Nature, 362: 241-245.

Robertson H M, Lampe D J. 1995. Distribution of transposable elements in arthropods. Ann Rev Entomol, 40: 333-357.

Russell V W, Shukle R H. 1997. Molecular and cytological analysis of a *mariner* transposon from Hessian fly. J. Hered, 88: 72-76.

Schemerhorn B J, Crane Y M, Morton P K, et al. 2009. Localization and characterization of 170 BAC-derived clones and mapping of 94 microsatellites in the Hessian fly. J Hered, 100 (6): 790-796.

Shukle R H, Russell V W. 1995. Mariner transposase-like sequences from the Hessian fly. *Mayetiola destructor*. Journal of Heretity, 86 (5): 364-372.

Simon C. 1991. Molecular systematics at the species boundary: exploiting conserved and variable regions of the mitochondrial genome of animals via direct sequencing from amplified DNA. *In*: Hewitt G M, Johnston A W B, Young J P W. Molecular Techniques in Taxonomy. Berlin: Springer Verlag: 33-72.

Wayne B H, Michael T S, Laura E H. 2009. Analysis and functional annotation of expressed sequence tags from the Asian longhorned beetle. *Anoplophora glabripennis*. Journal of Insect Science, 9 (21): 1-13.

Wise I L, Lamb R J. 2004. Diapause and emergence of *Sitodiplosis mosellana* (Diptera: Cecidomyiidae) and its para-

sitoid Macroglenes penetrans (Hymenoptera: Pteromalidae). The Canadian Entomologist, 136: 77-90.

Xu Y L, He P, Zhang L, et al. 2009. Large-scale identification of odorant-binding proteins and chemosensory proteins from expressed sequence tags in insects. BMC Genomics, 10: 632-644.

Zilvinas L, Vytautas R, Remigijus S. 2009. *Sitodiplosis mosellana*-a new winter wheat pest in Lithuania, Ekologija, 55 (3-4): 215-219.

第九章　麦红吸浆虫预测预报和防控技术

第一节　麦红吸浆虫的预测预报

麦红吸浆虫预测预报是有效、准确地指导其防治的重要前提。目前我国吸浆虫发生预测主要依靠农业部 2002 年 12 月 30 日发布的《麦红吸浆虫测报调查规范》的淘土方法，辅助以成虫网捕监测。这两种方法在预测吸浆虫的发生期和发生量方面发挥了主要作用。而在国外，更多采用颜色板、性诱剂等诱集成虫和有效积温来预测发生量和发生期（武予清等，2008）。

一、幼虫调查方法

（一）淘　土　法

国内对麦红吸浆虫土壤中幼虫和茧调查采用传统的淘土过筛法。淘土过筛法的主要程序是在小麦抽穗前，每块田按单对角线 5 点取样，用安装分层栓的取土样器，按 0～7cm、7～14cm、14～20cm 三层取土。将挖取的土样分别倒入桶或盆内，加水搅拌成泥浆水状，待泥渣稍加沉淀后即将泥浆水倒入另一个空盆内的箩筛内，过滤后移开箩筛，再将盆内泥浆水倒回到盛有沉淀泥渣的盆内搅拌过滤，依此反复三四次后倒掉泥渣。将淘土 80 目箩筛置于清水中，轻轻振荡并滤去泥水，同时用镊子夹住草根等杂物在筛内清水中轻轻摆动使黏附的虫体落入水中，然后提起箩筛用蘸过水的毛笔笔尖黏取虫体，放于玻璃皿中，带回室内立即镜检休眠圆茧和活动幼虫数（彩图 9.1）。2002 年，中华人民共和国农业行业标准 NY/T616—2002《小麦吸浆虫测报调查规范》发布，规范了淘土监测方法，每小方挖土（10cm×10cm×20cm）幼虫或蛹达到 5 头作为防治指标。在小麦抽穗前，根据活动幼虫数和前蛹、初蛹、中蛹和后蛹所占的比例可以预测成虫发生期和成虫羽化率。

过筛法作为主要监测和普查手段，存在的缺点有以下几点。第一，耗费时间。过筛法淘检吸浆虫，每个劳动力一天 8h 最多能完成 10 个左右的样方；在国外，Doane（1987）也采用了类似的过筛法和盐水漂浮法（即淘检过程中用盐水取代清水使吸浆虫漂浮起来）检查幼虫和茧，其检出率分别为 99% 和 94%，过筛法所需要的时间（如从一个样品中检测 10 头虫需要 9.5min）是盐水漂浮法的两倍（3.85min）。第二，农民难以掌握，麦红吸浆虫的淘土程序复杂、技术性比较强，一般农户不会操作，因此农村对是否有吸浆虫的为害一般采取的判断是，凡是去年小麦到收获期还倒青的、小麦长势好但收获时产量不高的、打出来的小麦粒空秕黑的，都可以怀疑为麦红吸浆虫危害所造成的，从而贻误防治工作。第三，专门器具缺乏。仵均祥等（2005）在直径为 50cm、笸面孔口为 0.14mm×0.14mm 的尼龙笸上，固定一层孔为 3mm×3mm 的铁纱网，即成双层筛笸的袋筛笸瓷盘法淘检吸浆虫所需时间平均为 10.03min/袋，国标的笸筛过筛法所需时间为 20.77min/袋，节省 1/2 的时间。尽管器具的改进在不断提高淘检幼虫的效率，在麦红吸浆虫的种群动态研究中可以发挥主要作用，但因为要制作这种专门的器具，使得麦红吸浆虫调查方法的普及变得比较困难。

总之，国标过筛法和改进的盐水淘检是研究种群动态和密度估计的有效方法。但是如果通过此方法预测发生期和发生量从而提供防治决策，并且能够大面积普查吸浆虫的有虫面积，这种方法显得工作强度大、技术复杂、过程烦琐、效率低下，虽然准确但难以普及，导致许多麦红吸浆虫发生区域出现漏查现象，直到发现小麦毁产才发现吸浆虫的为害。

（二）麦穗幼虫调查方法

在小麦乳熟期（扬花后 15 天），未下雨之前，麦田随机采集麦穗，每点 10 穗，装入信封或密封于塑料袋中，带回室内过湿处理。过湿处理是用清水浸泡麦穗 1min 后，放入底部有湿滤纸大烧杯，塑料布封口；湿处理是将麦穗直接放入上述三角瓶内封口，24h 观察脱颖虫量，计算每穗幼虫数。这种方法比较适合大面积普查。

二、成虫调查方法

（一）网 捕 法

采用网捕法，每块田随机选两点，每日 17：00～19：00，手持捕虫网顺麦垄逆风行走，网口下部紧贴小麦穗颈，边走边左右往返捕虫，每点捕 10 复网，计捕获成虫数，记录结果并汇入表格。一般 10 网复次 10 头成虫时就需要防治。这种方法可以及时预测麦红吸浆虫的发生，但是需要较多的人力成本（彩图 9.2）。

（二）成 虫 目 测 法

成虫目测法是在抽穗初期及以后，在黎明或傍晚麦红吸浆虫成虫的活动期间，用两手扒开麦垄，一眼就能看到2～3头成虫时为防治指标。这种方法主要是发生量预测因人而异，相对比较粗略。

（三）笼 罩 法

笼罩法是在系统观测田中，每块田按对角线设置5个观测笼黏捕成虫。笼底面积为1000cm²，高10cm，笼架用10号铁丝焊接，笼罩用普通纱布缝制。使用时笼顶内侧纱布上涂一层凡士林，笼架入土3cm，地上部7cm，四周压实，每日下午定时记载羽化成虫数，在蛹的始见期开始使用，结束时，将笼底未羽化的虫淘洗，计算全年羽化率，以及羽化始、盛、末期（陕西植保站）。该方法用于系统观测成虫的发生期和发生量，作为普查手段相对困难。

（四）黄色黏板诱集成虫法

由于麦红吸浆虫老熟幼虫和蛹在土壤中，而成虫个体小、生活历期短，仅在早晨和傍晚活动而其他时间隐藏在麦丛中，卵极小而幼虫在颖壳内取食，这些因素导致了普查的困难。在加拿大曼尼托巴省，最先用目测每5穗有1头成虫作为防治指标，但是由于光线昏暗导致农民计数困难，因此采用黄色黏板诱集成虫成为当地主要监测方式。

黄色黏板大小为3in×5in[①]，设置高于麦穗，用木棍或竹竿支撑，设置间距为10～15m，每块田10块黄色黏板，当10块板累计有4头成虫就应该防治，10头成虫就必须防治（Lamb et al.，2002）。

武予清等（2009）在河南的浚县、禹州、偃城、舞钢、确山、方城、内乡和舞阳等8个地区进行了黄板监测效果的研究。选择吸浆虫发生较重田块作为系统监测田，设置黄色黏板。设置方法为黄色黏板下缘与小麦冠层顶部平行相接，用木棍或竹竿支撑，设置间距为10m，每块田10块，顺垄设置两行，每行5块。黄色黏板每10天更换一次，如虫量很多，可以随时更换新板（彩图9.3）。调查从4月10日开始，每三天调查一次，直到成虫结束为止。调查时记载诱集到的成虫数量，并用圆珠笔或铅笔在黄板上对成虫进行标记，避免重复记数。网捕方法为系统监测田随机选两点，在17：00～19：00，手持捕虫网顺麦垄逆风行走，网口下部紧贴小麦穗颈，边走边左右往返捕虫，每点捕10复网，计算捕获成虫数。每三天调查一次。采用SPSS数据统计软件进行相关回归分析及显著性测定。

通过黄板监测的成虫动态与成虫网捕的动态相关性分析可知，8个地区的黄板诱虫

---

① 1in＝2.54cm

量与网捕虫量之间均在 $\alpha = 0.05$ 水平上显著相关。相关性最高的为确山，相关系数达到 0.9970，相关系数最小的是方城（表 9.1）。因此，黄色黏板监测小麦红吸浆虫成虫发生动态与网捕具有相同的效果。

表 9.1　黄板诱虫量和网捕虫量的相关性

试验地点	拟合公式（$y=$）	相关系数（R）
浚县	$-0.156x^3+3.606x^2-5.179x+5.103$	0.9687*
禹州	$-0.201x^3+6.244x^2-30.306x+2.990$	0.9739*
偃城	$0.133x^3-1.330x^2-4.960x+0.872$	0.9548*
舞钢	$3.268\times10^{-5}x^3-0.009x^2+0.902x-0.186$	0.9737*
确山	$0.001x^3-0.009x^2+0.432x-0.011$	0.9970*
方城	$-8.963\times10^{-5}x^3-0.003x^2-0.469x+0.740$	0.9183*
内乡	$1.756\times10^{-6}x^3-0.001x^2+0.311x-0.478$	0.9527*
舞阳	$0.007x^3+1.190x^2-0.117x+0.095$	0.9827*

* 表示在 $\alpha = 0.05$ 水平显著相关。y 为每 10 块黄板上成虫数量，x 为 10 网复次抽虫数量。

结果表明，黄色黏板是成虫监测的一种相对简易有效的手段，是对我国几种传统的监测方法的一个补充，我们可以应用此方法作为成虫期监测的一个简便方法，在研究上可以为小麦红吸浆虫生物学和生态学研究提供一种工具（彩图 9.4）。

另外，在美国也有采用白色黏板诱集成虫，其诱集方法类似于黄板。

（五）性信息素诱集法

英国 Bruce 等（2006）用合成的小麦红吸浆虫雌成虫的性信息素 2，7-壬二醇二丁酸（2，7-nonadiyl dibutyrate）进行了田间诱集试验，证实诱集雄成虫是高效的且并不诱集其他有机体。他们测试了不同的缓释速度剂型和配方类型，并发现外旋性信息素和对映体（$2S$，$7R$）-壬二醇二丁酸 ［（$2S$，$7R$）-2，7-nonadiyl dibutyrate］ 同样有效，制剂为每诱芯 1mg，可以有效监测成虫羽化高峰、飞行活动和整个生长季节的成虫密度。雄成虫的诱集数量和小麦的被害水平有极显著的相关性。在英国，这种方法已经成为麦红吸浆虫成虫期监测的方法之一。

（六）灯光诱集法

陈华爽等 2010 年 4~5 月利用佳多公司产的黑光灯在河南洛宁捕捉到了大量成虫。他们采用了黑光灯加黏虫板的方法。取三根竹竿，两根竖立，第三根横在竖立的两根上，用铁丝固定。竖立的两根竹竿撑起白色纱布，纱布前挂一排 30cm×30cm 刷上机油的黄色板 10 个，黑光灯设置距黏板 30cm，底部距地面 2m。傍晚 19：30 把整个设置置于麦田地头开灯（彩图 9.5）。每隔 0.5h 用手电筒照明查黄板上黏到的麦红吸浆虫，记录数量，并用毛笔和指形管挑下虫子，放在盛有 75％酒精的离心管里，带回实验室在解剖镜下鉴定种类性别。刷掉查过的虫子，重新刷上机油，每半个小时检查记录一次。黑光灯上灯数量与黄色黏板及网捕的成虫动态的一致性，表明黑光灯进行成虫发生量的预测，能达到黄色黏板及网捕同样的效果。

鉴于黑光灯是我国病虫害测报系统的主要工具，黑光灯的诱捕作用同样值得重视。目前各测报站使用黑光灯收集昆虫过程中，均采取了加温杀死昆虫技术。这种技术对于红吸浆虫成虫这样的小型（仅 2mm）和身体纤弱的昆虫并不合适，因为加温使吸浆虫成虫死亡后缩水被破坏并和大型昆虫混合收集，这样导致无法辨认和计数统计。因此采用黑光灯后设置黏板捕捉上灯的红吸浆虫成虫（包括其他小型昆虫如寄生蜂类）在规范化后可以作为有效的调查工具。

（七）小麦吸浆虫发生期发生量的预测

姜玉英等（2002）制定的中华人民共和国农业行业标准 NY/T616—2002 对成虫发生期做了详细的规定。成虫羽化始盛期，即羽化率达到 16％的日期；羽化高峰期，即羽化率达到 50％的日期；羽化盛末期，即羽化率达到 84％的日期。将淘土（每块田 5点对角线取样）获得的长茧和裸蛹带回室内分田块解剖镜检，分辨蛹级，若虫口密度较小时，应适当增加样方数，以保证每块田每次淘土解剖镜检总虫数不少于 30 头。镜检后计算化蛹率，并根据各级蛹期推定成虫羽化时间（表 9.2）。

表 9.2　小麦红吸浆虫各级蛹变化特征及历期表

发育阶段	特征	至羽化历期/天
前蛹期	幼虫准备化蛹，头缩入体内，体形缩短不活跃，胸部白色透明	8～10
初蛹期	蛹已化成，体色橘黄，有翅和足，翅芽短且淡黄色，仅及腹部第一节，前胸背面一对呼吸管显著伸出	5～8
中蛹期	化蛹后 2～3 天，复眼变为红色，翅芽由淡黄色变红色	3～4
后蛹期	复眼、翅、足和呼吸管变为黑色，腹部变为橘红色	1～2

有效积温法和温湿度组合法：幼虫破茧活动的发育起点温度为（9.8±1）℃，从幼虫破茧到成虫羽化的有效积温为 216d·℃。化蛹起点温度为 12℃，羽化起点温度为 15℃，根据当年 5cm 的土壤温度可以预测成虫发生期（任文曾和卢瑞华，1991）。

Doane 和 Olfert（2008）根据小麦红吸浆虫幼虫越冬后打破滞育的温度 6℃为起点，计算羽化所需的有效积温来预测成虫的发生期，结果表明，1984 年需要 411d·℃

（>6℃），1985 年为 447d·℃（>6℃）。

由于小麦吸浆虫成虫的出土与土壤湿度密切相关，在发生期和发生量的预测方面张爱民（1996）根据历史资料，用 3 月上旬到 4 月中旬的气温、3～4 月降水量为主要因子建立成虫羽化期和发生量的预测模型。

任文曾和卢瑞华（1991）也采用土壤含水量和 5cm 地温来建立预测模型，这种有效积温和土壤湿度/降水作为影响关键因子，是发生预测和防治决策的主要参考依据。

第二节　麦红吸浆虫的防控技术

麦红吸浆虫的发生特点和防治历史表明，防治技术体系的建设和宏观治理策略的不断提高将是我国小麦生产中植保科技工作者的主要课题。

麦红吸浆虫发生的隐蔽性和岛屿状特点，表明在吸浆虫的预测方面不仅需要进行发生期、发生量的预测，发生区的预测也是需要的。自 20 世纪 80 年代以来，吸浆虫发生区在黄淮海小麦主产区不断北扩东移，毁产地块少则几亩，大则连片上百亩，隐蔽性发生使得防治工作比较被动。做好扩散成灾规律研究和发生区的预测，将有利于这一状况的改变。

我国 20 世纪 50 年代吸浆虫防治经验表明，长效杀虫剂 5‰ "六六六" 粉土壤处理（兼治地下害虫）和蛹期—成虫期防治、抗虫品种（'南大 2419' 和 '西农 6028'）在吸浆虫防治中发挥了主要作用，在 20 世纪 60 年代一直到 80 年代中期，吸浆虫不再是我国小麦生产中的主要问题。1983 年 "六六六" 禁用，在 1985 年以后吸浆虫开始在黄淮海小麦主产区普遍发生，一直持续到现在（2010 年），发生面积 200 万 hm^2 左右。同样，耕作制度的变化也影响着吸浆虫的发生，50 年代长江下游麦红吸浆虫发生区，由于稻麦轮作而使得吸浆虫也不再是当前该地区小麦生产上的问题。

因此，吸浆虫防控策略和防控技术体系的建设，包括有效防治技术推广运用、监测预报和防治关键技术的不断进步，以及与其他小麦病虫害防控和栽培措施的相互协调。为此，我国先后制定了中华人民共和国农业行业标准 NY/T616—2002《小麦吸浆虫测报调查规范》、中华人民共和国国家标准 GB/T 17980.78—2004 农药田间药效试验准则（二）第 78 部分《杀虫剂防治小麦吸浆虫》、中华人民共和国国家标准 GB/T 24501.2—2009《小麦条锈病、吸浆虫防治技术标准》第二部分小麦吸浆虫共三个国家或行业标准来规范吸浆虫的测报、药剂防治登记和防治技术，为小麦吸浆虫的防控技术体系的建设奠定了基础。

一、化学防治指标

防治指标的确定，主要依靠麦红吸浆虫虫口密度和产量损失的关系来确定。刘绍友等1988年试验表明随着土壤中虫口基数的增加，小麦产量损失也随之增加，相关性显著：$y=4.1932+0.1742x$，其中 y 为损失率（%），x 为每 667m² 万头数，品种为'小偃6号'，虫口密度10万~11万/667m² 时经济允许损失 2.22%。赵吉民等1989年试验结果同样表明了正相关关系，$y=-1.424+0.2022x\pm3.095$（$r=0.8014$），31万~32万头/667m² 可导致产量损失 4%~5%，超过40万头/667m²，产量损失超过6%。

倪汉祥等（2009）制定的国家标准中指出，根据行业标准 NY/T616—2002，小麦吸浆虫在拔节到孕穗淘土每小方（10cm×10cm×20cm）有虫5头时，为需要防治的田块。一般地，在孕穗或抽穗初期，用手轻轻将麦株拨向两侧分开，有2~3头成虫在飞，或当平均捕网10次有成虫10头以上，需要进行防治。

国外一些研究直接用抽穗期成虫量作为防治指标，避免了土壤虫口作为防治指标的一些弊端。美国北达科他州研究者采用黄色黏板监测，每田10块，高度与穗齐平，间距 10m（行距 15m），在抽穗期累计诱集成虫5~20头，可引起2%的麦粒受害，建议进行杀虫剂防治；在达到20头以上时，会超过5%的麦粒遭受为害。我国在2008年开始了黄色黏板监测麦红吸浆虫成虫的工作（武予清等，2009），我国小麦主产区黄色黏板诱集麦红吸浆虫成虫数量与产量损失的关系及防治指标的确立需要进一步工作。

性诱剂诱捕器诱集数量和黄板诱集数量具有相关关系，同时性诱剂诱捕器诱集数量和产量损失之间相关性显著。性诱捕器每 64hm² 设置三个，间距 100m，距离地块边沿 25m。在抽穗前5天设置，每1~2天检查一次。如果每个诱捕器累计诱集雄成虫10头以上，就必须开始杀虫剂防治。我国国家小麦产业体系2010年从加拿大Bruce公司引进了麦红吸浆虫的性诱剂，但在发生区没有诱集到雄成虫，可能存在着生物型的分化。

农业行业标准 NY/T616—2002 对小麦吸浆虫发生程度进行了规定，程度分级指标可用单位样方虫量、成虫盛期10复网成虫数量来划分，用以表示可能发生的危害程度，最终以当地平均百穗虫口数量确定当年发生程度，各级指标见表9.3。

表 9.3　小麦吸浆虫发生程度分级指标级

级别	1	2	3	4	5
样方虫量（头，X）	$X\leqslant5$	$5<X\leqslant15$	$15<X\leqslant40$	$40<X\leqslant90$	$X>90$
10复网虫量（头，Y）	$Y\leqslant30$	$30<Y\leqslant90$	$90<Y\leqslant180$	$180<Y\leqslant360$	$Y>360$
百穗虫量（头，Z）	$Z\leqslant200$	$200<Z\leqslant500$	$500<Z\leqslant1500$	$1500<Z\leqslant3000$	$Z>3000$

二、化学防控技术

（一）穗　期　保　护

在小麦抽穗 70%（含露脸）时进行穗期保护喷药，每亩可用常用的有机磷、烟碱类、林丹、植物源杀虫剂等喷雾。喷雾于上午 9：00 前或下午 5：00 后进行。在虫口密度大的田块，在抽穗 70% 至扬花前喷药两次。常用杀虫剂使用方法如下。

48%毒死蜱乳油，20ml/667m²，兑水 3.5kg，用工农—16 型喷雾器喷匀穗部，防效 90% 以上；或者稀释 1500 倍，每 667m² 用药液 50～60kg，用常规喷雾器喷匀穗部；

40%氧化乐果乳油、40%甲基异柳磷乳油、50%辛硫磷乳油等，稀释 1500～2000 倍，每 667m² 使用药液 50～60kg，用常规喷雾器喷雾；

5%高效氯氰菊酯乳油，稀释 1500 倍，每 667m² 用药液 50～60kg，用常规喷雾器喷雾；

林丹粉剂，每 667m² 用有效成分 6g，常规喷雾器喷雾穗期保护，防治效果达 94.2%（曾显光等，1993），蛹期毒土防治需要每 667m² 使用有效成分 90g，穗期保护用药量是蛹期防治用药量的 1/15，大幅度降低杀虫剂的使用量。

倪汉祥等（2008）指出，以往吸浆虫危害严重地区主要以药剂防治为主，一般都在小麦播种期和吸浆虫蛹期药剂处理土壤，有的还在成虫期施药，需要用药 2～3 次，不仅用药量多、对天敌杀伤率大、污染环境严重，而且由于受到多种条件影响，防效很不稳定。针对化学防治中存在的主要问题，以及吸浆虫产卵、为害习性，在国内外率先研究提出化学防治应以保护小麦受害敏感期的防治策略。研究表明吸浆虫在小麦抽穗而未扬花的麦穗上产卵，才能对小麦造成为害；在已扬花的麦穗上即使有产卵行为，也因初孵幼虫不易侵入麦粒为害，损失率很低，因此创造性地提出以小麦抽穗 70%～80% 作为成虫期防治的施药适期，突破了长期以来防治适期根据害虫发育期来确定的传统模式，是害虫防治学在理论和应用上的一个创举。同时，研究筛选出对吸浆虫高效、持久、对天敌和环境较为安全、对其他病虫有较好兼治作用的林丹及麦丰饱等混配制剂。用药量由每公顷需要用原药 750～1500g 减少为 60～75g，施药一次防治效果在 95% 以上，有效地保护了小麦不受为害，同时通过 2～3 年的防治，即可将土壤内虫口密度由每小方 80 头以上，控制在防治指标（每小方 5 头）以下。1998 年麦红吸浆虫种群动态及综合治理技术体系获得国家科技进步三等奖。

美国北达科他州研究者在春小麦对吸浆虫进行化学防治时推荐，如果达到防治阈值则使用下列防治方法：①如果抽穗 30%，4 天后喷药；②如果抽穗 70%，立即进行喷药；③如果 30%～60% 的麦穗扬花，立即喷药，但是防治效果降低；④如果 80% 麦穗扬花，不推荐喷药处理，因为这时喷药不再有效，他们认为这时多数幼虫已经开始取食并受到颖壳的保护，而且喷药会杀死寄生蜂。扬花期麦穗对吸浆虫成虫不再有吸引作用，毒死蜱杀卵效果最好。

（二）蛹　期　防　治

在蛹盛期（小麦孕穗至抽穗露脸）撒毒土防治，每亩可用 48% 毒死蜱乳油、40% 甲基异柳磷乳油、50% 辛硫磷乳油等 150～300ml，兑水 5kg 喷拌或 3% 甲基异柳磷颗粒剂、3% 辛硫磷颗粒剂等 2～3kg，拌细土 20～25kg，于露水干后在田间均匀撒施，及时用绳拉或扫帚或其他工具将架在麦株上的毒土敲落到土壤表面，施药后灌水或抢在雨前施药效果更好。蛹期防治可以有效地压低高密度田块的虫口密度，不足之处在于没有对麦穗进行药剂保护，飞来成虫仍将为害小麦。

国家小麦产业技术体系病虫害防控研究室、河南省农业科学院植物保护研究所 2011 年 5～6 月在河北省徐水县开展的不同施药处理的药效试验结果（表 9.4）表明，使用 48% 毒死蜱乳油喷药穗期保护效果最好，防治效果达到 88.54%，显著高于孕穗前毒死蜱毒土处理的蛹期防治效果。扬花期使用毒死蜱喷药防治效果仅仅 40.13%，显著低于抽穗 70% 时的毒死蜱喷药穗期保护的防治效果。

表 9.4　穗期保护、蛹期撒毒土及扬花期喷药防治效果比较（河北省徐水县南营村，2011）

药剂	处理方式	平均每穗虫量*	平均虫穗率/%*	防治效果/%
2.5% 吡虫啉可湿性粉剂	1500 倍，抽穗 70% 时喷施药液 25kg/667m²	0.41±0.06c	20.67±0.02c	73.88
48% 毒死蜱乳油	1500 倍，抽穗 70% 时喷施药液 25kg/667m²	0.18±0.14d	10.67±0.07d	88.54
2.5% 吡虫啉可湿性粉剂	40g 拌 25kg 细土/667m² 在孕穗前撒毒土	1.10±0.29ab	40.00±0.07ab	29.94
48% 毒死蜱乳油	150ml 拌 25kg 细土/667m² 在孕穗前撒毒土	0.34±0.15c	16.67±0.05c	78.34
48% 毒死蜱乳油	1500 倍，药液 25kg/667m² 在扬花 50% 时喷施	0.94±0.31b	36.67±0.04b	40.13
对照		1.57±0.08a	52.00±0.06a	0

＊邓肯氏新复极差测定，每列数据后字母相同者表示在 5% 水平上差异不显著。

2011 年国家小麦产业技术体系、河南省农业科学院植物保护研究所在河南省辉县市开展以"黏板监测成虫、穗期药剂保护"的吸浆虫防控体系示范取得显著成效，受到农民群众的欢迎（彩图 9.6、9.7）。

三、农 业 防 治

（一）种植抗虫品种

20 世纪 50 年代'南大 2419'和'西农 6028'曾在吸浆虫防治中发挥了重要作用，2007 年以来北方较大面积推广的品种中，'石 H06-032'、'郑麦 9023'、'济麦 21'、'济麦 22'、'中麦 9 号'、'西农 979'等具有不同程度的抗性，有助于减轻吸浆虫的为害。

1996 年加拿大发现了对小麦吸浆虫具有明显抗性的基因 $Sm1$，携带 $Sm1$ 基因的小麦能够明显减低小麦吸浆虫低龄幼虫的成活率。$Sm1$ 基因抗虫的化学机理还不清楚，但该基因对小麦的产量和品质没有任何影响。通过在加拿大 Manitoba 和 Saskatchewan 省的实验表明，种植携带 $Sm1$ 基因的小麦品系能够有效地减小小麦吸浆虫的为害。现在通过转基因技术以培育出多个携带 $Sm1$ 基因的抗虫品系，包括'CWRS'、'CPS'和'CWES'等。随着小麦吸浆虫为害范围的不断扩大，将这些抗性品种商业化只是时间的问题。

一种抗性材料被大面积应用后，害虫会通过不断的进化来减弱甚至消除来自寄主的抗性，如对小麦蚜虫和黑森瘿蚊具有抗性的小麦品系大规模种植 8 年后就失去了抗虫能力。未来大面积推广小麦吸浆虫的抗性品种后要如何保护抗性资源，随着小麦吸浆虫的种群数量减少，如何保护那些专性寄生天敌资源将会是一个重要的研究课题。Smith 和 Lamb（2001）曾提出了庇护所策略，就是在大面积种植抗性品种的同时种植一定面积的感虫品种，用以延缓小麦吸浆虫克服这种抗性基因的时间，同时保护天敌的种群数量。实验表明，在种植 95％的抗虫品种的同时种植 5％的感虫不会对小麦的产量和品质造成影响。Elliott 则在 1997 年提出了提高小麦吸浆虫的防治指标，减少化学农药的使用量，从而保护小麦吸浆虫的天敌资源。

（二）调整作物布局

吸浆虫重发生区的虫口密度大，在抗虫品种缺乏的情况下，可实行轮作倒茬，改种油菜、棉花、水稻以及其他经济作物，使吸浆虫失去寄主。同时邻近麦田达到防治指标的倒茬作物地于成虫期施药封锁，防止羽化的成虫向邻近麦田扩散蔓延。

早在 20 世纪 50 年代，宁夏任武对 1951～1954 年期间作物轮作调查表明（袁锋，2008），小麦连续 4 年种植后土壤幼虫量为 190.22 头/小方，而小麦—水稻—小麦—水稻轮作仅仅为 4 头，4 年中前三年连作小麦，第 4 年种植谷子为 20.5 头。西北农业科学研究所（1956）调查表明，小麦—玉米轮作的虫口密度是小麦—水稻轮作的 25 倍。

稻麦轮作可以显著抑制小麦吸浆虫的发生，50 年代江苏吴县—泰州一带小麦吸浆虫成灾（曾省，1965），但自 1960 年至今由于稻麦轮作吸浆虫已经不是当地小麦生产的问题。西北农学院 1956 年报道，夏季休闲比种植玉米同样可以大幅度降低吸浆虫的虫口密度，但是在目前我国保证粮食安全的形势下，夏季休闲已很难实施。

（三）麦茬地连片深翻

吸浆虫重发生田块，麦收后实行连片深翻（20cm 深），把刚入土的越夏幼虫暴露土表，促其消亡（倪汉祥等，2009）。目前我国黄淮海小麦主产区主要采取旋耕浅耕的方式，不利于小麦吸浆虫的防控。

（四）加强肥水管理

春季灌溉是吸浆虫破茧上升的重要条件，虫口密度大的麦田适当减少春灌，实行水地旱管。施足基肥，春季不施化肥，使小麦生长发育整齐健壮，以控制吸浆虫在春季迟发的分蘖上危害，减少翌年虫源积累（倪汉祥等，2009）。

四、生物防治

我国自"七五"以来开展的吸浆虫防治攻关研究，在西北地区开展了吸浆虫的天敌的保护利用工作，20 世纪 90 年代末在陕西和甘肃等地的天敌保护利用示范区坚持穗期保护施药一次，压低虫口密度和保护天敌，天敌的数量增加 2～4 倍，寄生率由过去的 5％增加到 30％左右（倪汉祥等，2008）。

20 世纪 90 年代末，加拿大启动了吸浆虫生物防治计划，加拿大 Saskatchewan 省耕地面积约占全省总面积的 51％，其中小麦的种植面积 1991 年为 850 万 hm²（占总农作物种植面积的 68.6％），到 1999 年减少到 590 万 hm²（占总农作物种植面积的 43.9％）。卵寄生蜂稀毛大眼金小蜂（M. penetrans），对小麦吸浆虫具有较强的控制作用。统计表明，稀毛大眼金小蜂每年平均能控制大约 20％～45％的吸浆虫种群，但与欧洲 64％的寄生率相比还偏低。在 Saskatchewan 省，每年超过 95％的小麦吸浆虫为害区域都有该寄生蜂对吸浆虫的控制作用，在 10 年间使大约 1550 万 hm² 的小麦不需要使用化学农药，节省农药开支 2 亿多美元。在美国北达科他州，在 1995～2006 年间稀毛大眼金小蜂的寄生率平均为 22％。因此，保护和利用天敌资源具有重要的经济、环境和生态价值。

五、我国麦红吸浆虫防控体系展望

根据我国麦红吸浆虫发生和防治的历史和现状，在防控体系建设方面建议从以下几个方面入手。

1）做好麦红吸浆虫的普查和监测工作，全面掌控麦红吸浆虫的发生区域，在发生区贯彻好"公共植保和绿色植保"的方针，坚持实施穗期保护技术的"统防统治"，高密度田块辅以蛹期的毒土防治，避免毁产现象的发生。

2）继续开展麦红吸浆虫"北扩东移"等发生区变迁的研究，特别是与环境因素如气候变暖和土壤墒情变化，生物因素如关中等 20 世纪 50 年代老发生区与河北中部 80 年代以后的新发生区的天敌因素、当前生产品种的抗性/敏感性布局与麦红吸浆虫沉寂或成灾的关系，为麦红吸浆虫全面防控策略的制定提供理论依据。

3）加强麦红吸浆虫的抗虫种质资源筛选、抗性机理、遗传方式和育种利用研究，加强麦红吸浆虫的天敌特别是寄生蜂释放防治麦红吸浆虫的研究和应用，为麦红吸浆虫的可持续防控提供有力的技术和产品支持。

参 考 文 献

陈华爽，郁振兴，苗进，等. 2010. 黑光灯诱集麦红吸浆虫数量和性比的变化. 见：吴孔明. 公共植保和绿色防控. 北京：中国农业科技出版社：258-263.

陈巨莲，倪汉祥. 1998. 小麦吸浆虫的研究进展. 昆虫知识，35（4）：240-243.

姜玉英，谢长举，张跃进，等. 2002. 小麦吸浆虫测报调查规范. 中华人民共和国农业行业标准 NY/T616-2002。

蒋月丽，刘顺通，段爱菊，等. 2010. 小麦品种对麦红吸浆虫抗性的初步鉴定结果. 见：吴孔明. 公共植保和绿色防控. 北京：中国农业科技出版社：248-253.

吕印谱，李建仁，郭林英. 2006. 河南省小麦吸浆虫严重回升的原因及对策. 河南农业科学，（4）：62-65.

倪汉祥，陈巨莲，程登发，等. 2009. 小麦条锈病、吸浆虫防治技术标准. 第 2 部分小麦吸浆虫. 中华人民共和国国家标准 GB/T 24501. 2—2009.

倪汉祥，丁红建，郭予元，等. 2008. 小麦红吸浆虫种群动态及综合治理技术体系成果研究回顾与展望. 见：成卓敏. 植物保护科技创新与发展. 北京：中国农业科学技术出版社：37-44.

农作物病虫害防治工作手册编辑委员会. 2006. 农作物病虫害防治工作手册. 北京：中国科技文化出版社.

任文曾，卢瑞华. 1991. 小麦吸浆虫预测模型及其初步应用. 河南农业科学，（3）：11-12.

陶岭梅，吴志凤，李世功. 2004. 农药田间药效试验准则（二）第 78 部分《杀虫剂防治小麦吸浆虫》. 中华人民共和国国家标准 GB/T 17980. 78—2004.

仵均祥，李长青，成卫宁，等. 2005. 一种改进的麦红吸浆虫淘土调查方法及其效果. 昆虫知识，42（1）：93-96.

武予清，蒋月丽，段云. 2008. 麦红吸浆虫监测方法评价. 河南农业科学，（8）：98 - 100.

武予清，赵文新，蒋月丽，等. 2009. 麦红吸浆虫成虫的黄色黏板监测. 植物保护学报，36（4）：381-382.

袁锋. 2006. 麦红吸浆虫成灾规律与控制. 北京：科学出版社：197-223.

曾省. 1965. 小麦吸浆虫. 北京：农业出版社：1-188.

曾显光，齐阁锦，宋书华. 1993. 林丹防治小麦吸浆虫的用量试验. 植物保护，19（2）：29-30.

张爱民. 1996. 小麦吸浆虫发生发展的气象分析及预报. 安徽农业科学，24（2）：151-153.

Bruce J A, Hooper A M, Ireland L, et al. 2006. Development of a pheromone trap monitoring sys-tem for orange wheat blossom midge, *Sitodiplosis mosellana*, in the UK. Pest Management Science, 63（1）：49-56.

Doane J F, Olfert O. 2008. Seasonal development of wheat midge. Sitodiplosis mosellana（Gehin）（Diptera：Cecidomyiidae）, in Saskatchewan. Crop Protection,（27）6：951-958.

Doane J F, Olfert O, Mukerji. 1987. Extraction precision of sieving and brine flotation for removal of wheaf midge, *Sifodiplosis mosellana*（Diptera：Cecidomyiidae）, Cocoons and Larvae from soil. Journal of Economic Eutonology, 80：268-271.

Lamb R J, McKenzie R I H, Wise I L, et al. 2002. Making control decisions for *Sitodiplosis mosellana*（Diptera：Cecidomyiidae）in wheat（Gramineae）using sticky traps. Can Entomol, 134：851-854.

NDSU Extension Service. 1997. Orange wheat blossom midge—the basics. North Dakota Pesticide Quarterly, 15（3）：1-3.

Olfert O, Doane J F, Braun M P. 2003. Establishment platygaster tuberosula, introduced parasitoid wheat midge, *Sitodiplosis mosellana*, in Saskatchewan. Can Entomol, 135：303-308.

Olfert O, Elliott R H, Hartley S. 2009. Non-native insects in agriculture：strategies to manage the economic and environmental impact of wheat midge, *Sitodiplosis mosellana*, in Saskatchewan. Biol Invasions, 11：127-133.

彩　　图

彩图1.1　麦红吸浆虫成虫

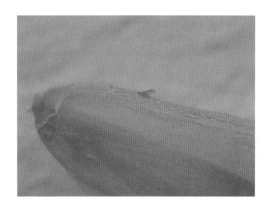

彩图1.2　麦红吸浆虫卵

彩图1.3　麦红吸浆虫第三龄幼虫

彩图1.4　麦红吸浆虫的蛹和幼虫

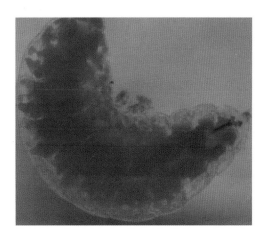

彩图1.5　麦红吸浆虫结茧

彩图2.1 河南辉县春季田间灌水后幼虫自土壤中爬出地面

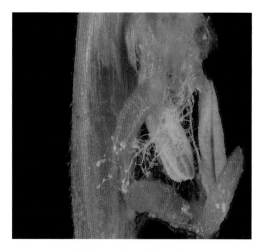

彩图2.2 麦红吸浆虫幼虫

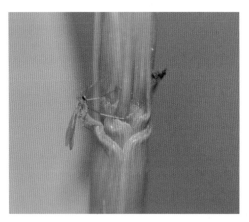

彩图3.1 成虫在节节麦穗上产卵

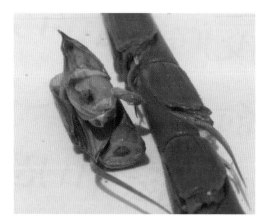

彩图3.2 节节麦上幼虫为害

彩图3.3 成虫在野燕麦上活动

彩图3.4 纤毛鹅观草上幼虫为害

彩图3.5 麦红吸浆虫寄主雀麦

彩图3.6 麦粒受害状

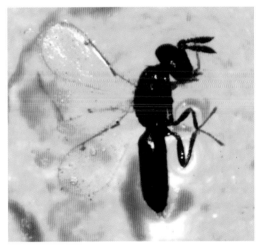

彩图4.1 宽腹姬小峰雌虫

彩图4.2 寄生蜂幼虫

彩图5.1 2010年5月9日洛宁实验点麦红吸浆虫模拟迁入路径

(红线：75m，蓝线：40m，绿线：5m)

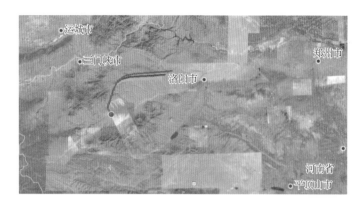

彩图5.2　2010年5月17日洛宁实验点麦红吸浆虫模拟迁出路径
(红线：75m，蓝线：40m，绿线：5m)

彩图5.3　2007年4月16日~5月7日麦红吸浆虫种群在我国北方麦区模拟扩散路线

彩图6.1　2010年全国小麦生产品种对吸浆虫抗性鉴定，河南洛宁

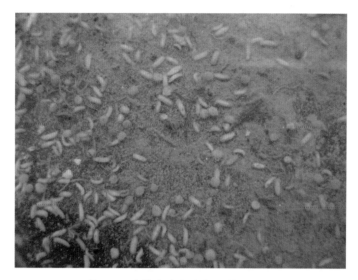

彩图9.1 土壤中淘土出的吸浆虫幼虫

彩图9.2 洛阳市农业科学院刘顺通研究员扫网调查

彩图9.3 田间设置黄色黏板监测

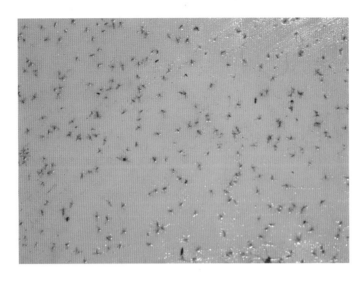

彩图9.4　灯光加黏板诱捕到的麦红吸浆虫

彩图9.5　灯光诱捕麦红吸浆虫

彩图9.6　2010年河南省辉县抽穗期统一
防治吸浆虫现场

彩图9.7　河南省辉县吸浆虫防治示范区群众
赠送国家小麦产业体系锦旗